表紙／写真：堀江ケニー、モデル：Salsa、仮面：

巻頭言

去る三月に本書と同じ「操觚の会」同志諸氏の協力で伝奇時代小説のアンソロジー「伝奇無双」（戯作舎）を電子書籍で上梓したが、その僅か一ケ月後にさらなる伝奇時代小説のアンソロジー「妖ファンタスティカ」をこうして紙媒体で刊行できるのは、伝奇ルネサンスを提唱した者として望外の歓びである。支持して下さった皆様にお礼申し上げる。

伝奇ルネサンスなる言葉に初めて接した方も多いと思うので、まず伝奇ルネサンスとは何かを手短に説明しよう。

伝奇ルネサンスとは一言で言えば作家の想像力を無限大にまで広げんとする企みである。

かつて國枝史郎・角田喜久雄・吉川英治らの働きで伝奇小説は時代小説の代名詞にまでなった。しかし、時代の推移や世相の変化で一時は他の物語同様に廃れるかと見えた。

それでも伝奇は、政治体制の変化でも国際関係の推移でも変わることなく、作家の心に灯り続けたのである。

その後も山田風太郎・半村良がミステリやSFからのアプローチを図り、その度に読書界に多大な影響を与え、一層赫々と世界を照らし、後続の作家に影響と勇気を与え続けたのである。そうして勇気を得、影響を受けた作家のうちから夢枕獏・菊地秀行・田中芳樹という新しい巨星が生まれて、伝奇の世界に、より一層の新鮮な意匠と工夫を凝らしたお陰で、八〇年代から世紀末に伝奇時代小説はまた脱皮し甦ったのだった。

しかし万人がメディアとなり、読書が娯楽の王座を退いた現在、伝奇は過去のコンテンツと化したかにも見える。夢想も荒唐無稽も破天荒も過去の概念と成り果てたかのようだ。いつの間にか作家も読者も「夢見る力」を信じなくなり、想像力の可能性を語ることを躊躇うようになってしまったのだろうか。

否。「夢見る力」は失われたのではない。そこにあるものが見えていないだけなのだ。

伝奇ルネサンスとは「夢見る力」を復活させるための試みである。それは崇拝する者を失って深い眠りに就いた物語の神々を復活させんとする十九世紀の魔術結社「黄金の夜明け」団の儀式にも似ている。

その意味で伝奇ルネサンスを「魔術」と呼んでもいいだろう。奇しくも本アンソロジーの参加作家は十三名。中世ヨーロッパで魔女集会《コヴン》に集った者たちの数である。

されば宣言しよう。

ここに伝奇は甦り「夢見る力」はこれより大なる復活を遂げん、と。

朝松　健

ナイトランド・クォータリー 別冊

妖《あやかし》ファンタスティカ

書下し 伝奇ルネサンス・アンソロジー

──目 次──

表紙／写真：堀江ケニー、モデル：Salsa、仮面：秋津屋

「NIGHT LAND」ロゴ：深海和宏（アルティザン）

夢斬り浅右衛門
——小伝馬町牢屋敷死罪場

◉朝松健

あさまつ　けん

一九五六年、札幌市に生まれる。出版編集者として幻想文学、魔術書の数々を企画、編集。一九八六年に『魔教の幻影』で小説家デビュー。以降、ホラーをはじめ、ユーモア格闘技小説、時代伝奇小説、妖怪時代コメディなど、幅広いジャンルで活躍。二〇〇六年「東山殿御庭」が日本推理作家協会賞候補となる。

代表作に『朽木の花～新編・東山殿御庭』『アシッド・ヴォイド』『Faceless City』『邪神帝国』『金閣寺の首』など。〈ナイトランド・クォータリー〉に創刊号より《一休どくろ譚》を連載中。

近年はトークイベントにも出演、歯に衣着せぬコメントでファンを沸かせている。

一

あたりに垂れこめた夜気を払うかのように剣が振り上げられた。

東の空より降り注ぐ月光はあくまで蒼く、白砂の敷かれた地面を照らし出している。

白衣をまとった者が地面に膝をついていた。

顔が真新しい半紙で隠されているが、前に垂れた髪や、首の細さ、項《うなじ》の白さから見て、若い女のようだ。

女の前には矩形の穴が穿《うが》たれている。

女の背後には粗末な身なりの男が三人控え、女を後ろ手にとり、その両肩をしっかり押さえて、その頭を矩形の穴の上に突き出させていた。

――あれは血溜めの穴だ。

そう心で呟いた瞬間、田村勘十郎はここが刑場であり、自分が斬首《ざんしゅ》の場に立ち合っていることに初めて気がついた。

――俺はどうしてここにいるのだろう。

そんな疑問が湧き起こったが、息詰まるほどの緊張が張りつめていて、周囲に坐った僧侶や、黄色い花を一枝手にした町娘や、無宿人風の若い男などに尋ねるのは憚られた。

――はて、この者たちは何者だ？　なぜ俺はこんな連中と共に坐っているのだろうか。

田村勘十郎が、そう訝しく思った時、罪人の背後に裃《かみしも》姿の武士が一人、進み寄った。

武士は静かに肩衣を諸肌脱ぎにすると小袖に襷を掛けていく。

――首斬り役人だ。

田村勘十郎は罪人から役人のほうに目を転じた。

首斬り役人は痩せて背の高い男だった。

質素な身なりの全身から放たれた圧倒的な「気」に勘十郎は息苦しささえ覚えた。

四十には至っていない。

おそらく三十半ばくらいであろう。

だが、判別できるのはそれだけだった。

役人の年格好や人相より、かれの振り上げた剣に目がいってしまうからである。

それが名のある剣であることは、鑑定眼のない田村勘十郎にも理解できた。

刀身が月光に照り映えて、濡れたように見える。

女は動かない。

その首筋の白さと、しなやかに伸びた美しさが目に沁みるようだ。

勘十郎は女の項を見つめるうちに、女が斬られるのを待っているように感じて、そっと息を呑んだ。

その瞬間、剣が振り下ろされる。

刀身を濡らした月光が滴となって薄闇に散った。

女の首が宙に舞う。

それは一滴の血も流すことなく枯葉のようにゆっくりと穴の底めがけて消えていった。

これを目にした勘十郎は不意に女の首を確かめたい衝動に駆

られた。

見物の莚から腰を上げると、矩形の穴めがけて走りだした。

だが、周囲に坐す者たちは勘十郎を制止しようとはしない。

凍りついたように刑場を見つめるばかりだ。

女の体を押さえた小者も、刑場に控えた同心たちも首斬り役人も、誰も血溜まめの穴へと走る勘十郎を咎めようとしない。

勘十郎は穴の縁に立って、中を覗きこんだ。

血溜めの穴の底に女の首があった。

顔を覆っていた半紙は斬られた時に飛んでしまったらしい。

女の顔は穴の底から天を向いていた。

安らかな表情であった。

死への恐怖も、斬首の苦痛も、この世に残した悔いも未練もなく、穏やかに目を閉じている。

その、首を斬られた女の唇が微かな笑みを湛えているのに気がついた瞬間、田村勘十郎は、打ちのめされるような感覚に襲われる。

そして、その感覚に操られるままに、何か叫びかけた。

そこで勘十郎は目覚めた。

——これが江戸で最初の夜に、田村勘十郎が見た夢だった。

二

首斬りの夢は非常に生々しくて、まるで現実に経験したようだった。

目が覚めても、田村勘十郎はしばらく夢に現れた月の光や夜の息吹、首斬り役の武士の気配を感じ続けたのだった。

だが、そんなことを同僚に話してみたところで、

「国表から遠く離れたせいだろう」

「軽い気疲れではないか」

などといったおざなりな言葉が返ってくるだけなのは知っている。

だから勘十郎は誰にも首斬りの夢のことは話さなかった。

勘十郎は生まれた時から癇の強い子どもだった。

亡くなった祖母は、

「勘十郎のかんは癇の虫のかんだねえ」

と言って笑ったものである。

何も分からないうちはそれで済んでいたが、やがて長ずるにつれて、笑いごとでは済まなくなった。

というのは、勘十郎の見る夢が常人の見るそれと同じではないらしいことが判明したからである。

最初にそれを知ったのは五歳のときだった。

勘十郎は子供らしからぬ夢を見た。

普通、子供の夢というものは夢を見る者自身の視点で始まり、そこから空を飛ぶなり化け物に脅かされるなり、夢特有の非現実的展開になるものだが、この時、勘十郎が見た夢はそうではなかった。

夢は大人の視点で始まったのである。

その夢の中で勘十郎は大人の女だった。

なぜ大人と分かったかというと、目の高さが違っていたからだ。

また、なぜ女と分かったと言えば白衣一枚まとっただけの身の

胸が乳房で膨らんでいたからである。

夢の中の勘十郎は頭に何か重い物を載せ、片手に金槌を、もう片方の手に、人形を握っていた。

人形は藁で作られ、その腹には錆びた釘が軽く刺してある。

その人形を自分が何に使うのか、それは勘十郎には分からない。

だが、ひどく人形が怖かった。

夢の女は夜の通りを進んでいった。

勘十郎も知っている道に入る。

神社に通じる道である。

女は鳥居を潜ると参詣の道から外れて、社の森に入った。

そうして何十歩か歩き続けると、大きな杉の木の前で足を止めた。

女は何事か祈るかのように呟いた。

夢で見ている癖に、なんと言ったのかは分からない。

それは女の夢を見る勘十郎がまだ五歳なので、女の祈りの言葉が理解できなかったからであろう。

しかし、祈りながら手にした人形を杉の木に固定して、力任せに金槌で釘を打ちつけた時の女の思いだけは、はっきりと感じ取ることが出来たのだった。

女は憎しみのありたけを金槌にこめていた。怒りの限りに打ち据えた。

一打ちする度に、女の胸に悲しみが広がっていく。

そうした心の有様は、勘十郎には、墨の滴を垂らした水面に煙《えん》霧《む》のごとき形が渦巻くように感じられた。

見る見るうちにその黒い煙霧は真っ赤に——血の色へと変じていった。

そして女の憎しみと怒りと悲しみは勘十郎に向かって、高潮のように襲いかかってきた。

勘十郎は悲鳴をあげ、自分の悲鳴で目が覚めた。

全身が冷や汗に濡れそぼっていた。

目が覚めてからも勘十郎は恐ろしさが去らず泣き喚いた。

母親が駆けつけて抱いてやっても、勘十郎は泣きやまなかった。

そして翌日から熱を出して寝込んでしまった。

寝室で一人寝ている勘十郎の耳に母と父の話す声が遠く聞こえてきた。

「昨夜の隣家の騒ぎが聞こえた筈はないのですが」

「恐らく、小者や下女の話を洩れ聞いたのであろう」

「まあ、皆の者に言っておかなくては」

「それには及ばぬ。武家の奥方が乱心して一家を惨殺したのだ。武士でも気が動転する変事だ。小者たちを咎めてはならぬぞ」

後になって聞いた話では、隣家の奥方が突如乱心して、寝ていた夫と義母と幼い子供を、夫の刀で刺し殺し、自分も首を掻き切って自害したのだという。

熱が引いて元気になってから、勘十郎は、自分の見た奇怪な夢のことを誰かに話そうと思った。

だが、厳格な父親に夢の話など到底斬り出せないし、母親に話したらこちらの頭がどうかしたのではないかと心配すると思われる。

色々と考えて、勘十郎は祖母に話すことにした。

夢の話を聞いた祖母は笑いも泣きもしなかった。心配する気配もなく、ただ大きくうなずくと、静かにこう言った。

「お前も夢を拾えるんだねえ」

「夢を拾う？」

「近くで激しく人を憎んだり、悲しんだり、好きになったり、焼き餅やいたり……燃え盛るように心を動かすと、人は夢を見る。お前は、その、他人の夢を拾って、自分の夢として見ることが出来るんだよ」

「俺の見た夢は隣の奥方様の夢だったの？」

「そうだよ」

「お婆さま。俺の夢で、奥方様は重い物を被り、お社《やしろ》の杉の木に金槌で藁人形を打ちつけていたよ。でも、本当は、隣の奥方様は夜中に起きだして、刀を抜いて一家皆殺しにした。全然、違う……」

「お前が夢に見たりしたのは、五徳《ごとく》を被り、白衣一枚で丑三つ時に出掛けていき、社の大樹の幹に藁人形を錆び釘で打ちつける奥方様の姿だろう」

「うん」

「それは丑の刻参りと言ってね。人を呪い殺す儀式だよ」

「呪い殺す!?　お隣の奥方様はそんなことしていたの」

「そうじゃない。でも、きっと奥方様は、隣家の殿様や、自分の子や、婆様を刺し殺したいくらい憎いと、思いつめていたんだろうね。お前は奥方様の、その、人を呪う心を察して、夢に見たのさ」

「人の心を察して夢に見る……」

勘十郎は目を丸くした。

「そうだよ。田村の家には時々、そんなことの出来る者が生まれる。……でもね。それは決して良いことじゃない。むしろ疎ましいものなんだよ」

と呟いて祖母は溜息を落とした。その哀しげな表情と溜息の意味するものは子どもの勘十郎でもすぐに理解できた。

勘十郎は祖母に尋ねた。

「お婆様も、夢を拾えるの？」

祖母は黙ってうなずくと、

「その力は大きくなって消えるかもしれない。または、何か大変なことが起こる前に、吹きだすかもしれない。あるいは、もっとはっきりした形で、他人の夢を拾えるのかもしれない」

「……」

「ただね、勘十郎。覚えておおき。その力を決して人さまに自慢してはならない。話すなとは言わないけど、相手を良くお選び。そんな力のない者にとって、夢を拾える人間は、大変な化け物と思われるかもしれないからね」

「分かった」

と勘十郎は言った。

「俺が夢を拾うことは誰にも言わない」

――こんな幼少時のことや、祖母との約束を思い出したのは本当に久し振りだった。

三

田村勘十郎は仙台藩士である。

三月まで仙台藩で小姓組に属していたのだが、二月末に長く江戸詰だった者が急死した。その者に役職を継ぐ男子がいなかったため急遽、急死した人間の後釜として、勘十郎が「江戸定詰《じょうづめ》」に命じられたのである。

「江戸定詰」というのは、他藩では「江戸詰」に相当する職務であった。

まだ若輩の勘十郎が変則的に江戸定詰となったのは、どうやら母親が、藩の重役の大伯父に頼んで裏から手を回してくれたらしい。

だが、勘十郎には、これについて父母に確かめることが控えられた。

この何年か、仙台藩では財政の破綻を巡って藩内で激しい論争が起こり、つい数年前にも政策上の対立から、三人もの奉行が蟄居閉門に追い込まれたばかりであったし、藩主伊達重村《だてしげむら》に諫言しようとした藩士が数名、粛清されてもいた。

仙台藩はなんともきな臭い、嫌な空気に覆われていた。

こんなふうに藩内に暗雲垂れこめる現今、一人息子をそうした「場」から遠ざけるため、江戸定詰にしようと奔走した親の苦労が勘十郎には痛いほど理解できた。

だから、とても「母親や大伯父の口利きで、友を置いて呑気な職に就くのは嫌だ」などとは言えなかったのである。

変則的な異動により、ただ一人、江戸赴任となるのは心細かったが、幸い、江戸詰の仲間は上屋敷・中屋敷・下屋敷いずれの者も親切で、江戸で暮らす心得を何くれとなく勘十郎に教えてくれたのだった。

こうして四月一日から江戸定詰の生活がはじまったのだが、その毎日は宝永の飢饉から今まで、藩の重役から下級武士まで質素な暮らしを送る仙台とは比べものにならぬほど派手なものだった。

江戸上屋敷に留まる藩主伊達重村が、老中や側用人といった幕閣に、日夜、金を湯水のように使った接待攻勢をかけていたせいである。

最初のうちは、他藩で「江戸詰」と呼ぶのを「江戸定詰」と呼ぶような仙台藩独特の呼び名が通じないことに当惑したように、昼は料亭、夜は吉原という江戸定詰の毎日に驚き、国表の民の苦しい暮らしを思って、憤ってもみた。

だが、人の憤りなど三日も同じ環境にいれば、簡単に忘れてしまうものである。

留守居役や江戸家老の供として江戸市中を歩くうちに、知らぬ間に勘十郎も贅沢を贅沢とも思わなくなり、さらに、贅沢と思わぬ自分が堕落したと感じぬほどになっていたのだった。

それでも他の江戸詰仲間のように自分から進んで料亭で食事をしたり、吉原で花魁をあげて大騒ぎするような真似をしなかったのは、あの夜以来、たびたび、首斬りの夢を見続けたためと思われた。

――女の首を斬る夢を拾うなど言語道断だ。間違っても酒で刃傷沙汰など起こさぬように身を慎まなければ。

と田村勘十郎は己れに言い聞かせた。

それでも、いつしか何気ない言葉は仙台訛りが抜けて江戸の武士のようになり、江戸前の着こなしや、江戸の住人の食生活が板についていった。

そんな六月のある日のことである。

勘十郎と同僚数名が江戸家老に召しだされたのだった。

召された人間はいずれも、相当な剣の使い手ばかりである。

折しも国表から江戸に緊急の使者が上ったばかりだったので、

「お使者の警護でも命じられるのであろうか」

と、田村勘十郎は控えの間で同僚と囁き合った。

やがて、一同は申し渡しの間に呼ばれた。そこで一同を待っていたのは上役で江戸留守居役の秋田と、江戸に着くなり何処かへ出掛けていた使者の永津だった。

留守居役に促されて、使者の永津は一同に厳かに話しはじめた。

「この度、ご主君重村様にあらせられては、側用人田沼意次殿に、足利時代より伝わる楠公《なんこう》ゆかりの、相模国広光《さがみのくにひろみつ》が鍛えし一刀を、中元の進上品としてお贈りすることと相なった」

楠公とは楠木正成《くすのきまさしげ》のことである。

正成の使っていた南北朝時代の刀を田沼意次に中元の品として贈ることになったというのだ。

「中元の品」とは聞こえの良い表現で、早い話が名刀は賄賂《まいない》であった。

――どうして伊達家伝来の名刀を側用人に贈るのだろう。そんなものを贈らなくとも、老中や側用人には日頃、過剰に酒や女や料理で接待し、莫大な金を使っているではないか。

と勘十郎は眉をひそめた。

共に並ぶ同僚も勘十郎と同意見なのだろう、その顔に勘十郎と同じような表情が拡がっていった。

若い藩士より起こった不服とも不審ともつかない険悪な空気を読んだか、留守居役の秋田は厳しい目で一同を睨みつけると、

「何も申すな。全ては殿が御為《おんため》じゃ」

そう怒鳴りつけた。

こう決めつけられると不服な顔を浮かべかけた一同は、

「ははっ」

と控えるしかなかった。

藩内が飢饉で苦しみ、財政が破綻しかけているのに、なお、江戸向きで贅沢をやめようとしないのは第七代藩主伊達重村《だてしげむら》のせいであった。

伊達重村は父親である先代藩主宗村《むねむら》を尊敬していた。

伊達宗村は文武両道に長けた英邁な藩主で、それゆえ徳川吉宗に高く評価され、愛された人物である。

宗村の「宗」は、吉宗から一字を賜ったもので、それほど吉宗は宗村を高く買っていたのである。

そんな先代に対する伊達重村の感情は、武家の男子が父親に対する尊敬を遥かに超え、「尊崇」や「畏敬」といった程度さえも越えて、もはや「信仰」に近かった。

その、伊達宗村がある時、重村に投げかけた「余は一番が好きじゃ」という一言、さらに、続いて「お前も、何事においても日

本一となれ」と直々に下された言葉は重村にとって、単なる父の訓示ではなく、唯一絶対なる教義となったのであった。

そのように幼少時より伊達宗村を熱狂的に崇拝し、その一言一句を自らの範とした伊達重村だったが、長じて藩主となった時には、その傾向はさらに強まり、「一番になること」――手短に言えば病的なまでに「勝ち負け」にこだわる人物となっていた。

そうして重村は、いつしか大名としての家格が近く、年齢も近い薩摩藩主島津茂豪《しまづしげひで》に対抗心を燃やし、事あるごとに島津茂豪と自分とを比較するようになっていたのである。

重村の対抗心は、島津茂豪が従四位上・左近衛権中将という官位を得た時、一層燃え上がり、狂熱の色さえ帯びるに到った。

負けるものかと重村は、薩摩茂豪を上まわる官位を得るため、幕閣に働きかけた。

老中や側用人への過剰な接待や賂《まいない》は、この働きかけの一環であり、江戸詰の仙台藩士たちの贅沢は、藩主の猟官運動の御相伴だったのである。

「今回、永津さまが国表より、急ぎ、江戸に上られたのは、楠公ゆかりのこの名刀を殿に届けるため――」

秋田がそう説明しかけたのを受けて、使者の永津は言葉を続けた。

「そして、この広光の名刀を、お様しに供せんがためじゃ」

「お様《ため》し」とは、刀剣の鑑定のことである。

ただし、単なる鑑定ではない。

名のある刀剣の実戦における切れ味を確かめるために行なう「試し斬り」、これを「お様し」といった。

具体的には人間の首を刎ね、胴体を斬断して、名刀の手応えを確認し、さらに人を斬って刃こぼれなどしないか験《しら》べるのである。

「ついては来る六月十日、小伝馬町牢屋敷内刑場にて相模国広光をもって罪人を斬首、その後、据物《すえもの》にてお様しいたすことが決まった」

永津の言った「据物」とは斬首された罪人の胴体を名刀で斬断する行為で、これもまた名刀の切れ味や威力を確かめるためのものだった。

「ついては同日、お主たちは仙台藩よりの立会人として斬首、据物、いずれも見届けよ」

永津がそう命ずると、一息置いて、上役が言い足した。

「斬首・据物ともに四代山田浅右衛門吉寛殿に行なって頂けるよう、わしが取り計らっておいた」

「山田浅右衛門……殿……」

周囲に坐した同僚が低く洩らしたのを勘十郎は聞き逃さなかった。

畏怖と感嘆を帯びたその調子を聞くに、江戸では名の知れた人物らしい。

だが、国表より江戸に上って半年と経たぬ勘十郎には全く覚えのない名前である。

「畏《おそ》れながら――」

と勘十郎は秋田に尋ねた。

「拙者は、その山田浅右衛門殿なる御方をまったく与り申し上げないのでござるが、江戸では高名な役人でございましょうか」

「幕府の正規な役人ではない。浪人じゃ」

秋田はすぐに応えた。

「えっ、浪人!?　何ゆえ、お使者もお留守居役様も、浪人風情に伊達家伝来の名刀のお様しをお任せになられるのでしょうか」

と勘十郎が問えば、

「浪人と申しても、山田浅右衛門殿はただの浪人ではない」

秋田は静かに言い切った。

「山田家の初代貞武《さだたけ》殿は八代吉宗《よしむね》公御存命の砌《みぎり》、その剣技の見事さゆえに、直々に御様御用《おためしごよう》と打首役《うちくびやく》を拝命し、以後、江戸において、御様《おためし》は山田家の職務と定められておるのだ」

それを補うように永津も言った。

「身分こそ浪人じゃが、実質、幕府ご公認のお様し役。ゆえに伊達家伝来の名刀をお様しいたすのに何の問題もない」

「分かったか?」

と秋田は勘十郎を見つめた。

「ははっ」

恥入って頭を垂れた時、勘十郎の心には、ひとつの光景が映し出された。

それは、蒼い月の光を滴《しずく》と散らして斬首の剣をふるう剣士の姿であり、斬られたというのに微笑を湛えた女の首である。

それこそは江戸に来て最初の夜に見たあの不思議な夢の情景であった。

「田村は江戸に参って未だ日が浅いので山田浅右衛門殿の噂も聞き及ばなかったのだな。左様であろう」

静かに諭す調子で秋田は言った。

「はっ」

「うむ。分かればよし」

秋田はうなずくと勘十郎の同僚たちを眺め渡して、

「皆の者、六月十日の御様のこと、くれぐれも心しておけ」

その場はそれで散会となった。

だが、上屋敷の藩士長屋に戻っても、勘十郎は山田浅右衛門なる人物のことが妙に心に残って仕方なかった。

夢に出てきた首斬り役人は顔が良く見えなかった。

記憶に残っているのは、痩せて背が高く、全身より、静けさと精悍さの二つの「気」を発していたということだけである。

夜になって、勘十郎は、同僚に言った。

「山田浅右衛門という人物が罪人の首を斬るのをこの目で見ることは出来ないだろうか」

「なんだ。まだ、お留守居役にたしなめられたのを気にしていたのか」

「そうじゃない。ただ、代々、ご公儀よりお様し役を拝命している山田家の剣を後学のため、この目にしておきたいのだ」

「六月十日まで待て」

「いや。その前に見ておきたい」

それを聞いて同僚は失笑した。

「なんだ。首斬りの現場が見たいのか。お主も悪趣味な」

「悪趣味で申しているのではない。六月十日になって、初めて首斬りを見て、悲鳴を上げたり、腰を抜かすような失態を演じたくないんだ」

と勘十郎は言い訳した。

「ふむ。それもそうか。国表におれば首斬りだの、お様しだの、同心か剣術指南でもなければ立ち合うこともないな」

同僚は下顎を撫でて少し考えてから、

「よし。俺に任せろ」

そう言って胸を叩いた。

「幸い、飲み友だちに小伝馬町の牢屋敷で働く者がいる。奴に頼み込んで、なんとか口実を設け、山田浅右衛門が実際に罪人の首を斬る場が見学できるよう手配してもらおう」

「有り難い」

「ただし便宜を図るからには金が要る。俺に一両、奴に一両。しめて二両用意できるか」

「ああ。それくらいなら」

「ならば、明日にでも会って頼んでみよう」

「恩に着る」

頭を下げた勘十郎に、同僚は、

「しかし、本当に悪趣味だな。首斬りなんかを見るのに、二両もの大枚《たいまい》払う人間など、初めて会ったぞ」

「今回ばかりは別だ。なにぶん事情が事情なのでな」

「なに、事情?」

「うむ。罪人の首を斬る剣士の夢を見たのだが、それがあまりに生々しくてな」

と勘十郎は「夢を拾う話」を飛ばして説明した。

「ひょっとしたら、夢で見た剣士は、その山田浅右衛門ではないかと、そんな気がしてならないんだ」

「夢を確かめるために、首斬り見物に二両か。国表にいるころより、貴公、少し変わっておるとは思っていたが。そこまで来ると、もはや変人というものだぞ」

「自分でもそう思う」

「間違っても秋田さまや永津さまには知られんことだ」

と言って同僚は掌を差し出した。

勘十郎は財布を取り出すと、

「気をつけよう」

苦笑混じりに二両、同僚の白い掌にそっと置いた。

四

同僚の手配で山田浅右衛門が罪人の首を斬る場を見物出来たのは、それから数日後のことである。

「小伝馬町の牢与力に頼み込んでな。当藩剣術修行中の者なれば、後学のため、山田流試刀術《しとうじゅつ》の冴えを是非とも拝見いたしたく……などと、まあ、そんな口実で山田浅右衛門の弟子に交じって、首斬りを見学できるようにしてもらった」

「忝《かたじけな》い。それで、日時と場所は?」

「日時は明日未の刻(午後二時)。場所は小伝馬町の牢屋敷にある死罪場。……と申しても貴公は不案内であろう。安心しろ、俺が付き合ってやる」

翌日、勘十郎は同輩の案内で小伝馬町牢屋敷に向かった。

江戸定詰の住む仙台藩上屋敷は芝口三丁目に位置していた。そこは江戸城大手門まで一里とない所で、牢屋敷のある小伝馬上町までもさしたる距離はない。

二人は約束の時刻の小半時前には牢屋敷に辿りついた。

表門で同僚が門番に用向きを話すと、門番は牢同心を読んでくれた。同僚はその牢同心とも顔馴染の様子で、牢屋敷の与力部屋まで案内《あない》を乞えば、親切に詰所まで付いてきてくれた。

そうして導かれたのは与力の詰める部屋、与力詰所である。詰所の障子は開放されており、中では二人の与力が机に向かい、書類に目を通していた。

「逸見様。ご面会でございます」

牢同心が廊下から呼びかければ、二人の与力の一方が顔を上げた。

エラの張った顔だった。垂れた眉の下に小さく離れた目のある三十前後の男である。小伝馬町牢屋敷で与力などやっているより、どこか小藩の江戸詰として吉原の三浦屋で幕府の重役を接待し、自分で三味線でも弾いて端唄をうなっていそうな雰囲気だった。

——人の好さそうなそうな人物だな。

と勘十郎は思った。

きびきびした身ごなしで立ち上がると、男は勘十郎と同僚の前に坐った。

「こちらが御様御用《おためしごよう》の山田流剣術をご覧になりたいと?」

男は同僚に尋ねた。

「身共の同僚で田村勘十郎という者だ。宜しくお願いする」

同僚が紹介してくれたので、勘十郎は手をついて頭を垂れた。

「お初にお目に掛かります。仙台藩江戸定詰、田村勘十郎と申します」

「これはご丁寧に。拙者は小伝馬町牢屋敷牢与力、逸見半四郎《いつみはんしろう》と申す者。以後、宜しくお願いします」

互いに挨拶を交わして、

「間もなく斬首が始まりますゆえ」

と、逸見半四郎は、勘十郎と同僚を牢屋敷の奥に導いた。

——すでに根回しが済んでいるので話は早いな。それとも二両の鼻薬の効果がてきめんなのか。

と勘十郎は思った。

与力の用部屋から廊下を突っ切り、裏居間を越えて戸を開けば、そこは裏庭である。

「ここから外《おもて》に出られよ」

「角にあるのは張番所《はりばんしょ》ですね」

勘十郎は牢同心や小者がものものしく警備する一角を示した。

「左様。番所の手前に木戸がござって、その奥に揚座敷や切腹場があります」

揚座敷とは五百石以上の旗本、高僧、高位の神主などを収容する牢屋のことである。

「町人の牢はここではないのですか」

「左様。そうした者を容れる牢は塀の向こうでござる」

逸見は二人に説明しながら、裏庭から門の向こうへと導いた。

そこは百姓牢の東南の片隅にあたる場所だった。

東南・東北の二方向は練塀、西南は板塀で仕切られている。

「百姓牢から見て右と左に入口が別れておりましてな。右は表門、左は裏門になっております」

「表門は別名、埋門《うずみもん》と呼ぶそうですな」

と同僚が逸見半四郎に言った。

「よく御存知で。埋門はお奉行、与力、同心、小者などの出入りいたす門。左のほうにある裏門が罪人が入る門でござる」

三人は右側の表門を通って死罪場に入った。

死罪場は牢屋敷の東北の角に設けられた裏庭にあった。

「庭」と言っても灌木や草花が植えられている訳ではない。

白砂が敷かれた寒々とした空間だった。

当時、罪人の首を刎ねる死罪場は、「死穢《しえ》」（死の穢《けが》れ）に関わる場所なので、牢屋敷の「鬼門」に設けることが慣例となっていた。

鬼門とは丑寅の方角である。

つまり牢屋敷においては東北の角地がそれに該当した。

その、死罪場の築地塀に近い場所に、長方形の穴が穿たれているのを目にして、田村勘十郎は思わず驚きの声をあげそうになった。

なんと、そこは夢で見た首斬りの場で、斬られた首が転げ落ちた矩形の穴と寸分変わらぬ位置ではないか。

――夢の中では月夜だったので、きっちり長四角に掘った穴が、月影でいびつな矩形に見えたんだ。

勘十郎はそう考えた。

己れの「夢を拾う力」の恐ろしさが、今更ながらに肌に粟を立てるほど恐ろしい物に感じられてくる。

「あちらに山田殿のお弟子や、諸藩のお歴々もいらっしゃいます。お二方も、ささ、どうぞ。莚にお坐りくだされ。拙者はここで失礼いたす」

逸見半四郎と別れて、勘十郎と同僚は牢屋敷に寄った所に歩み寄った。

そこには白砂の上に真新しい莚が敷かれて、十人近い者が正座している。

――見物の位置も俺の見た夢とほぼ同じだ。

勘十郎と同僚が莚のほうに進めば、先に正座していた者たちが黙って詰めてくれた。

「忝い」

勘十郎は前のほうに進んでいく。同僚は後ろに席をとった。

正座すれば、香の匂いが鼻を掠めた。

匂いのほうに振り返って、初めて、背後に娘が坐っていたのに気がついた。娘は武家ではない。町方の女だった。

その娘の雛菊のような明るさと美しさが、一層、死罪場には相応しからぬものと感じて、

「町娘が斬首を見物だと？」

勘十郎は思わず口に出して呟いてしまった。

すると後方右のほうから笑いを含んだ男の声が湧き起こる。

「こちらの娘御は花屋にござるよ。斬首の場には不似合いと思われるかもしれぬが、首を斬られた仏とて、手向けの花くらいはあげてやれと、浅右衛門殿が申されての。こうして毎回、斬首の場に、このお志摩を立ち合せておるのじゃ」

声のほうを見れば、町娘の一人置いて右隣にいるのは、墨染をまとった初老の僧侶である。勘十郎は思わず僧侶に尋ねた。

「貴方様は？」

「愚僧は大傳馬塩町の禅耕庵《ぜんこうあん》の住持じゃ。映観道久《えいかんどうきゅう》と申す」

「罪人の遺骸は回向院に葬られると聞き及びましたが」

「いや。愚僧は斬首される咎人の供養のためにおるのではない。当寺は山田家に縁がござってな。それで、何百何千と斬首する山田浅右衛門殿の罪業が、些かなりとも軽減されるよう御仏に祈るため、事あるごとに、こうして山田殿のお弟子たちや、諸藩の剣士に混じって、斬首の場に立ち合せて頂いておりますのじゃ」

「左様でしたか」

映観道久和尚の言葉にうなずきながら勘十郎は驚いた。

——町娘のみならず僧侶までとは。

それは花屋や禅僧が死罪場に立ち合うことへの違和感や驚きではない。

江戸に着いて最初の夜に見た「月下の斬首場の夢」そのままに、町娘と僧侶が正座していたことへの驚愕であった。

——どうなっているんだ？　夢を拾うことなど、ここ十七、八年、ついぞ無かったというのに。

勘十郎は何度も瞬きした。落ち着きなく瞳を周囲に走らせる。夢の中で自分と共に斬首を見物した人間は他にいないかと確かめようとした。

だが、僧侶と町娘、それに同僚以外に誰がいたのかは、まったく思い出せない。

そうするうちに——。

死罪場のほうに床几が三つ据えられる。

床几に最初に坐ったのは額がすっかり後退した裃姿の武士である。古武士めいた厳めしい顔つきが特徴的な老人だった。

「今、お坐りになられた御方は囚獄《しゅうごく》の石出帯刀《いしいでたてわき》様じゃ」

「囚獄？」

「牢奉行とも申しますな。小伝馬町牢屋敷の長官じゃよ」

「死罪にいちいち長官が立ち合うのですか」

「決まっておる。ほれ、続いて検視《けんし》役がお坐りになった」

「検視役とは何をする方です？」

「首を斬った罪人が確かにこと切れたか、確かめる役目よ。いや、斬首された罪人だけ検《しら》べる訳ではない。普段は、町中で死人が発見された場合、その死人が事故で死んだのか、殺されたのか。殺されたとしたら如何なる凶器で殺されたのか、その辺を詮議するのが役目じゃ」

「江戸の町方には左様な職務があるのですか」

「いやいや、江戸だけではない。京にも、大坂にも、多分、貴公の御国にもあることと思うよ。ただ、一般に知られておらぬだけでな」

「………」

「そして、ほれ、最後に席についたのは見回り与力じゃ」

牢奉行、検視役、与力が着席すると、死罪場中央が塩で清められた。首斬り場の前の蓋が外されて、地面に掘られた矩形の穴が現われた。

穴は「血溜の穴」といい、斬首された罪人の身より噴出した血を受けるためのものだった。

程なく――。

年格好も様々な男が四名、矩形の穴の向こうに控えていった。

「あの者たちは?」

「あれか。あれらは山田流試刀術を学ばんとて浅右衛門殿に師事する者――いわば山田浅右衛門殿の御弟子たちじゃ」

「弟子……。しかし、四十過ぎた者や五十近い者もいるようですが」

「そりゃそうじゃろう。西国出身の者もおれば奥州出身の者もおるし、旗本もおれば、武州多摩の郷士もおる。その出身藩も違えば、身分も違う者たちよ。だがしかし、かれらの思いはただ一つ。山田流試刀術を極めたいという、ただその純粋な志ゆえに、ああして浅右衛門殿の弟子として常に斬首の場、据物斬りの場に立ち合うておるのじゃ」

「山田流はただの首斬り剣法ではないと、御坊は申されますか?」

「見れば分かる」

と言って映観道久は勘十郎に振り返ると、

「特に、貴公はの。山田浅右衛門殿が罪人の首を斬られる様子をその目で見れば、きっと、何もかも分かるじゃろうて」

意味ありげにニヤリと笑って片目をつぶった。

その表情に一瞬寒気を覚え、勘十郎は小さく身を震わせた。

――この禅僧はまるで俺が夢を拾えることを知っているみたいだ。

勘十郎がそう考えた時、見学の者たちから低いざわめきが起こった。

――なんだ?　どうした?

「見ろ。地獄門に人が立ったぞ。間もなく斬首が始まる」

期待とも怯えともつかない感情を帯びた声が、見学からあがった。

「じごくもん?」

勘十郎が眉をひそめて繰り返せば、

「地獄門とは罪人が死罪場に入る門のことじゃ」

と映観が説明してくれた。

すると、耳聡くそれを聞いた同僚が、

「地獄門か。まさしく罪人にとっては地獄の一丁目だな」

と、不謹慎な冗談を言って鼻を鳴らした。

そうするうちにも手伝い人足に後ろ手を取られた罪人が埋門に姿を見せた。

髪はおどろに乱れ、顔面は半紙で隠されているが、柿色の獄衣を見れば、胸のふくらみや腰のくびれを確かめるまでもなく、女であることは一目瞭然だった。

「や、今日は女の首斬りだぞ」

見物に来た剣士の一人が嬉しそうな調子で小さく叫んだ。

と、すかさず、前のほうに坐した弟子の一人がそちらに向かって、

「お静かに」

と、たしなめる。

「ここは小伝馬町牢屋敷御様場《おためしば》にござれば、上様や諸侯の御腰物《おこしもの》を扱う神聖な場と、お心得召されますよう」

――言葉遣いこそ堂々としているが、声音が少し高いな。

そう感じて声のしたほうを見やれば、その弟子は角前髪《すみまえがみ》を揺らしている。

――まだ元服前ではないか。山田浅右衛門にはこんな若い弟子もいるのか。

と勘十郎は驚いたが、良く見学に来る諸藩の剣士には顔見知りのようである。

「うむ、いかにも。身供としたことが面目ない。許されよ、三輪殿」

先に声を上げた者は大いに悪びれた表情で、相手が角前髪の少年にも拘わらず、真っ赤になって詫びた。

――三輪……というのだな。あの少年は。良く見れば若いだけでなく、端整で優しそうな容貌《かお》をしている。まるで娘のようだ。

勘十郎は角前髪の弟子を見つめた。

そうこうするうちにも、三人の手伝い人足にガッシリ後ろをとられた女罪人は、死罪場の矩形に掘られた「血溜の穴」のあたりへ導かれた。

人足たちは女を押さえつけると、草履を脱がせる。裸足になった女を莚の上に引き据えた。女は観念したように人足たちにされるがままになっていた。

女の頭を血溜の穴の上に突き出させた。その姿勢のまま固定した。

人足の一人が女の後ろ髪を前に掻きやった。

その行為が、山田浅右衛門が女の首を斬りやすくするためのものであることは言うまでもない。

埋門を潜って裃姿の武士が現われた。

それと同時に、勘十郎は、死罪場の空気が薄青く凍りついたような気がした。

見学の剣士たち、四人の弟子、さらに牢奉行や検視役、与力までが一斉に居住まいを正していた。

当然のことながら勘十郎も、かれらと同じように背を伸ばし、居住まいを正してしまう。

埋門より進み出た男は、それほど凛烈な「気」を放っていた。

――あれが山田浅右衛門か。

そう考えた勘十郎は、男の存在感に圧倒されて、息が出来なかった。

男は三十四、五と思《おぼ》しかった。背が高く、痩せているが骨太の体型であることは裃の上から見てとれる。

公儀の役職に従事する武士のように月代《さかやき》を剃らず、儒者のような髪形をしていた。

――公儀御様御用《こうぎおためしごよう》の大役にありながら、その身分は浪人のままというのは真実《まこと》だったか。

山田浅右衛門は牢奉行、検視役、与力の順に一礼した。

その右の手には白柄白鞘の差料《さしりょう》が提げられている。

差料は本日の御様御用に使われる刀剣だ。いずれ将軍家か、大名か、大旗本の家に伝わる名刀に違いない。

その刀の切れ味や威力を、持ち主に代わって、罪人の首を斬ることにより、山田浅右衛門が確かめるのである。

勘十郎はそんなこと、疾《と》うに承知の上で、斬首の見学を申し入れたはずであった。

――だが、こうして、手を伸ばせば浅右衛門に届くほど近い距離で、その試刀術を見学するのは……。

息苦しさを覚えて、勘十郎は初めて、自分が呼吸を止めていたのに気がついた。

山田浅右衛門の放つ圧倒的な「気」と存在感が、しばし勘十郎に、息をすることさえ忘れさせたのだった。

人足が片膝立ちになった。

腰に手を回す。腰の後ろに差した小刀を抜くと、女罪人の首にかけた首縄を切った。

さらに獄衣の襟元をくつろげ、肩と二の腕を露出させた。

柿色の獄衣より露わになった女の肌の白さが目に沁みる。

——色の白さと肌の繊さが痛々しい。本来ならば、雪のごときやわ肌を大勢の人間の目に晒すような育ちの女ではあるまい。と勘十郎は心で断じた。

山田浅右衛門が女の横に立った。

反射的に女は身を固くし、その首を縮めた。

「むう」

勘十郎は低く呻いて身を乗り出した。

これまで、何もかも人足にされるがままだったので、女はとうに気死しているものと思ったのだが、そんなことはなかったらしい。

——どれほど観念したところで、いざ己れの首が斬られる段ともなれば、如何なる人間といえども緊張に身構え、首を縮めてしまうのは当然……。いや、それが自然というものだ。

勘十郎はそう思い、そっと舌の先で唇を湿らせた。

山田浅右衛門は肩衣を外すと、素早く襷掛けになった。

白柄の差料を腰に差す。一息置いて、差料を抜き放った。

上段に振りかぶる。

——いよいよだ。

勘十郎は目を凝らした。

と——。

次の刹那、不意に、勘十郎は眼前のこの出来事を一度体験しているような気分に襲われた。

——俺はこの場面を夢で見ている。

勘十郎はそう感じて激しく瞬きした。

いわゆる「既視感」という知覚異常であった。

——おかしい。まるで誰かの夢を拾って、それを夢で見ているような感じだぞ。だが、夢を拾うのはいつも夢の中と決まっているのに、今、俺は目覚めている。これはどうしたことだ⁉

勘十郎は必死で動揺をおし隠した。

——死罪場の一角に坐し、首斬り浅右衛門が罪人の首を斬ろうとする時に騒いでは、首斬りを目にする恐怖で錯乱したと思われる。

呼吸を整え、神経を弛緩させようとするうちにも、勘十郎は未だかつてない形で「夢を拾って」いた。

山田浅右衛門と、かれに首を斬断されんとする女罪人、その二人の「夢」を。

五

緊張は唐突に消えた。

何処からか微かな花の香りがした。

梅の花だ。

――今は五月も末、しかも牢屋敷内だぞ。何ゆえ梅の花の香りが？

と、いぶかしく思ううちに、勘十郎の周囲の情景が変容しはじめる。

まず、視界から白砂を敷いた死罪場が消えた。

続いて女罪人や、女を後ろ手に取り押さえた人足たちが、勘十郎の周囲の見物人が、誰も彼も乳色の靄に包まれていく。

靄は勘十郎の目もかすませて、視野にあるもの全てを、隅のほうから乳色の靄に溶かしこんでいく。

それに伴ってまた猛烈な眠気の波が襲ってきた。

――眠い。眠い。……いかん。頼みこんで死罪場に立ち合せてもらっているのに、うたた寝するなど、そんな無様な真似は死んでもできん。……いかん。眠ってはいかん。……あああ……眠い……眠い……。

周囲の人間に悟られないようにそっと太腿あたりの肉を、袴の上から握って眠気を払おうとする。

――この眠気は梅の花の香りのせいか？

そう自問すると、より一層、梅の香りが香ってきた。

――梅だと？　今は五月も二十日過ぎだぞ。

勘十郎が微かに眉をひそめれば、遠くから鶯の鳴き声も聞こえてきた。

――いや……五月というのは俺の勘違い……今は二月なのか……。

乳色の靄が少しずつ晴れてきた。

靄の下から百姓家の佇まいがゆっくりと現われる。

――この家の持ち主は小作人ではないようだが、裕福でもなさそうだ。

さして広くない庭と小さな母屋を見ながら勘十郎は思った。質素な暮らしをする農民のつつましい家のようだった。

晴れてゆく靄の中で、勘十郎は、自分がつつましい百姓家の裏庭に立っているのに気づいた。

目の前にあるのは家の縁側だった。

その前には、梅の木が一本伸びている。

梅の枝には紅《くれない》の花が咲いていた。

梅の木の下に咲く黄色の花は福寿草である。

季節は二月の終わり頃だろう。

庭に咲いた花々がもうすぐ春と告げていた。

突然、男の声がした。

「お前は春が好きなのか？」

茶の宗匠か禅僧めいた静かな調子の声だった。

「はい。幼い時の楽しかった思い出は、なぜか、どれも皆、春の思い出ばかりでして」

女の声が応えた。

「ときに、ここは何処かな？」

「生まれ故郷の下総《しもうさ》平戸《ひらと》村でございます」

「下総の平戸と申せば……印旛沼あたりか」

「はい」

「あちらのほうは田沼意次殿が新田開発にご執心で、大層繁盛しておると聞き及ぶが」

「いえ。決してそんなことはありません。新田開発を任せられたお役人や、人夫集めを仕切る地回りの親分が勝手放題をして、村の働ける者は開発人夫に駆り出され、その癖、賃金は雀の涙。その僅かなお金も親分が無理矢理、人夫に博打をやらせて吸い上げる有様で。……わたしの生まれ育った頃とは比べものにならぬほど、貧しくなってしまって、逃散《ちょうさん》する小作人が後を絶たないほどで」

声がそう話すうちに、話す女の姿が次第に靄から浮かび上がってくる。

派手な長襦袢に安物の笄《こうがい》や簪《かんざし》を兵庫に結った髪に何本も刺していた。

その下は顔はおろか、首、襟足まで白粉を塗って、唇には紅を引いている。

女は女郎だ。身なりから見て深川あたりの岡場所で働く宿場女郎であろう。

そんな姿なのに、女は百姓家の縁側に正座して、二月の花の咲く裏庭を眺めていた。

何処からか、女の子の唄う子守唄が聞こえてくる。

ねんねん　ねんねこよ
ねんねのお守《もり》は
どこへ行《い》た
山を越えて里へ行《い》た
里のお土産《みや》に
なに　もろた
でんでん太鼓に　笙《しょう》の笛
起上《おきあが》り小法師に　振り鼓《つづみ》

「あれを唄っておるのはお前か」

そう尋ねた男の姿が、勘十郎の目に鮮明に映った。

それは裃姿の山田浅右衛門である。浅右衛門は遊女の傍らに坐っていた。

梅の木の陰からねんねこを着て赤ん坊を背負った五歳くらいの女子が現われた。

女の子と、その背で眠る赤ん坊をいとおしげに眺めながら遊女はうなずいた。

「はい。生まれたばかりの弟を、よく、ああやっておぶって、あやしたものです」

女の子は、そのまま裏庭を横切って、何処かへ消えていった。

「一番幸せだった頃の思い出でございます」

と呟いて寂しげに微笑んだ遊女を、浅右衛門はじっと見つめた。

浅右衛門のその瞳の清澄さに勘十郎は驚いた。

——なんと澄み切った目だ。まるで一点の雲もない青天のようではないか。

ややあって、浅右衛門は尋ねた。

「お前は無実か」

「はい」

「誰かに罪を着せられたのか」

「はい」

「罪を着せた者の心当たりは?」

「わたしが財布を盗んだと訴えた客です。あいつ、わたしに煙草をくれ、と言って、わたしが煙草盆と煙管を取りに行ったら、その隙に急いで自分の財布をわたしの枕の下に隠しました」

「それを見たのか」

「はい」

「間違いないか」

「間違いございません」

「そうか」

と言って浅右衛門は静かに立ち上がった。

「お上と言い、お奉行と言っても、畢竟《ひっきょう》、人間。人のやることには必ず間違いがある。だが、お裁きはお裁きだ。そのお裁きにより、わたしはお前を斬らねばならぬ」

そう続けるうちに、いつの間にか、浅右衛門の手には一振りの剣が握られていた。

「はい。覚悟は出来ております」

と応えて手を合わせた時には、遊女は柿色の獄衣をまとった女罪人に変わっていた。

「ただし、安心いたせ。お前を罪に陥れた者には、きっとわたしが罰を下そう。お前と同じように、その者の首を斬ると誓う」

女の顔は半紙で隠され、その頭部は血溜の穴の上に固定されていたが、浅右衛門の言葉は聞こえるようだ。

女罪人はほんの僅かだけうなずいた。

五月の死罪場の情景に、二月の百姓家の裏庭が重なった。

牢奉行や検視役や与力の並ぶ前をねんねこを着た少女がゆっくりと横切った。

静まり返った死罪場に少女の歌う子守唄が流れていった。

その声が五月の空に呑まれて消えた瞬間、山田浅右衛門は上段に構えた剣を一気に振り下ろした。

刹那、女の首が舞った。

あまりに見事な浅右衛門の太刀筋に、切り口からも、女の首からも、一滴《ひとしずく》の血も流れなかった。

女の首は静かに矩形の穴に落ちていった。

勘十郎が立ち合ったのは、この日は、ここまでだった。

夕刻になって、勘十郎は同僚に連れられて、両国の小料理屋を訪れた。

「精進落としだ、ご同輩」

通された部屋に酒が運ばれてくるなり、同僚はそう言って盃を取った。

少しして牢屋敷の仕事を終えた逸見半四郎がやって来た。どうやら同僚と逸見はよくここで酌み交わしているらしい。

「本日はお世話になりました」

勘十郎は逸見半四郎に心の底から礼を言った。

「噂に訊く山田浅右衛門の試刀術、まことにお見事で、勉強になりました」

「それは良かった」

逸見半四郎は苦笑いしながら盃を取り上げた。どうやら勘十郎を悪趣味な人間と思っているようである。

「この田村は大いに楽しんだようだが、身供には聊か刺激がきつすぎたな」

同僚は逸見の盃に酒を注ぎながら言った。

「今でも、あの女の恨みがましい顔が、瞼に焼きついて離れんよ」

すると逸見はかぶりを振って笑った。

「は、は、は、お主はちゃんと見ていなかったようだな」

「おいおい、わしはちゃんと見たぞ」

「はは、ちゃんと見てたら、女が恨みがましい顔をしていたなどとは言えない筈だ」

「どうして？」

「忘れたか。女の顔は半紙で隠されていたのだぞ」

逸見が言うと、同僚は一瞬驚いた顔になって、続いて吹きだした。

「言われてみればそうだった。は、は、は、斬首される罪人は恨みを呑んでいるものと、わしは決めつけていたらしいな」

「そうだろう」

と笑った逸見に、勘十郎は尋ねた。

「それで……本当のところはどうなのです？　首を斬られた者は恨みを含んでいるものなのですか」

「いやあ、それが不思議なことですが」

と逸見は言った。

「今の山田浅右衛門殿は四代目で、吉寛殿《よしひろ》と申されるのですが。その、四代目吉寛殿になられてから、斬首された罪人で、苦悶の表情や、憎しみの表情、この世に恨みを残したような顔をした者は一人もおりません」

「と、申されますと？」

勘十郎が身を乗り出すと、逸見半四郎は話してくれた。

「斬首後、血溜の穴に落ちた首は、人足が拾い上げ、検視役が顔を隠した半紙を除いて仔細に検分するのですが、四代目吉寛殿が斬られた首はどれも皆、まるで仏に召されたような、安らかな死に顔なのです」

「では、今日の女は？」

「今日の女は吉原の中くらいの遊郭の遊女だったのですが、同衾のどさくさに、馴染の客の財布を盗んだ罪で死罪となりました。お裁きの場では、ずっと、自分は無罪だと言い続けていたから、さぞや無念の思いやこの世への恨みが溜まっていたと思われるのですが……」

「首は？　首はどんな表情だったのです？」

勘十郎が畳みかけると、

「穏やかな死に顔でしたねえ。うっすらと微笑みさえ浮かべて、観音様のようでしたな」

と言って逸見は酒を一口啜ると、さらにこう付け加えた。

「あの顔は……まるで……今にも子守唄でも歌いだしそうに見えました」

その言葉を耳にした瞬間、田村勘十郎の目から熱い涙が溢れだした。涙は後から後から湧いてくる。

逸見と同僚が怪訝な顔をしても、勘十郎は容易に涙を抑えることは出来そうになかった。

第一話　了

note◆「妖臣蔵」の担当M氏が打ち上げの折、「佑天と首斬り浅右衛門どっちをお願いしようか迷ったんですよ」と打ち明けてくれた。その時、「朝松版首斬り浅右衛門も書いてみたいな」とふと思った。その後、当時住んでいた千早町の近くの寺に歴代の山田浅右衛門の墓があると知り、参拝に行った。

質素な墓だった。しかし小さな墓石は自然で、寺院が曹洞宗ということもあってか、静かな禅境に至った「首斬り浅右衛門」の心を伝えてくれたのである。その時、夢の中で斬首する浅右衛門のイメージが閃いた。イメージの浅右衛門は斬首役人というより禅僧か優れた医師、あるいは高い学識を有した学者のようだった。

今回お披露目した「夢斬り浅右衛門」は、先に「伝奇無双」（戯作舎）で発表した作品の続編である。続編とはいっても独立した物語なので別の物として楽しんで頂きたい。

夢斬り浅右衛門の基本設定は次のようなものだ。四代目浅右衛門吉寛は先天的に他人の潜在意識と同期し、その深層心理に踏み入る能力があった。吉寛は自らの能力を生かして、刑場に送られた人間の意識に踏み入り、その心に安らぎを与える。そして罪人が微笑んだ瞬間、斬首するのだ。だが罪人の言い分は聞く。そして罪人が無罪で冤罪によって刑場に送られたと知ると、真に咎められねばならない人間に引導を渡し、地獄に送るのである。ただし吉寛自身はお上の御用を預かる身なので、直に処刑はしない。吉寛の人柄に惹かれ、正義が行なわれない現実に憤る、かれの仲間が密かに裁くのだ。牢役人逸見半四郎はその裁き人である。そして今回、浅右衛門吉寛と知り合った仙台藩士田村勘十郎も裁き人に加わる。作者はさらに強力な浅右衛門の「仲間」を用意している。その人物は次の機会にご紹介できるだろう。

そして「仲間」が揃った時、物語は本当に動きだす。

操觚の会とは

歴史小説イノベーション「操觚の会」は、歴史小説界に風穴をあけんとする作家集団です。

操觚（そうこ、と読みます）とは、古代中国で文字を書くのに用いられた「觚」という木札を「操」る、すなわち文筆業の意で、その語感が会にふさわしいと命名しました。

具体的な活動として、斬新な作品の発表はいうまでもなく、歴史の真実に迫るトークショー、史料の読み方、歴史小説の楽しみ方・書き方講座などを、思いを同じくする有志とコラボレートしながら、歌舞音曲や刀剣演武といった趣向を凝らした演出とともに、専門性を活かしたイベントも行っていきます。

そしてそれらによって、ディープな歴史小説ファンにはもちろん、堅苦しいと歴史小説を食わず嫌いであった方々にも、歴史の面白さ、歴史小説の楽しさを伝えていくことを最大の目標としています。

「千万人といえども我行かん」の気概で進んでまいります。皆さまのご支援をなにとぞよろしくお願いいたします。

操觚の会・会員紹介

赤神諒（あかがみ　りょう）
二〇一七年十二月、日経小説大賞受賞。デビュー作「大友二階崩れ」では義に殉じようとする兄と愛に生きる弟の姿を、「大友の聖将」では極悪人が信仰を得て聖者に変わってゆく姿を、「大友落月記」では心ならずも敵味方に分かれて死闘を尽くす親友同士の姿を描く。近刊に「神遊の城」、「酔象の流儀　朝倉盛衰記」。「泣ける小説」、ここにあり。

秋山香乃→p.028 掲載

朝松健→p.004 掲載

芦辺拓→p.048 掲載

天野純希（あまの　すみき）
一九七九年生まれ。愛知県出身。二〇〇七年、『桃山ビート・トライブ』で第二〇回小説すばる新人賞を受賞。二〇一三年、『破天の剣』で第十九回中山義秀文学賞を受賞。作品は他に『燕雀の夢』、『信長嫌い』、『有楽斎の城』、『雑賀のいくさ姫』など。

彩戸ゆめ→p.062 掲載

荒山徹（あらやま　とおる）
一九六一年富山県生まれ。上智大学卒業後、新聞社、出版社勤務を経て、朝鮮半島の歴史・文化を学ぶために韓国に留学。一九九九年『高麗秘帖』で作家としてデビュー。二〇〇八年『柳生大戦争』で第二回舟橋聖一文学賞を受賞。

泉ゆたか（いずみ　ゆたか）
神奈川県逗子市出身。早稲田大学卒、同大学院修士課程修了。塾講師、雑誌ライターを経て、二〇一七年に第十一回小説現代長編新人賞受賞作『お師匠さま、整いました!』（講談社）でデビュー。『髪結百花』（KADOKAWA）。

神野オキナ→p.078 掲載

神家正成（かみや　まさなり）
一九六九年愛知県生まれ。千葉県柏市在住。陸上自衛隊少年工科学校、富士学校修了。七四式戦車操縦手として勤務。自衛隊を依願退職後、韓国留学。韓国と関わる仕事に従事。二〇一四年、南スーダンPKO活動中の自衛隊を舞台とした『深山の桜』で第十三回『このミステリーがすごい!』大賞、優秀賞を受賞、同作品でデビュー。最新作は『七四』。

蒲原二郎→p.098 掲載

木下昌輝（きのした　まさき）
一九七四年、奈良県出身。近畿大学理工学部卒業、ハウスメーカー勤務後にフリーライターに。二〇一二年「宇喜多の捨て嫁」で第92回オール讀物新人賞受賞。二〇一四年『宇喜多の捨て嫁』を出版、同作が152回直木賞候補に。『人魚ノ肉』で山田風太郎賞候補、『天下一の軽口男』で吉川英治文学新人賞候補、『敵の名は、宮本武蔵』で山本周五郎賞候補。

小松エメル（こまつ　えめる）
一九八四年東京都生まれ。母方にトルコ人の祖父を持ち、トルコ語で「強い、優しい、美しい」という意味を持つ名前を授かる。國學院大學文学部史学科卒業。二〇〇八年『一鬼夜行』でジャイブ小説大賞を受賞し、二〇一〇年デビュー。著書に「一鬼夜行」「蘭学塾幻幽堂青春期」「うわん」の各シリーズのほか、『夢の燈影』、『梟の月』などがある。

坂井希久子→p.114 掲載

篠原悠希（しのはら　ゆうき）
ニュージーランド在住の主婦。弥生時代の終焉と王権の黎明期を描いた歴史ファンタジー

「天涯の楽土」で第四回野性時代フロンティア文学賞を受賞しデビュー。座右の銘は「人間万事塞翁がネタ」。代表作は中世中華の架空王朝を舞台にした歴史ファンタジー「金椛国春秋シリーズ」二月末時点で六巻「湖宮は黄砂に微睡む」まで刊行。

杉山大二郎（すぎやま だいじろう）
一九六六年東京都生まれ。IT企業に勤務後、作家になる。著書にビジネス小説『至高の営業』、『ザ・マネジメント』（ともに幻冬舎）がある。構成を担当した『あのとき、僕らの歌声は。』（AAA著／幻冬舎）は七万部を超えるベストセラー。

鈴木英治→p.128 掲載

鈴木輝一郎（すずき きいちろう）
一九六〇年岐阜県生まれ。一九九四年『めんどうみてあげるね』で第47回日本推理作家協会賞受賞『桶狭間の四人 光秀の逆転』（毎日新聞出版）など著書多数。鈴木輝一郎小説講座は全国屈指のプロデビュー率を誇る。奥山景布子、水生大海、逸木裕、大空なつきなど卒業生多数。

鷹樹烏介（たかぎ あすけ）
東京生まれ。第五回ネット小説大賞受賞。
二〇一八年一月宝島社より『ガーディアン新宿警察署特殊事案対策課』でデビュー。二〇一九年一月同社より続編『ファイアガード新宿警察署特殊事案対策課』を刊行。

鳥羽亮（とば りょう）
一九四六年、埼玉県生まれ。埼玉大学教育学部卒業。一九九〇年『剣の道殺人事件』で第36回江戸川乱歩賞を受賞しデビュー。剣豪小説、時代ミステリーなど、迫力ある剣戟描写に加え、江戸に生きる人々の人情の機微を描き、多くの読者を魅了する。著書に「剣客旗本奮闘記」「はぐれ長屋の用心棒」「隠目付江戸秘帖」「剣客同心親子舟」各シリーズなど多数。著作は三百冊を超える。

永井紗耶子（ながい さやこ）
神奈川県横浜市出身。新聞記者を経てフリーライターとなり、新聞、雑誌などに執筆。二〇一〇年、『絡繰り心中』で第11回小学館文庫小説賞を受賞し、デビュー。著書に『福を届けよ』（小学館文庫）『帝都東京華族少女』（幻冬舎文庫）『広岡浅子という生き方』（洋泉社）など。近著は『大奥づとめ』（新潮社）、『横濱王』（小学館文庫）。

新美健→p.138 掲載
早見俊→p.156 掲載
日野草→p.174 掲載
誉田龍一→p.206 掲載

簑輪諒（みのわ りょう）
一九八七年生まれ、栃木県宇都宮市出身。二〇一四年、「歴史群像大賞」入賞作品『うつろ屋軍師』でデビュー。二〇一八年、『最低の軍師』で「啓文堂書店大賞」を受賞。その他の著書に『殿さま狸』『くせものの譜』『でれすけ』がある。「歴史群像」誌上でコラム『日本100名城と武将たち』も連載中。ミノワのミノは「竹冠に衰弱の衰」。

谷津矢車→p.206 掲載

和ヶ原聡司（わがはら さとし）
二〇一一年に電撃文庫小説大賞にて銀賞を受賞。
代表作「はたらく魔王さま！」シリーズ。「勇者のセガレ」シリーズ。「ディエゴの巨神」（いずれも電撃文庫刊）
朗読劇脚本。ゲーム脚本など。
元役者の出たがりのお喋り。趣味は羊毛フェルト。明日は明日の風が吹く。

草薙剣秘匿伝――葛城皇子の章

◉秋山香乃

あきやま　かの
二〇〇〇年に『SAMURAI 裏切者』を秋山香乃とは別筆名でデビュー。

二〇〇三年、同作が文芸社から『新選組　藤堂平助』と改題、秋山香乃の筆名で単行本発売。

二〇〇七年、文藝春秋社から文庫化。他48冊ほど著作刊行物あり。

新聞連載四回（小説三回・コラム一回）。

『天狗照る』で歴史時代作家クラブ作品賞ノミネート。『龍が哭く』で野村胡堂文学賞受賞。

新聞に書評を時々掲載。

今年は今川氏真を刊行予定。

時々テレビやラジオにも出ているので、ツイッター @kano_akiyama をフォローしていただけると嬉しいです。

YouTube に秋山香乃のブックアルファチャンネルというチャンネルを開設し、小説の書き方講座などアップ中。更新は不定期。

一

自分が死ぬか、あの男が死ぬか——ことはそこまで追い詰められていた。

あの男とは、この大和朝廷の中で、今もっとも権力を揮っている大臣蘇我入鹿のことだ。大王をも蔑ろにする専横ぶりだが、だれもあの男に意見できる者はいない。みな、睨まれぬよう、白羽の矢が立たぬよう、目立たぬよう息を潜め、生きている。

では、自分とはだれなのだ。このわたしか——と葛城皇子は自問自答する。

この頃、ふとこの考えに囚われる。自分が死ぬか、あの男が死ぬか——。

確かに自分はそこまで追い詰められているのかもしれない。だが、違うと葛城皇子は首を横に振る。

この意識は別のだれかのものだ。頭の中に響くように流れ込んでくるこの意識は、断じて自分自身のものではない。だったら、これはいったい誰の意識なのか。だれがあの男に殺されると言って、こんなに苦悩し、怯えているのか。

（このわたしよりも、危うい立場の者がいるというのか？　今のこの大和に）

そんなはずはなかった。少し前までは確かにいた。山背大兄王だ。が、すでに入鹿によって殺された後だ。厳密にいえば、かの皇子は自害して果てたのだから、入鹿に直接殺されたわけではない。だが、自害するまでに追い詰められた。殺されたと表現しても間違いではないだろう。

（次はわたしだ）

入鹿は自分の野望のために、邪魔になる者を屠っていく。そして次は、現大王の嫡子である葛城皇子が、入鹿にとってはもっとも邪魔者なのだ。

（だれがここまで……他人の意識の中に流れ込んでくるほど怯えているのか知らぬが、次はわたしだ。安心しろ。わたしが死ぬまでお前は無事だ）

同じ恐怖に怯えているから、きっと意識が共鳴し合っているのだと葛城皇子は考えた。だとすれば、今の大和でもっとも自分と分かり合える男に違いない。

だれもこの恐怖を理解しないのだから。ひたひたと死が歩み寄ってくるこの恐怖。まだ十九の齢を数えたばかりなのに、いつまで生きられるのかわからぬ恐怖。運命を権力者に握り込まれた屈辱。

実の母である大王も、決して息子の苦しみをわかってはくれない。あの女は入鹿の傀儡だ。入鹿と実の息子のどちらかを選べと迫れば、簡単に……実に簡単に入鹿を選ぶに違いない。

（いったいだれだ……お前はだれだ）

葛城皇子は、意識の主がだれなのか知りたくてならなかった。

今から三十七年前、小野妹子と共に隋に渡り、かの国の滅亡を目の当たりにし、また唐の誕生に立ち会った者に、南淵請安という男がいる。三十年の長きにわたって大陸の文化を学び、日の本へと戻ってきた。請安はその後、高度な知識を国の有能な若者に伝えるため、大和の地に塾を開いた。

第三十五代大王寶（皇極天皇）の第一皇子、先代第三十四代大王田村（舒明天皇）の第二皇子である葛城皇子は、舒明天皇の第一皇子である古人皇子と共に、もっとも次期大王に近い位置にいる。今、この国で学ぶことのできる最高峰の学問を習得するのは、もはや義務に近い。当然、請安の塾に通っている。

その塾の帰り路。

まだ肌寒い季節であったが、葛城皇子は道草先の草むらに寝転んで瑠璃色の空に散らばる星を眺めていた。いや、実際は見ていなかったが、そんな素振りをあえて作った。人目に付かぬよう寝転んで草の丈に身を潜め、もし見咎められた時には、星を見ていたのだと答えるつもりだ。

隣には、請安の塾で入鹿と並び双璧と称えられる秀才、中臣鎌子が同じように寝転んで草に身を沈めていた。請安塾の双璧なのだから、この国で一、二の頭脳の持ち主といっていい。

父は中臣御食子《みけこ》。かつて第三十三代大王額田部（推古天皇）が身罷ったとき、次の大王を山背大兄王にするか、田村皇子にするかで皇位争いが起きたが、時の大臣で入鹿の父蝦夷に与し、後者を推して政戦に勝った男だ。今は没してこの世にない。

葛城皇子から見れば、父を大王に推した男の息子といったところか。だが、別の視点で見れば、蘇我宗家に与した男の息子だ。鎌子をどこまで信用していいか、経歴や血筋からは図れない。

見た目は若々しく二十代中頃に見えるが、もう三十は過ぎているときく。時おり鷹のような尖った鋭い目をするが、平素は極めて温和で思慮深かった。その癖、諧謔の利いた会話もでき、その話題は魅力に溢れていた。ことに、高句麗に赴任していた祖父仕立ての海外の見識は、葛城皇子の知識欲を刺激した。

鎌子の祖父大伴咋《くい》は、三人の大王に仕えて軍事を司り、多いときで二万の大軍を預かる大将軍だった。彼が敵として対峙していたのは新羅であり、守るべき地は任那であった。つまり、海の向こうである。葛城皇子にとっては未知の世界だ。こういう話が面白くないはずがない。すっかり鎌子という男に魅了された。年齢は一回りも違うが、気が合うのだと純粋に思っていたし、鎌子ほどの秀才と自分は渡り合えているのだと信じていたところもあった。

だが、違った。自分が気に入って傍に置いていたつもりでいたが、腹立たしいことに、とある目的をもってそうと気付かせぬよう、鎌子の方から周到に近付いてきたのだ。気付いた今は、屈辱に胸が疼く。

（この男はわたしを利用しようとしている）

知ってなお、こうして星の輝く夜は、鎌子と共に草原に足を運ぶ自分が情けない。

突き放してしまうのは恐ろしかった。今の葛城皇子に近寄ってくる者はだれもいない。みな、安全な場所から次の犠牲者を、憐れみと好機の目で遠巻きに見ている。

葛城皇子は孤独だった。味方は誰もいない。この男も味方などではなかったが……。

（それでもだ。わたしを利用してはいても、共に入鹿に立ち向

かうと言ってくれている唯一の男だ。手放せるものか……わたしにはもう、鎌子しかいないのだから)

まるで大海に投げ出されて縋り付いた、たった一本の命綱のようだ。綱の先が地獄でも、離せば昏い海底に沈んでいくのだから、しがみつくしかない。

鎌子は、葛城皇子の方はちらりとも見ずに、口を開いた。言葉は核心を突いてくる。

「まだ、意を決することができませぬか」

鎌子の非難がましい口調に、葛城皇子は苛立った。

(意を決するなど、そうそうできるものか。相手はあの入鹿だぞ)

鎌子は入鹿を殺せと言っているのだ。殺られる前に殺れと。

葛城皇子が黙していると、

「怖い……ですか」

癪に障ることを口にする。それは怖い。怖いに決まっている。相手は臣下である身にかかわらず、大王もを凌ぎ、実質の最高権力者だ。そんな男をどうやって殺せるというのだ。

それに、本当に鎌子は自分と共に起とうとしているのか。もし騙されているのだとしたら？　自分が鎌子の言葉に頷いたとたんに、反逆者として入鹿の眼前に突き出すつもりではないとなぜ言える？　為政者のよくとる手段だ。山背大兄王の時のように、ある日突然、謀反人に仕立てられ、申し開きも許されぬまま罪びととして殺されるのだ。

そう簡単には頷けない。信用もできない。そういう役目を持って近付く者は、だれより自分の味方に見えるものだ。

決断できぬ葛城皇子の傍らで、鎌子がため息を漏らした。

「もう星を観にくるのはやめにいたしましょう。何日こうして空を見上げても、わたしはわたしだけの星を見出すことなどできぬようでございます。これ以上は、無駄足でございましょうな」

鎌子は立ち上がった。見限られたという思いに、葛城皇子は焦燥にかられた。待て、と言う言葉が喉元から出かかったが、この流れで発してしまえばそれはもう承諾となる。

まだ決意など覚束ない。だからといって引き留めなければ鎌子を失う。

(今なら間に合う。鎌子、待て)

声は出ない。

(待ってくれ。鎌子)

「残念です」

鎌子は一礼すると、まだ同じ姿勢のまま寝転んでいる葛城皇子を置き去りにその場から立ち去った。

葛城皇子の口から笑いが漏れた。

(わたしはいったいどんな顔をして、あの男を見送ったのだ)

もし卑屈な顔をしていたのなら、怯えを目に宿していたなら、そういう自分が許せない。

「反吐が出るな」

吐き捨てたそのとき、少し離れた場所の草がかさりと揺れた。葛城皇子の心の臓が跳ね上がった。誰か、いる。葛城皇子は上体を起こして音の方を見た。

「あっ」

つい、声がもれた。そこには、同じように上体を起こした蘇我入鹿と、その横でこちらをじっと見ている少年が立っているではないか。

入鹿は、鎌子よりわずかに年上。鍛えられ、均整の取れた肉体はよく日に焼けていた。昨年、甘樫丘に大王の邸宅より贅を凝らした屋敷を二棟建て、父蝦夷の住まう方を上の宮門《みかど》、自分の方を谷の宮門と名付けたが、その普請の際にはしばしば立ち会ったと聞くから、その折に焼けたのだろうか。存外涼やかな目の持ち主で、鼻も頬骨も高く、唇も厚い。はっきりした顔立ちは、常に自信に満ち溢れて見えた。一方、横に佇む少年は息を呑むほど美しく、入鹿とは対照的な青白い肌が、月光を宿してぼんやりと周囲から浮きあがって見えた。

あの少年はだれだと思う余裕など葛城皇子にはなかった。サーと血の気が引いていく。

(聞かれたか。いったい我らは何を喋った)

頭の中で先刻からの鎌子との会話を必死で思い出そうとする。誰にきかれているかわからぬから、野外で話すときは、そうとわからぬよう話す癖はつけている。

(大丈夫だ……大丈夫なはずだ……)

汗がじっとり滲む。

「これは、葛城皇子。かようなところで会うとは、意外でしたな」

入鹿の方から声をかけてきた。

「こんなところで何をしているのだ」

葛城皇子は鋭く応じた。

「ここで夜ごと逢引きをしている皇子がいると耳にしたものだから」

ハッと入鹿は途中で一度笑ってから続けた。

「見に来たのだよ」

人を食った男だ。葛城皇子がさっと身構えたのは、入鹿が立ち上がって思わぬ速さで自分に近付いたからだ。武芸を極めた男の動きだ。葛城皇子も剣は嗜むが、まるで敵いそうもない。こんな男をどうやって殺せというのか。

入鹿の掌が、不躾に葛城皇子の頬に触れた。

「何をする!」

反射的に身を引き、葛城皇子は入鹿の手を振り払った。石のような硬さに、苦痛に顔を歪めたのは葛城皇子の方だ。入鹿は小動物を捕食する肉食動物のような態で、葛城皇子の肩を掴んで微笑した。

「よくない男と付き合っていると見える」

「鎌子のことか。ならば、博識ゆえだ。学ぶことが多い。良き友と」

「そう。魅力的な男だ。かつてわたしとあの男と山背大兄王と、三人のいずれがもっとも秀でているかと噂されたものだ」

三人はみな同年代だ。彼らがまだ少年だった時代、神童を三人も目の当たりにした大人たちは、さぞ瞠目したことだろう。それはこの飛鳥の地がもっとも希望に満ちた時代であったろうし、人々はこの三人が力を合わせて大和王朝にかつてない繁栄をもたらすことを夢見たことだろう。それが――殺し合っているのだ。最も優れた頭脳を駆使し、潰し合っている。なんという滑稽さであろう。クッと葛城皇子から皮肉な笑みが漏れる。

「何がおかしい」

「いや、魅力的なら良いではないか。貴方こそ、もっと鎌子と語り合ってはどうか。なんなら、要職に就けて用いたらどうだ。あれだけの頭脳を朝廷は無かったことにするつもりか。そういえばもう一つの頭脳も飼い殺したあげく、とうとう殺してしまったな」

入鹿の顔がわずかに歪んだ。挑発し過ぎだと葛城皇子の中で警鐘が鳴ったが、いったん不平を口にするともう止まらなかった。それに、今更と言えばそうなのだ。次の皇位争いの先端にいる以上、どんな態度を取ろうと自分は眼前の男の敵なのだ。

「殺した？　かの皇子は、自ら死を選ばれたのだ」

入鹿の目が、葛城皇子の瞳を覗き込んだ。ぞっとしたが、葛城皇子もぐっと堪えて目を逸らさなかった。

「死ぬしかないように追い込んだ癖によく言う」

「そうだ。あの皇子はもはや死を選ぶしかないほどに、追い詰められてしまわれたのだ。いったい、だれが追い詰めたのだ」

葛城皇子の全身が、怒りで熱くなった。

「だれにだと。白々しい」

「葛城皇子はわたしだと言いたいのか」

「貴方こそ、違うと言うつもりか」

「なんだと……」

スッと入鹿の横の少年が鎌子の去った方角を指した。

葛城皇子は眉根を寄せ、少年を凝視した。入鹿が、「どうした」と言いたげに葛城皇子を掴む手を離し、その視線の先を追った。

「この少年はどなたただ」

言い方が丁寧になったのは、少年がどう見ても高貴な風をまとっていたからだ。初めて見る顔だが、同じ皇族に違いない。

「少年？」

葛城の問いに入鹿が訝しむ。

「ああ、そこに貴方が連れている皇子だ」

「皇子……だと」

合点のいっていない入鹿の様子に、葛城皇子はごくりと喉を鳴らした。

（見えていない？）

入鹿にはまるで少年が見えていないようではないか。

「皇子がいるのか、ここに」

入鹿は葛城皇子の視線の先を、自分も見ようと目を凝らして見つめる。だが、やはり何も見えないようだ。

「どんな皇子がいるのだ」

「色白で、濡れたような黒目は大きく、膨らみかけたつぼみの如き唇は、桃色に色づいている。少女のように美しいが、眉はきりりとして、確かな強い意志を感じさせる、そんな少年だ。そう、山背大兄王の小さいお姿をわたしは知らぬが、もしかしたら幼きころはちょうどこんなふうだったやもしれぬ……」

答えながら、葛城皇子は怖気だった。

（山背大兄王なのか……）

自分を死に追いやった男に取り付いているのだろうか。いや、さっきこの少年はだれを指さしたろう。決して入鹿ではなかった。

葛城皇子は鎌子の去った方角を振り返った。

まさか、という思いが沸き上がる。

（……鎌子？……が殺したのか）

「貴方は、山背大兄王さまなのか」

混乱しながらも、葛城皇子は少年に正体を訊ねた。少年は小首を傾げ、葛城皇子を見た。ガラス玉のような瞳には力が何も宿っていない。ただ、葛城皇子の姿を映し出しているだけだ。

「なんと……なんと答えた。その御子は、山背大兄王なのか」

入鹿が急くように尋ねる。

「いや、何も答えぬ」

「……山背さまではなかろうよ。もし、山背大兄王と言うのなら、なにゆえ、このわたしにお姿をお見せにならぬのだ」

「なんだと」

「わたしと山背さまは同じ夢を見ていたのだ。この大和をどのような国にしていくのか、かつて時を忘れて語り合い、そして誓い合った。どちらかが倒れても、どちらかが必ずや二人の理想を築き上げようとな。いや、本当は二人ではなく三人だったか……」

入鹿は葛城皇子の視線の先、少年の方にふらふらと手を伸ばした。触れそうになったとたん、スーと少年の姿が消える。

「消えた……」

葛城皇子の言葉に、我に返ったように蒼褪めた顔で目を瞬かせた入鹿は、

「どうかしていたな。喋り過ぎた」

自嘲の言葉を残し、動揺を隠せぬままふらふらと歩き出した。

残された葛城皇子の眉間に皺が寄る。

「どういうことなのだ……。入鹿と山背大兄王は政敵ではなかったのか。違うと言うのなら、山背大兄王はいったいだれに殺されたのだ。入鹿は己の自由に操れる古人皇子を皇位に就けるため、邪魔者である山背大兄王を殺したのではなかったか。そして次はこのわたしを屠ろうとしているのではなかったか。そうでないというのなら、わたしは本当に入鹿に殺されるのか……」

これまでのすべての前提がひっくり返るような考えが、葛城皇子の中から湧き上がってくる。

どうやら、何もかも一から考え直さなければならないようだ。

二

葛城皇子は、まずは山背大兄王の死の真相を知らねばならぬと考えた。山背大兄王が死んだのは一年数か月前の十一月十一日。同じ数字の重なりの日に亡くなったが、彼の父である厩戸皇子も二月二十二日と奇しくも同じ数字の重なりの日に亡くなっている。

そう、山背大兄王はあの上宮厩戸皇子の第一皇子なのだ。あの――。あの奇怪な皇子、妖しの術を使ったと噂される、人を超越した存在。

額から光を放つこともあり、宙に体が浮くこともあったという。千里の道を瞬きほどで移動でき、遥か海の彼方にも「飛ぶ」ことができたと伝えられている。一説によれば天馬も操ったとか。人の心が読め、未来を知ることができ、人の死も己の死も予言した。厩戸皇子が数千年先をも示した書が、どこかに存在するとまこと

しやかに言われている。わずか二十三年前に死んだのだが、すでにもう「伝説」と化している——そんな男だ。

亡くなるときには天から花が舞い降りたという。遺体はみなが気付いた時には薫り高い花に変化していた。そんな馬鹿なという話だが、だれもそのことを不審に思わなかったらしい。あの厩戸の皇子ならさもありなんと。

(それで片づけたのか。遺体が消えているのに？　持ち出され、花はその代わりにもっともらしく置かれたと、だれひとり思わなかったのか)

子供のころ、この話をきいたときは、そんな感想を持った。今も少しは思っている。厩戸皇子の遺体は今、どこにあるのだと。

そんな伝説の男を父に持った山背大兄王の生涯は、いったいどんなものだったのだろう。もし、父親が厩戸皇子でなければ、山背大兄王はあんな死に方をしなかったのではないか。一族こぞって首吊りで死ぬなど。

山背大兄王も畏れられていた。何か特別な力があるのではないかと。あの皇子の周りも不可思議な事象に満ちていた、とも聞く。

本当にただの皇位争い絡みで殺されたのか。

表に伝わっている皇子の死についての話はこうだ。額田部女王(推古天皇)が亡くなったあと次期大王候補として名が挙がったのは、山背大兄王と葛城皇子の父、田村皇子だった。このころ、朝廷はすでに蘇我氏に牛耳られた様相で、皇位継承の決定権も蘇我氏が握っていた。鶴の一声で、蘇我氏が指名した皇子が大王に就いて終わるはずだった。

ただ、蘇我氏もその二年前に宗家棟梁馬子を失い、兄と共に蘇我一族を支え続けた弟の堺部摩理勢と、嫡子蝦夷が真っ向から対立し、どちらが今後蘇我一族を率いていくのか、争っていたから話がややこしくなったのだ。

摩理勢は山背大兄王を推し、蝦夷は田村皇子を推した。

元々蘇我氏と厩戸皇子の起こした上宮家は、政敵などではない。蘇我一族を押しも押されぬ強力な豪族に押し上げたのは、厩戸皇子といっても過言ではないほど、両者は密接な関係だ。厩戸皇子と組んでいたからこそ、蘇我は豪族の長と成り得たし、上宮家も巨大化した蘇我の力を背景に、絶対的な発言権を朝廷内で有し、多くの改革に着手した。両者は、どちらが欠けても成り立たぬ、光と影のような存在だ。

だが、蘇我一族の内部が割れたことで、山背大兄王は蝦夷の政敵となった。この時の政戦は蝦夷側に軍配が上がった。次期大王は田村皇子に決まり、負けた摩理勢は蝦夷に討たれて死んだ。蝦夷は山背大兄王には手を出さなかったが、それ以降、かの皇子が政《まつりごと》の表舞台に上ることはなかった。

だのに、再び山背大兄王は皇位継承問題に巻き込まれてしまう。先帝田村大王(舒明天皇)が崩御したからだ。大王の第一皇子古人皇子を擁立しようとした蘇我氏に対し、どこからともなく「山背大兄王を」という声が、人々の口に上り始めた。長年人々の前に姿を現さなかった山背大兄王は、それゆえに理想化され、「あれほど思慮深く慈悲深い皇子もいない。さぞ良い大王となられよう」と囁かれた。

みな、どこかで蘇我の専制を止めなければ、いずれは皇族が取って代わられるという危機感を覚えていたのだ。古人皇子は気が弱く、自我が薄い。大王になれば、なにもかも言いなりになるだろう。さすれば蘇我が大和政権を完全に掌握する。

ところが、どうしたことか、蘇我氏はこの時、古人皇子をごり押しせずに、中継ぎの大王として田村大王の大后寶女王（皇極天皇）を就けた。人々は、その平和的解決にほっと胸を撫で下ろした。だのに、その二年後、騙し討ちのように山背大兄王の謀反がでっち上げられ、蘇我の命で動いた三人の大将率いる二百の軍勢に、彼の住まう斑鳩宮は囲まれたのだ。この急襲に耐えた山背大兄王は、いったんは生駒山へと逃れた。もし、山背大兄王がこの窮地を打開するために蜂起すれば、彼につく者も多いだろうと噂された。

この時の緊迫を葛城皇子はよく覚えている。もう十七歳だったのだから、自身も剣を取って母である大王の住まう板蓋宮の警護に当たった。夜は篝火が随所に焚かれ、深更でも空は熟柿を投げつけて染めたように色づいていた。それが十日も続いた。

山城大兄王は、その間、何を思い、過ごしたのだろうか。結局、

「わたしが挙兵すれば与する者も多いとか。東国へ逃れて再起すれば、勝算は無きにしも非ず。だが国を分けて戦えば、田畑が荒廃し、民が疲弊するのは目に見えている。我ら一族が死ねば、それですべてが平穏に終わろう」

そう言い残して斑鳩へと戻り、一族もろとも自害して果てた。もちろん伝え残された言葉は伝聞で、噂の域を出ない。

本当はあのとき、何が起こっていたというのか。伝え聞いていたこととは、なにもかも違っていたというのか。

葛城皇子は真相を知るために、蘇我の館を訪ねることにした。入鹿の父蝦夷なら、深い事情を知っているはずだ。

「これは何という珍妙なお客人か」

と言いつつも、蝦夷は不躾な葛城皇子の訪問を咎めなかっただけでなく、まるで予期していたかのように迎え入れた。顔には微笑すら浮かべている。

入鹿に大臣の地位を譲るまで、蝦夷は大王の如き振る舞いで国政を牛耳っていたが、葛城皇子はこれまでに挨拶以外の言葉をろくに交わしたことはなかった。蝦夷が現役のころ、若い葛城皇子にはほとんど国政への口出しなど許されていなかったのだから、そんなものだ。

通された部屋で対面に座し、葛城皇子は来訪の目的を告げた。蝦夷は穏やかに頷いた。

「山背大兄皇子の死の真実を知りたいと？　この蝦夷の口から？　蘇我の語ることを、貴方は果たして信じるのかな」

「それは聞いてみねばなんとも」

葛城皇子の答えに蝦夷は声をたてて笑った。

「皇子はどうやら正直者のようだ。よかろう。知り得た範囲で話してやろう。あれはわしにも寝耳に水の出来事。当事者でないゆえ、わしのもとに入ってきた話が真か嘘かは知らぬがな。それで良いのだな」

葛城皇子は首を縦に振った。ここで何もかもがわかるなど都合

の良いことを思っているわけではない。

(あの事件に近い人間を一人ずつ訪ねればいいのだ)

だが、それをやるには最初に訪れるのが、この蘇我の上の宮門でなければならない。ここを後回しにすれば、何か嗅ぎまわっているといらぬ警戒をさせてしまうやもしれぬ。

「あの日、息子の入鹿のもとに山背大兄王ご謀反の報が入ったゆえ、入鹿は私兵を武装させ、まずは大王のもとへと駆け付けたのだ。そのときにはすでに軽皇子が警備兵と共に板蓋宮を守っていたという」

「軽皇子……叔父上が……」

そうだったかもしれない、と葛城皇子は当日の記憶を辿る。あの日は、騒ぎに飛び起きて、よく事情を呑み込めぬまま、自ら屋敷の警護に当たったものの、そのときには駆け付けた臣下たちですでにごった返していた。だれが最初に館を守ったかなど、知りようもない。

軽皇子の行動は素早すぎないか、という疑問を残したが、葛城皇子は蝦夷に続きを促した。

「入鹿はことの真偽をまずは確かめたがっていた」

当然のことだ。

「しかしまた、謀反の報が真実なら山背大兄王も兵を集めているゆえ、こちらも派兵せぬわけにもいくまい。軍勢を向かわせて相手の動きを封じた上で、話し合いの使者を送ることにしたのだ。だが、そのときにはすでに、『大臣からの命は放たれた後』で、三人の大将が軍を率いて斑鳩宮を取り囲んでいたそうだ」

葛城皇子は自分の眉間に皺が刻まれるのを感じた。大臣とは入鹿のことだ。

「どういうことだ。大臣が命じる前に、だれかが大臣のふりをして軍を動かしたということなのか」

そうだ、と蝦夷はうなずく。

「それだけではない。話し合いの使者を送る前に、『大臣から使わされた軍勢』は、『大臣の命で』攻撃を仕掛けてしまったのだ。後はなし崩しにことは最悪の結果を導いた。入鹿に攻められたと信じた山背大兄王は、葛城皇子も承知のように自害して果てたのだ」

知らず葛城皇子の唇がわななく。

(どういうことだ。どういうことなのだ……)

「つまり大臣も山背大兄王も嵌められたと……」

「そう。仕組まれたのだ。この飛鳥と斑鳩の地は少し距離がある。そこをうまく利用されたものよ」

「…………」

「葛城皇子よ、蘇我は上宮家を亡ぼしたりしない。絶対にな。なぜなら、蘇我の繁栄は上宮家と共にあるからだ。我が父馬子は、厩戸皇子と共に、そう、共に一歩ずつ歩んできたのだ。その過程であの方が得ようとはしなかった権力を、代わりに預かったに過ぎぬ。そう預かっているのだ。上宮厩戸皇子の血をもっとも受け継いだ御子を、守りこそすれ殺すはずがなかろう。邪魔ゆえ殺すというなら、もうとっくに摩理勢が担いだときに共に屠っておるわいな。摩理勢はな、権力を奪おうとしたのだ。あれは預かるものので、己のものにしてしまってよいものではない」

ではだれが、山背大兄王を殺したのだ。いったいだれがこの大和で、先刻蝦夷が語ったような大胆なことを日本一の頭脳と言われる大臣を出し抜いて仕組めるというのか——そんなことができるのは一人しかいないではないか。入鹿と共に請安塾の双璧、中臣鎌子。葛城皇子は慄然となった。そうだ、あのとき、少年はだれを指さした。

（鎌子がやったのか……）

だとすれば、いの一番に軽皇子が駆け付けたのも合点がいく。

（軽皇子と鎌子は親密な関係だ。あの男は、わたしに近付く前は、軽皇子に期待してことをなそうとしていた。なるほど……もうすでにことをひとつ成した後だったのか）

あまりのことの重大さに言葉を失った葛城皇子に、

「他に何か訊きたいことはあるかね」

蝦夷が問うた。この男から聞きたいことはもうほとんど無かったが、今までずっと幼少のころから疑問に思っていたことを、葛城皇子はふと訊いてみた。

「上宮王（厩戸皇子）の御遺体は、今どこにあるのだ」

サーッと風が吹きわたった。だれも手を触れていないのに、部屋中の御簾という御簾が巻き上がった。突如、薄桃色に色付いた桃源郷のような中庭が、眼前に広がる。だが、葛城皇子の目を奪ったのは満開の花々ではない。風に舞い上がっては降り注ぐ花びらの雨の中に、寂々と佇む八角円堂の方である。

ダレダ……ダレカイマ、アノオトコノシタイニツイテ、クチニシタカ……

頭の中に誰かの声が響き渡る。

「何ということをお前は口にしたのだ」

蝦夷の怒鳴り声が遠くで聞こえた。おかしい。蝦夷はすぐ近くにいたはずだ。なぜ声がかほどに遠いのか。

「正堂の扉が開いてしまったぞ」

「正堂……」

かつて厩戸皇子が瞑想のために籠ったといわれる正堂が、確か八角円堂ではなかったか。ならばあれがそれなのか。そんなものがなぜ蘇我の屋敷にあるというのか。斑鳩寺に未だあるはずだが、移築したのだろうか。そんな話は聞いていない。

訝しむ葛城皇子の目の前で、正堂の観音開きの扉が内側から開いた。そして、あの入鹿の傍にいた少年が現れたではないか。葛城皇子は血の気の引いた顔で、蝦夷のいた方角を振り返った。が靄がかかり、蝦夷の姿は紛れて見えない。

ごくりと唾を飲み、葛城皇子は再び少年の方に視線を送った。そのとたん、すさまじい勢いで体が正堂の中へと吸い込まれる。ぐんっと体ごと引っ張られた感覚と同時に、ドクンッと大きく鼓動が一度きり鳴って、次の瞬間にはもう葛城皇子は正堂の中にいた。あっと思ったときには、背後で扉が閉まった。閉じ込められる恐怖に、葛城皇子は素早く扉に寄って押し開こうとしたが、びくともしない。

（あの少年はどこだ？）

見渡すが、中は暗く、何も見えない。足元の闇はいっそう濃く、まるで底が抜けて、訳も分からぬ場所へと落ちていくのではないかと思われた。それに、ざわざわと嫌な気配が四方から立ち上がってくる。何か小さなものが無数に蠢いているような、そんな気配だ。

（なんなんだ、ここはなんなのだ）

あの無数の何かに自分は食われるのではないか、そんな恐怖がざらざらと這い上がってくる。

「い、嫌だ」

そんな運命なら、政戦に負けて謀反人として殺される方が幾倍もましだ。

「嫌だ、出してくれ」

元の場所に戻りたい。

「うん。嫌だよね。喰われたくないよね」

子どもの声がふいに頭に直に響いた。まだ声変わり前の甲高い声だ。

四隅に溜まっていた何かがざわざわとこちらに近付いてくる。

「ほら、逃げないと喰われるよ」

「あれは何なのだ」

「蟲」

「なんの蟲だ！」

たまらず葛城皇子は怒声を上げた。

「恐怖が大好物の蟲だよ。君、香しいよ。恐怖の臭いがぷんぷんしている」

蟲がすぐそこまで来ている。もう足に届きそうだ。

（恐怖が大好物な蟲……）

葛城皇子は肩で大きく息をしながらも、呼吸を整えようとした。

懸命に『六韜』を諳んじる。宋代に編まれた兵学書で、鎌子がすべて覚えているのを知って、負けん気から自分も覚えたものだ。

ぶつぶつと口にしているうちに、意識が暗唱することに引っ張られ、気持ちが落ち着いてくる。落ち着くほどに這いよってきた蟲が、少しずつ離れていく。

「ふうん。君、すごいね。恐怖をこんな短い時間で跳ね返しちゃった。こんな奴は初めてだ。たいてい何も知らずにここへ入った者は、あの蟲に喰われてしまうんだ」

「貴方は……だれなのです」

葛城皇子は姿の見えぬ少年に問うた。

「……さあ……わたしはだれかな」

「山背大兄王か」

ふふっと少年はどちらつかずに笑い、しかとは答えない。

「ここで何をしているのです」

「閉じ込められてしまったんだ」

「先日は、外にいたではありませぬか。入鹿の横にお立ちになり、鎌子の方を指さされた」

「あれは幻影で実態じゃない。あいつがいなくなってから、徐々にそういうことができるようになってきたんだ。幻影だけなら、外へ出られるようにね。わたしの実態は、このお堂が壊れるか、あいつを食らうかせねば出られない。ああ、早く外に出たいな。昔のように自由にふらふらしていたい」

「……封印……されているのか」

何者なのだという思いがいっそう強まる。もはや山背大兄王などではないだろう。正堂に封印されているなど、ろくなものではないはずだ。何かとてつもなく邪悪なもの……という考えが葛城皇子の鼓動を早める。それにこの何者かはなんと言った。

アイツヲクラウカセネバデラレナイ
嫌な言い回しだ。これではまるで人間のだれかを食べねば封印は解けない、というように聞こえてしまう。

「あいつ……だれを食べるだって」

「あいつだ。さっき君も口にしたろう。あの忌々しい聖人、このわたしを封じ込めた男、ウマヤドノオウジだよ」

葛城皇子の中に再び恐怖が沸き上がる。蟲がまたざわめく。慌てて『六韜』を唱えて静めた。

(何を言っているんだ、こいつは。上宮王が封じた魔物ということなのか)

封じた者を喰らい、自らの中に取り込めば、術が解けるということか。だが、永遠に厩戸皇子は食べられない。死んで、その遺体は消えてなくなったのだから。

「お前は何者だ」

もう一度、葛城皇子は訊ねた。

「人に権力をもたらすものだよ」

「権力をもたらすだと」

「わたしと共にあれば、その者はこの国の権力者になれる、わたしはそういう存在だ。そうあいつが言っていた。この国が生まれたときに、八岐大蛇の中に顕れたらしいけど、まだこの国が未熟だから、わたしも小さくて未熟なのだそうだ」

今まで見えなかった少年の姿がぽーと宙に現れた。幼い姿の何者かは、「ほらね」と言いたげに、その場でくるりと回ってみせた。少年の姿の何者かは話を続ける。まるで久しぶりのおしゃべりを楽しんでいるかのように、饒舌だ。

「それで、あいつが野放しにはできないって、わたしはここに繋がれてしまったんだ。けど、それで良かったんだよ。あいつはしょっちゅう会いに来てくれたし、正しい力の使い方とやらを教えてくれようとした。それは楽しい時間だったんだ。人間の言う『幸福』というやつだったのかもしれないね」

急に少年は黙った。しばらくして、また喋り出したが、もうそのときには楽し気な様子はなく、どこかやるせない怒りのようなものをその表情に浮かべていた。

「だのに……あいつはわたしに飽きたんだよ。いつまでたっても、未熟なままのわたしに。いつしか……来てくれなくなってしまったんだ。わたしをこんなところに置き去りに……いなくなってしまったんだよ。言われた通りに、いつもいい子にしてたのに……」

「それは……厩戸皇子は死んだのだ。来たくても来られぬだろう。見捨てたわけでは……ないのではないか」

厩戸皇子は自分の死を予言していたというから、死ぬ前にこの〝権力をもたらすもの〟にそのことを言い含めることはできたはずだが、それをしなかったのだろうか。いや、したくてもやはりできなかったかもしれない。これだけの禍々しき存在を押さえつけていられる力は、晩年の厩戸皇子にはなかったかもしれないではないか。

それに、もうすぐ死ぬ身だと伝えれば、自分を喰らうかもしれぬ相手だ。

（やはりおいそれと言えぬか）

言えないまま、この〝権力をもたらすもの〟は山背大兄王に正堂ごと引き継がれ、管理されたというのか。山背大兄王にどれだけの力があったのかはしれぬが、厩戸皇子のように魔物のような存在を慈しみ育てる真似はできなかったのだろう。

少年は、

「そうだね、あいつは死んだんだ。もうどこにも気配を感じないからね。だけど、それが何だっていうんだ。死んだって、魂があるのだから、会いにきてくれたらいいじゃないか。だのに、あいつは完全に、いなくなってしまった。探しても探してもどこにもいない。捨てられたのだ。わたしは、見捨てられてしまったのだ。だからわたしはここを抜け出して、あいつが嫌うやり方で、溢れんばかりの力を、この国の為政者に与えてやることにしたのだ。多くの犠牲と無念と恨みと引き換えにな、絶対的な権力をくれてやる。そうすれば、いつか必ず、あいつはわたしを倒しに戻ってくるだろう」

アイタイ、アイタイ、アイタイヨウ
〝権力をもたらすもの〟の悲痛なまでの真っ裸な心の叫びと同時に、彼の記憶が映像となって葛城皇子の眼前に現れた。厩戸皇子との出会い。傍らにいることを求められた嬉しさ。居場所をくれたお礼にと、簡単に権力を与えようとして叱られた戸惑い。何も見返りを求められないことへの驚きと喜び。


やがて孤独。恐ろしいまでの孤独。時々、権力の臭いに釣られて迷い込む人間がいたが、それらはみな〝権力をもたらすもの〟の眷属である蟲が喰らってしまった。

そんなある日、正堂が三人の若者によって開けられたのだ。そう、これまではみな葛城皇子のように引き込まれた者たちばかりだったが、そのときは外から閂が外され、扉が開けられた。

「あっ」

と葛城皇子が思わず叫んだのは、その三人の若者が、山背大兄王と蘇我入鹿と中臣鎌子だったからだ。

「ここに〝権力をもたらすもの〟がいるのか。何もいないではないか。山背大兄王さまは、御父上に騙されたんですよ」

真っ先に中へ入り、屈託なく笑ってそう言ったのは入鹿だ。

「まさか。遺言なのだぞ。いくら何でもそんな手の込んだ嘘など言うものか」

続いて入った山背大兄王が、そんな入鹿を咎める。

「何もないただのお堂じゃありませんか。それにしてもここで上宮王さまはいつも瞑想をされていたと思うと、感慨深いものがありますね。なあ、鎌子もそう思うだろう」

なぜ鎌子があの二人と一緒にいるのだと葛城皇子は動揺する。だが、よくよく考えれば、同じ世代の者たちで、三人ともずば抜けた頭脳の持ち主なのだから、他の者たちでは話が合いにくいかもしれない。元々はこんなふうに語り合う仲だったとしても何の不思議もない。

鎌子だけは正堂へ入らず、入り口から中を覗くにとどめ、

「お二人とも出られた方がよろしいでしょう。なにか人ならざるものの気配がいたします」

二人に忠告をする。おっ、と入鹿が目を輝かせる。

「さすが祭祀を司る中臣の息子だな。わかるのか。それにしても噂の魔物はいるのだな」

「魔物だなどと……どちらかといえば、神の部類でございましょう。国が生まれれば、必ず共に生まれまするもので、よきようにお育ち召されれば、その国に富と繁栄をもたらすもの」

「なんと！　それを上宮王さまは独り占めされていられたのだな」

「さきほども申しましたが、よきようにお育ちにならねば、人の欲を喰らい血を欲する血腥きものへと変化し、逆に国を滅ぼしてしまいます」

「つまりは祟り神か。上宮王さまと共にいたのだ。よきように育っているのではないか」

「……いいえ。強い恨みと憎しみの思いが、渦巻いております……いったいなぜかようなことに……」

「それは恐ろしいな」

入鹿は肩をすくめ、それ以上は逆らわず正堂を出た。そのとき、まだ中に山背大兄王を残したまま、正堂の扉が閉まったのだ。

「山背さま」

「皇子！」

驚いた二人が同時に叫ぶ。外からなんとか再び扉を開けようとするがびくともしない。さほど厚くもない壁一枚でしか隔たれていないはずなのに、中からは何の音も聞こえない。

「山背皇子、お返事を。皇子」

入鹿が蒼白になって扉を叩いた。

「くそっ、鉈だ。鉈で扉を壊すぞ」

入鹿の言葉に鎌子が首を左右に振る。

「いけません。さようなことをすれば、封印が解けてしまいます。あの憎悪に駆られた中のものが外へ飛び出せば、飛鳥は血みどろとなりましょう」

「ならば貴様は山背皇子がどうなってもよいと言うのか！」

入鹿は鎌子の制止を振り切り、鉈を探しにいったんその場を去った。鎌子はなす術もなく虚しく山背大兄王の名を呼び続ける。

葛城皇子には、正堂にひとり取り残された山背大兄王の姿も見ることができた。山背大兄王はふいに閉まった扉に驚き、

「入鹿？　鎌子？」

外に出ようと押す手に力を入れるが、扉はびくともしない。

「やっと帰ってきたのか。今までどこに行っていたんだ」

ふいに聞こえてきた声に山背大兄王はびくりと振り返った。そこには自分の子どものころにそっくりの少年が立っている。自分にそっくりであり、厩戸皇子にそっくりでもある少年。

ずっとその前から映像を見続けた葛城皇子にはわかる。それはあの〝権力をもたらすもの〟が、厩戸皇子を慕うあまりに擬した姿だ。そして、山背大兄王を厩戸皇子と間違えている。それほど二人はよく似ていたのだ。

山背大兄王も非凡だった。すぐにその少年が例の父親が封印した人ならざるもの――祟り神だと気付き、閉じ込められた以上は

相対する覚悟を決めた。

「帰ってきたんじゃない。貴方の待つ上宮王は死んだのです。これよりは、息子のわたしが父の代わりに貴方さまの御世話をさせていただくことになるでしょう」

「息子……お前はあいつの息子なのか」

一歩、祟り神が前に踏み出した。

「さようでございます」

「ならば聖人だな。お前を喰らえばわたしはここから出られるのだな」

山背大兄王は思わず後退しようとしたが、すでに背は壁についている。

「いえ、わたしは父とは違い只人でございます」

祟り神が牙を剥く。山背大兄王の体を引き寄せ、肩に喰らい付いた。山背大兄王から悲鳴が漏れる。祟り神は、一口血をすっただけで、そのまま離した。

「なるほど只人だ」

山背大兄王は喰われた肩の痛みに悶絶したが、傷はやがて癒えるだろう。もっと深刻な問題は、混ざってしまったことだ。祟り神と山背大兄王は、一口喰われたそのときに完全に混ざり合ってしまった。

山背大兄王がこの正堂から出られたのは、入鹿が懸命に心の底から山背大兄王が戻ることを望んだからだ。そして山背大兄王も入鹿の友情を信じ、助け出されることを信じたからだ。二人の気持ちが共鳴し、扉は開いた。


なるほど、と葛城皇子は納得する。外に出る方法はこれでわかった。だからといって、いったい誰が自分の帰還をこのときの入鹿ほどに望んでくれると言うのか。葛城皇子に真の友はいない。なにより、ここに閉じ込められたことを知っているのは、政敵の蝦夷だけだ。

(終わったな)

葛城皇子は自嘲する。

(わたしはだれかの助けなど、当てにできぬ)

それにしても、祟り神は、この時から正堂の外へ、意識だけ抜けることができるようになったのだ。

一方、異形のものと混ざった山背大兄王の苦悩はすさまじいものがあった。彼はゆっくりと、しかし確実に、祟り神の側へと、自分が傾いていくのを感じないわけにいかなかった。時が過ぎるほどに、意識が少しずつ侵されていく。時おり、血腥いことを無性に好む自分がいるのだ。以前なら考えられないことだ。田村皇子との皇位争いで敗れたあとは、斑鳩の地で隠遁生活を静かに送っていたが、父の代から少しずつ支配を強めていった筑紫地方など、大和以外にも上宮家の拠点があることがチラチラと頭をもたげ、もし自分が起ったならという恐ろしい考えにしばしば囚われるようになった。

山背大兄王は、たまらず入鹿を呼び出し、なにもかもを告白した。

「今これを話している間もわたしはお前を殺したくてたまらない。大和一の豪族蘇我氏を滅ぼして、自分こそがこの国の政を牛耳るのだという思いに囚われる。今はなんとか抑え込めているが、いつ自分を失うかしれやしない。わたしがその気になれば、おそらく望むままになるだろう。わたしは半ば祟り神と化しているのだから」

入鹿は驚いたが、まだこのときは冷静だった。自分なら、この国一の権力を持つ蘇我の力をもってすれば、なんとか救えると信じていた。

「なぜもっと早く話してくださらなかったのです。いえ、今からでもきっと間に合いましょう。なんとしてもお救い致します」

「駄目だ、入鹿。もうあまり時間がない。頼むからわたしがわたしのうちに、そなたの手で殺してくれないか」

「そんなことができるはずもございません」

入鹿は首を左右に振ったが、山背大兄王はもっと深刻なことを口にした。

「聞いてくれ、入鹿。私は日々化け物になっていく。そして、あのものの力のせいで、普通に死ぬことはできぬ身となり果ててしまった。わたしはもはや、政争の中でしか死ねないのだ。そういう祟り神に憑りつかれたのだ」

「なんですと」

「もう何度も試してみたが駄目だった。見るがいい」

山背大兄王は剣を抜き放つと、自らの胸を刺し貫いてみせた。

「ああ」と入鹿は止めようとしたが間に合わず、山背大兄王の体が剣を刺したまま頽れる。だが、すぐに淡々とした様子で起き上がり、自ら剣を引き抜いた。刹那、血の霧が吹いたが、すぐに傷口は塞がった。入鹿は信じられないと言いたげに凍り付いた顔で友を見た。

「わかったろう。権力を巡る争いの中でしか、わたしの死は訪れない。……そういう呪いなのだから仕方がない。さらに……」

「まだ……あるのですか」

山背大兄王がうなずく。

「わたしがわたしの意識を残しているうちにしか死ぬことができぬ。祟り神と混ざり切ってしまった後は、死ぬ方法すらわからなくなる。つまりは不死身だ。謀反人としてそなたに討たれるか、永遠の生き地獄を彷徨う不死身の化け物になるか、二つに一つだ」

不死身の化け物と化す前に殺せと山背大兄王が言う。それでも入鹿は頷くことができなかった。

「諦めてはなりません。ぎりぎりまで、呪いを解く方法を探すべきです。そのためにこそ、蘇我の力を、この入鹿をお使いください」

山背大兄王の絶望が、葛城皇子の中に流れ込んでくる。かの皇子は、もう今がぎりぎりだと言っているというのに。

(入鹿は弱いな。かほどに弱い男だったのだ)

自分なら、と葛城皇子は思う。もしこれほどの友がいて、同じことを懇願されれば、迷わず殺してやる。そうすれば自分はいかように苛まれても、体が八つ裂きにされる同じ痛みで心を裂かれたとしても、友は救われるではないか。

山背大兄王は入鹿に断られたあと、煩悶の後もう一人の友を呼んだ。鎌子だ。同じ告白をすると、鎌子はすべてを飲み込み頷いた。

「わかりました。わたしが必ずや、入鹿に貴方を討たせましょう」

これが山背大兄王の死の真相だったのだ——。

葛城皇子はぎりぎりと痛む胸を抑え込んだ。

鎌子はどんな気持ちで友を騙し、そして友を屠ったのか。だが、入鹿は鎌子の胸奥を理解しようとしなかった。友を失くした哀しみに目が眩み、自分を呪い、鎌子を憎んだ。憎悪はやがて狂気を宿し、その心はかの祟り神を引き寄せた。〝権力をもたらすもの〟を。

山背大兄王のように喰われたわけではなかったから同化こそしはしないが、祟り神は次は入鹿に憑いて血に塗れた権力をもたらそうとしている。そして厩戸皇子の結んだ封印は、いまや解けかかっている。解けてしまえば、祟り神は愛しい者と同じ姿になって、置き去りにされた恨みを晴らすだろう。大和の民よ、血で贖えと。

だから鎌子は、次は入鹿を討とうとしているのだ。祭祀を司る中臣氏の嫡子の務めとして、そして入鹿に残されたただひとりの真の友として。

「鎌子！　それゆえわたしに蘇我を討たせるのだな」

全身が燃え上がる怒りに包まれながら、葛城皇子は正堂の中から叫んでいた。

（それではわたしがあんまりではないか）

だが、と葛城皇子は思う。それがなんだというのか。これでわかったのだ。利用されることに変わりはないが、少なくともあの男は入鹿に遣わされ、謀反を唆して自分を反逆者へと仕立て上げる敵ではない。少なくとも入鹿を殺すという一点においては、同志となれる人材だ。

（わたしはもう恐れぬぞ。相手はあの心弱き男だ。友の断腸の思いの願いも聞き届けることができなかった優しいが弱い男だ。そして我が味方は、何もかも飲み込んで、己の手が血塗れになることさえ厭わず、人を救える男だ。物事の芯がどこにあるのか見失わず、前に進める男だ。ならば勝機はどちらにあるか明白）

くすくすくすと子どもっぽい笑い声が聞こえた。

「面白いことを考えているね。君はあの男、入鹿と戦う気なの？」

「そうだ。今わかったが、おそらくわたしは、そう生まれついたのだ。定めというやつだ」

「入鹿にはわたしが付いているのに？　勝てる気でいるの？」

「もちろんだ。だからこそ、ここへ呼ばれたのではないか」

「えっ」

「初めはそなたがわたしを呼んだと思っていたが、違うな。わたしはこの正堂の主に招かれたのだ」

〝権力をもたらすもの〟はけらけらと笑う。

「だったらそれはわたしじゃないか」

「そうではなかろう。主なら閉じ込められたりはしない。ここの主は、死してなお厩戸皇子だ。わたしは皇子に呼ばれてここへき、そなたから話を聞き、さらに真相を見せられた。それはわたしが強く知りたいと望んだからだ」

「何を急に思い上がったことを言い出すのだ。だが、面白い男よ。入鹿などよりずっと面白い。どうだ、わたしと組まないか」

「なに」

「組んでこの国を共に手中に納めよう。わたしにはそれができるのだ。溢れんばかりの権力をお前にやろう」

「断る」

祟り神の提案を、葛城皇子は即座に撥ね退けた。

「生意気な。ここから出られるとでも思っているのか。わたしはお前を喰らうこともできるのだぞ。山背大兄王と同じ苦しみに足掻くがよかろう」

祟り神はいつか山背大兄王にしたように牙を剥き、襲い掛かってきた。

葛城皇子は、強い気持ちで「離れろ」と命じる。すると、葛城皇子の全身から光が放たれ、祟り神は弾き飛ばされた。このとき、

「葛城皇子、葛城皇子」

よく馴染んだ自分を呼ぶ声が、頭の中に流れ込んできたではないか。これは、と葛城皇子は瞠目する。

（ああ、そうだ。あいつの声だ。いつもわたしの頭の中に流れ込んできていた、あの悲痛な声だ）

――自分が死ぬか、あの男が死ぬか――

同じように死の恐怖に怯えた声。それ以上に、友を殺さねばならぬ運命に怯えた声。

その声が、いま確かに自分を呼んでいる。そして徐々にその声は正堂の外から聞こえだし、葛城皇子の耳に心地よく響いた。

（鎌子、あれはお前の声だったのか。わたしが苦しんでいた時に、お前も同じく苦しんでいたのだな。共鳴するほどに）

「鎌子、わたしはここにいる」

葛城皇子は観音扉を思い切り前へと推した。光の線が縦一直線に走り、やがてそれは大きくなった。扉が動く。今度は開く。運命の扉だ。自らが開ける明日への扉だ。

大きくなった光の中からあの男が現れた。中臣鎌子が。

「皇子、よくぞご無事で」

鎌子は葛城皇子の全身を見、そして周囲を見渡した。それから正堂を見る。葛城皇子も振り返り、鎌子の視線の先を見る。美しい少年の姿はそこにはなく、ただ忌まわしいだけの、禍々しさを発する混濁色の渦の中に、薄っすらと一振りの剣《つるぎ》が浮き上がっている。あれがきっと〝権力をもたらすもの〟の実態なのだろう。

鎌子がほっと息を吐いた。

「皇子よ、貴方はあれに会って真実を知り、そのうえで惑うことなく跳ね返し、生きて戻ってきたのでございますか」

「そういうことになるな」

「なんという……なんというお方なのです……」

詰まらせた喉から絞り出すように言う鎌子を前に、葛城皇子はここはどこだと辺りを見渡した。明らかに蘇我の館ではない。裏寂れて荒廃した寺の中。本当は聞かずともわかる。かつて厩戸皇子が瞑想し、世界中を駆けた場所。そしてその一族が滅んだ場所。山背大兄王が、首を括って死んだ場所。元々正堂のあるべき場所。斑鳩寺の中である。

「それで鎌子、なぜおまえはここにいる」

「呼ばれたのです」

「だれにだ」

「貴方にです。屋敷で微睡んでいたはずが、気付けば目の前にこの正堂が現れ、中から貴方が呼んでおられました」

「……そうだな、呼んだかもしれぬ。ああ、きっとそうだ。お

前ではなく、求めたのはこのわたしだったのだ。お前が近づいたのではなく、わたしこそが、お前を欲したに違いない」

「皇子？　なにを……」

葛城皇子はもう一瞬も逡巡しない。

「蘇我を討つ。この手でこのわたしが、討つぞ」

「おおお」

鎌子の全身が震える。

「鎌子、そなたの命を我に差し出せ。さすれば、あの祟り神ごと入鹿を討ってやる」

鎌子はその場に跪き、葛城皇子の前に平伏《ひれふ》した。

「御心のままに」

同時に、

「我が敵に回ったか、小癪な」

大音声と共に正堂の扉が閉じた。

この瞬間、十九歳の皇子は、この国の未来も過去もなにもかも一切を、その身と生涯に引き受けたのだ。

葛城皇子——後の中大兄皇子が時の大臣蘇我入鹿を討って断行した政を、人々は驚きと畏敬の念を込め、大化の改新と呼ぶ。皇子の諡号は天智天皇という。


note◆昔、まだプロ作家ではなかったころ、古代史関連の小説はよく書いていました。描いた人物は、日本武尊、山背大兄王、有間皇子、中臣鎌足、蘇我入鹿などなど。

今回の主役・葛城皇子こと中大兄皇子主役の話も、アマチュア時代に書いたことがあります。そのときは伝奇小説ではなく普通の歴史小説で、ちゃんと入鹿の首を刎ねるシーンもありました。

古代史はとても好きなので、プロになってもそのまま書けると信じていましたが、な、な、なんと、「古代史は売れないから駄目です」とどこの出版社からも断られておよそ二十年……今に至ります。それが、三月に発売した『伝奇無双』のアンソロではヤマトタケルノミコトを、今回は中大兄皇子の話を、今年になって立て続けに発表する機会をいただけたのです。なんてすばらしい!!

戦国や幕末は、日ごろから書くチャンスをたくさんいただけています。ずっと断られていた室町さえも某本が売れた影響で、出版社さんからGOサインが出るようになりました（某先生ありがとうございます！）。そうであるならば、伝奇小説を書く時の題材は、普通の歴史ものの時には書かせていただけない古代や平安、鎌倉ものオンリーでいきたいと思うのが人情。私は伝奇小説を書かせていただけるチャンスが今後もあるならば、時代指定が入らぬ限りはこの三時代でいこうと決めています。

それにしても伝奇小説のなんと楽しいことでしょう。伝奇小説というジャンルは冬の時代に入っているようですが、一人でも多くの人に面白さをお伝えし、ジャンル復活を目指そうと固い決意をしつつこの文章を書いております。本書を手に取ったみなさま、ぜひ一緒に伝奇小説というジャンルを盛り上げていこうではありませんか!!

浅茅が学問吟味を受けた顚末

――江戸少女奇譚の内――

◉芦辺拓

あしべ　たく

一九五八年大阪市に生まれる。同志社大学卒。読売新聞大阪本社勤務中の一九八六年、幻想文学新人賞に応募した「異類五種」が澁澤龍彦・中井英夫両氏に認められたあと、九〇年、『殺人喜劇の13人』（現・創元推理文庫）で第1回鮎川哲也賞を受賞してデビュー。本格ミステリを主に執筆し、『十三番目の陪審員』『グラン・ギニョール城』『ダブル・ミステリ』など名探偵・森江春策シリーズは23冊を数える。ノンシリーズの代表作『紅楼夢の殺人』は、英・中・韓国語に訳された。近年は『新・二都物語』（文藝春秋）のような大河ロマンや幻想連作『奇譚を売る店』（第14回酒飲み書店員大賞受賞、光文社文庫）にも意欲を燃やし、大学関係者から成るライトノベル研究会会員や戎光祥出版からの《少年少女奇想ミステリ王国》の編者もつとめる。近刊は『おじさんのトランク　幻燈小劇場』（仮題、光文社）。

1

——江戸は神田の一角に、坂に沿って段々をなしながらめぐらされた築地塀。その内側に足を踏み入れ、「仰高」の額をかかげた門をくぐると、にわかに別天地が広がる。

そのまま境内の道を進めば、やがて右手に入徳門が見えてくる。そこから石段を上れば杏壇門だ。

そのさらに向こうには、一面に敷き詰められた石だたみと、左右にめぐらされた回廊……そして、その奥にそびえ立つ大成殿の威容と異風は、見るもの誰もを圧倒せずにはおかない。

間口十一間、奥行き七間二尺四寸、高さ四丈八尺四寸。中には孔子尊像および四配——孟子・顔子・曽子・子思像を飾る。孔子とその学徳をたたえる釈奠《せきてん》の儀式が行なわれるのは、正殿であるここだ。

仰高門を除くと、いずれも黒漆を塗り銅葺屋根を載せた唐風の様式で、これらは全て明朝の制にならったものという。

大成殿の屋根には鬼犾頭《きぎんとう》と鬼龍子《きりゅうし》という幻獣の鋳銅像がにらみをきかせている。

さながら、お江戸のただ中に現出した唐《から》、漢土《もろこし》といったところだった。以前は朱や緑、青など極彩に飾られていたというから、いっそう異国的な華やかさに満ちていたことだろう。

湯島聖堂——正式には昌平坂学問所であり、昌平黌とも呼ばれるここは、徳川五代将軍・綱吉の肝煎りで造られたことに端を発する。ちなみに、聖堂とはそもそも孔子廟のことをさす。

もともとは幕府の儒者の筆頭・林羅山が上野の地で営んだ孔子廟と私塾が始まりであり、三代・鳳岡のとき、綱吉の命で現在の地に移ってきた。元禄三年（一六九〇）のことである。

以来百年、たびたび火事に遭い、廃止が検討されるなど盛衰はありつつも、常にわが国の儒学の中心地であり続けてきた。

ことに、いわゆる異学の禁で朱子学が政治の中心に据えられるようになってからは、幕府にとってここは思想的な核ともいえる場所となっていた。

敷地内には、前記のような孔子を祀る施設のほか、日々の講義に充てられる講堂や南北の学舎が建てられ、教官の役宅、さらには幕臣のための寄宿寮、諸藩の武士や庶人のための書生寮などもあって、常に多くの人々がここに暮らしつつ学んでいるのだった。

——学問所は今、ふだんにはない静謐の中にあった。

いつもなら敷地内に軒を連ねた建物からは、重々しく、あるいは声を合わせて朗々とした声が響く。だが、今日に限っては静まり返っていた。休講だとか帰省の季節とかで人がいないのだろうか？

いや、そんなことはない。学び舎では、襖という襖を開け放って大広間となし、青畳にいくつとなく並べられた文机に向かって、老若の男たちが端座していた。

いつもの講義とはずいぶん違う。今、老若と表現したが、ふだんここを埋める学徒たちは、年齢にそれほど極端な幅はない。むろん、広く好学の人々に門戸を開いていることから、白頭の書生も中には決して珍しくはないけれども……。

だとすると、年齢はもちろん、身分の高下にかかわらず参加することのできる仰高門日講だろうか？

いや、それならなおさらおかしいといわねばならなかった。見渡す限り、ここにいるのは武士ばかりだったし、そもそも誰も一番前で書見台に経書を置いて聖賢の道を講じていないのが変だった。

そのかわり、広間の前方をはじめとするあちこちに、何やら難しげな漢籍の引用らしき章句が、紙に大書されてれいれいしくかかげられている。

文机にかじりついて必死に筆を走らせ、あるいはむなしく頭を抱えているものたちの誰もが、何度となくそちらに視線を投げていた。それが文字通りの「問題」なのだから、それも当然というものだ。だが……そんな中にあって、ひとり浅茅《あさじ》にとっては無用のことだった。

そのほっそりした体躯は、一瞬の例外もなくピンと背筋をのばし、端正きわまりない容貌には、一度として憂いの雲がかかることはなかった。

それも当然の話だった。浅茅にしてみれば、とうに頭の中にたたきこまれている一連の文字を、今さら確かめるまでもなかったし、それらをふくめた原文全体が、すっぽりと胸のうちに収まっているといっても過言ではなかった。

ここに集まったものたちに求められるのは、貼り出された引用文について、

「章意」すなわちその章の大意をまとめ、
「字訓」すなわち字句の意味を説明し、
「解義」すなわち逐文解釈を行ない、
「余論」すなわち他からの引用にもとづき考察を加えた――
「弁書」すなわち答案を作成することなのである。

答案？　そう、今日はここで行なわれているのは、昌平坂学問所においては釈奠と並ぶ一大行事、「学問吟味」なのだった。

中国の科挙にならい、三年に一度のみ行なわれる試験制度。もっとも科挙のように直接に官吏登用にはつながっておらず、何より武士以外に受験資格が認められていないという点、片手落ちもいいところといわねばならない。

だが、ともかくそれは日本人にとって初めて経験する筆記試験《ペーパーテスト》であり、それによって能力を評価されるという点で画期的であった。

しかし浅茅にとっては、そのあたりのことにはさして関心はなかった。学びたいから学び、それを深めたいから深め、その結果を試したいからここに臨んでいるだけのことだった。

ただし、周囲がそれを許してくれるかどうかは、また別問題だったが……。

浅茅はふと筆を擱くと、静かに立ち上がった。試験の期限である日没までにはまだ間があったが、弁書作成が終われば、提出と退出は随意となっていた。

出来栄えには自信があったし、すでに最善はつくしたし、結果にはさほどの興味はなかった。

それよりも浅茅には気がかりなこと――どうにも我慢のならない違和感があった。それを確かめるために、行かねばならない場所があった。

2

学問所の厠の一つは、学問吟味が行なわれているこの庁堂の廊下を渡った奥にあった。

何しろ多くの人間を擁する施設だけに、厠といってもなかなか広々としていたし、とにかく品格を重んじる学び舎とあっては、隅々までホコリひとつなく、掃き清められていた。

浅茅は奥にある個室の木戸を開くと、その内側に地味な小袖と袴をまとった細身の体を滑りこませた。

こちらも掃除は行き届いていて、木の床にも壁にも塵一つ見当たらない。床の真ん中にうがたれた穴には、木の蓋がぴっちりと載せられていて、そこからはかすかな臭いも漏れてこなかった。

浅茅はその蓋には手も触れず、やや身をかがめると帯を緩め、着物の前をはだけた。

――その中に、白い晒布にきつく緊縛された乳房があった。

違和感は、その晒の緩みからきていた。そのせいで、酷くも存在を消された女性の象徴が、からくも抗議の声をあげているようだった。

浅茅はしかし、腕を背中の方に回すと、晒布をよりきつく、痛いほどに締め上げた。

まるでそこにあるふくらみの存在が許せないかのように、このせいで自分がここに居られなくなるのを恐れるかのように、そもそも、自分が生まれついてしまった性を憎むかのように……。

浅茅――それは彼女の本来の名前であるが、そう名乗ることは少ない。まして、ここ昌平坂学問所にあっては、絶対に知られてはならない名であった。

今ここで彼女が名乗り、現に先ほど提出した答案にも記されているのは、彼女の弟、本来の跡取り息子の名前だ。

だが、弟は生まれついて心身ともに病弱で、それは成長とともに、ますます暗い陰を増していった。ついにここ数年はずっと床について、意識さえ定かならぬありさまだった。

そのことが、一家の中でごく目立たぬ地位を与えられていた娘の浅茅の立場を変えてしまった。

いつしか彼女は、男の身なりをして、弟の身代わりにあちこちに出向くようになった。両親が老い衰えるにつれ、そうした機会はますます増えた。

そして、両親が武芸など思いもよらぬ弟のために、少しでも箔を付けてやろうと決めてきた学問所への入学が、結局は病身ゆえに無駄になろうとしたとき、彼女はその替え玉となることを申し出た。

決して、周りから強いられたのではない。跡取り息子の犠牲となって、自分の人生を差し出そうとしたのではない。

全ては自らの意志で決めた。男名前を名乗り、男として学ぶことをこそ、彼女は望んだのだ。もともと同性たちから熱い視線を投げられることが多かったが、男装に身をやつすようになってからは、ますますその傾向が強まった。

学問所の稽古人、すなわち学生となった浅茅の勉学ぶりはたちまち認められた。

十代の幕臣子弟を対象とした口頭試験、素読吟味で好成績を収め、褒美に反物をいただいた。親に見せたところ喜んではくれたが。それはあくまで弟が獲得した栄誉としてであるらしかった。

学問所の教授たちからは、通学ではなく入寮しての勉学を勧められたが、さすがにこれは断わった。

さらには稽古人を対象として年二回行なわれる「春秋大試」でも上位を占めるに及んで、今度の学問吟味の受験をぜひにと勧められた。こちらは断わる理由は何もなかった。

答案の出来栄えには自信があった。だからといって、このあとどうしようという野望があったわけではなかった。

そもそも自分が何を望んでいるのか、ほんとうに好成績を獲得したかったのかさえ、判然としないのだった。

むろん、女であって学問を修め、それによって生きることは可能だ。

たとえば大名家の奥向きの御祐筆ともなれば、文句なしの出世といっていいし、それをやりこなすだけの才覚も知識も十分にあるつもりだった。

だが、浅茅には自分がそうした場で、裲襠《うちかけ》をまとい椎茸髱《しいたけたぼ》か何かを結って、立ち働いている姿がどうしても想像できない。

そういう女だらけの宮仕えがうっとうしいということ以上に、そこに「女」として立ち交じっている自分が、どうも想像しにくいのだ。自分でもうまく説明ができないのだが……。

ふいに、そうした宮仕えの女性たちとはまったく別種の同性の姿が思い浮かんだ。自分と同じように男装束を着て刀をたばさんだ、世にいう「別式《べっしき》」と呼ばれる女武芸者たちだ。

その姿は美しく凛々しいが、世間からはむしろ後ろ指をさされることの方が多い。自分と同じように、ある決意がないとできない生き方だ。

いや……と、浅茅は小さくかぶりを振った。

似ているようで、彼女らとも自分は違うような気がするのだった。なぜなら、彼女らはどんなに男らしい姿をしていようと女性であることは隠していないし、そもそも自分の性を疑ってはいなかったろうから。

(どうして、別式なんて人たちのことなんか、ふいに思い浮かんだんだろう)

浅茅は小首をかしげ、だが、すぐに思い当たった。

(ああそうだ。今日、学問所《ここ》へ来る途中で、それらしい人を見かけたからだ。顔は日に焼けて浅黒く、少しの緩みも隙もない引き締まった体つき、身のこなしだったが……)

とにかく、自分が女であるという肉体的証拠はひとまず封じられた。この嘘がいつまで続くのか、続けるべきなのかもわからないが、とりあえず今日という日は無事に乗り切ったはずだった。

そう……板壁越しに、こんな素っ頓狂な叫び声が聞こえてくるまでは。

「女だ、女がいるぞ！　神聖なるわが昌平黌に汚らわしき女がまぎれこんでいるぞ！、それも学問吟味のさなかに！」

3

浅茅にしてみれば、それは死の宣告にも等しい叫びだった。

ついにこのときが来てしまったか、と思った。どんなに好成績を収め、才能を認められようと、ただ自分の性別を知られるだけで、ここにはいられなくなる。

いつかはこうなるのではないかと思っていたが、そのことはあえて考えずにきた。ふだんからは覚悟はしているつもりだったが、このあと自分が浴びせられるだろう侮辱と懲罰を想像するだけで、おぞけを振るわずにはいられなかった。

親たちはさぞかし失望し、家にも自分の居場所はなくなるだろう。そのことを思うと、五臓六腑が鉛のように重くなって、身動きもできないありさまだった。

「方々《かたがた》、であえ、であえー！　不届きな女をとっ捕まえろー」

声はさらに続いている。それを受けて騒ぎは大きくなったようだ。

この分では、いずれここにも追及の手はのびるだろう。どこかに逃げこんだ曲者を捜すに当たって、厠を検めない阿呆はいるまい。

といって、ここを出るわけにもいかない。まさに雪隠詰めとはこのことだ。

浅茅は、こめかみから脂汗が垂れるのを覚えた。

いったいどうしたらいいのか、こののっぴきならない状況にあって、何をどうすべきなのか——それとも、このまま捕縛されるのを座して（場所が場所だけに、床に触れるのは避けたいが）待つほかないのか。

そのとき、ふっと気づいた。彼女を告発する声の主に、その正体に。

（猪子伝之進……）

それは、学問所の寄宿生の一人で、酒びたりで野蛮で毛むくじゃらの巨漢だった。

およそ自分がそうありたいと思うような存在とは、最もかけ離れている。下品で、粗暴で、そして何より威張り屋だ。

その伝之進が、どうして自分の正体、真の性を知ったのか。これまでほとんど接触はなく、しゃべったこともほとんどない。

何もかも、わけがわからないことだらけだった。

だからといって、いつまでもここにはいられない。厠の戸の締まりを外し、そっと外に出ようとしたそのときだった。

取っ手をつかんだ彼女の手が強い力で引っ張られ、開いた戸もろとも大きく身をかしがせた。

「！」

浅茅はその刹那、心の臓が止まるかと思った。

——目の前にあったのは、猪子伝之進の巨大な赤ら顔だった。

酒の臭いと体臭とがいりまじったものが鼻を突く。

その背後には、これも顔に見覚えにある書生たちが二、三人控えている。生家が金持ちで、やたらと気前だけはいい伝之進の取り巻きたちだ。となれば、この場のどこにも逃げ場はなかった。

今にも伝之進の八つ手の葉のような手が、自分の首根っこをつかむか。それともいきなり刀を抜いてくるか。浅茅は、その場に崩折れるのを防ぐのが、せいいっぱいだった。

だが、猪子伝之進の口から飛び出したのは、何とも意外な一言だった。

「何だ、貴公か」

伝之進は拍子抜けしたように言い、次いで、

「これは失敬した」

と付け加えると、そのまま立ち去ってしまったのである。

(た、助かった……)

思わずフラフラッとして、せっかくさっき耐えたのを無にしかけた。

「だから言ったろう、おれがここの厠でその女らしい奴を見かけたのは、もう半刻《はんとき》も一刻も前のことなんだから、こんなところにいるわけがなかろうと」

「すみません、猪子さん。でも念には念を入れよといいますし」

「じゃあ、今度はあっちを調べてみましょうか」

「それにしても太い奴だ、男のなりをしてわれわれのなかにまぎれこむなんて。生意気に女だてら学問でもするつもりだったのなら、いよいよもって言語道断!」

伝之進と取り巻きたちの会話が、しだいに遠ざかってゆく。

そのあとにぽっかりとした虚脱感があり、そこに一気に流れこんだ感情があった。

それは疑問だった。不可解にして、奇妙奇天烈きわまりない状況へのはちきれんばかりの疑問だった。

なぜといって、たった今、猪子伝之進がわめいていた、

「女がいるぞ!」

まさにその「女」が自分でなかったとしたら、それはいったい誰なのか。

「男のなりをして」ここにまぎれこみ、女だてら学問をしているとしたら、それは自分以外には考えられないが、さっきの連中があっさり立ち去ったところからすると、そうではないらしい。

だとしたら、自分のような男装の女書生がもう一人いるということか? そうだとしたら、それはとてもうれしく頼もしいことで、その存在がもっと早くからわかっていたら、できることなら名乗りあって語ってみたいぐらいだった。

名乗れないまでも、そっと応援してやりたい。陰ながら見守ってやりたい——そんな気持ちが、浅茅を突き動かしていた。それは、常に絶対的な孤独の中にある彼女が、初めて他人に抱いた感情といえたかもしれない。

とはいえ、今はそれどころではなかった。そんな〝もう一人の自分〟が本当にいるのなら、何とかあの野蛮人どもに先んじて見つけ出し、かくまうなり逃げ出させたかった。願わくば、騒動そのものをもみ消して、このまま学問所にいられるようにしてやりたかった。

伝之進と取り巻きたちの会話によると、その「女」は自分より少し前にここの厠にいたようだが……。

——浅茅は意を決した。

とんだ騒ぎのせいで、学問吟味の試験は、いったん中断となってしまったらしい。

そうなると、浅茅のように、すでに答案を提出した者はどうなるのか。日没ぎりぎりまでねばるつもりで、文机にかじりついているものたちは、それまでの努力が無駄になってしまいかねなかった。

このままだと、猪子伝之進ら、試験のさなかに騒ぎ出した連中が一番得をしたということにもなりかねない。もっとも、まだそうなると決まったものではなく、誰が一番得をし、損をするかは定かではなかった。

浅茅は、そっと学問所内の庭を巡った。長い歴史を持つここには、様々な遺構や遺物のたぐいがあって、一種独特のふんいきを漂わせていた。

ふと何かが顔に触れ、微かにむず痒いような感覚に、浅茅は立ち止った。

顔に手をやると、何かが指先に引っ掛かった。黒い髪の毛である。それも相当に長い。

何だか薄気味悪い思いで、浅茅は指でつまみ取ったそれを投げ捨ててから、早まったことをしたと思った。もっとも、取っておいたところで鑑定のしようもなかったが。

改めて見回すと、周囲の植え込みの、ちょうど彼女の目のあたりに、黒い糸のようなものが一筋、二筋と引っかかっているのが見えた。

やはり髪の毛であった。誰か——男か女かはまだわからないが——の黒髪が、まるで植木に絡むつる草のようにまとわりついているのだった。

そして、さらに妙なことに気づいた。地面から二、三尺、あるいはもう少し上だろうか、それぐらいの高さに奇妙な痕跡が見つかったのだ。

このあたりは裏庭といった感じで、ふだんそれほど手入れは行き届いていない。そこに植えられた木と、勝手に生えた雑草たちの咲かせた花が、入り乱れているのだが、いま言ったあたりだけ、花が全部散っているのだ。そこだけ枝や葉が横殴りに抉り取られているような個所すらあった。

それが何を意味するのか、浅茅にはまだわからなかった。彼女はそのあたりでもちらほらと見つかる黒髪や、花たちの痕跡をたどるかのように、庭の奥に歩を進めた。

そのあたりまで来ると、もう植木だか雑草だかわからない緑の塊が左右に迫ってきていたが、不意に視界が開けた。

(ここに、こんなものが……)

浅茅は、われ知らず心につぶやいていた。

そこにあったのは古びた井戸だった。すっかり朽ちて、井戸側もつるべもかろうじて形を保っている程度。

怪力乱神を語らずというのが孔子様の教えだが、今にも幽霊か人魂が飛び出しそうなもの凄さに、さすがの浅茅も後ずさりをしないではいられなかった。

またしても、しつっこく纏わりついてくる黒髪に悩まされながら、五歩六歩と後ろにさがったときだった。

だしぬけに、ドンと浅茅の背中に突き当たったものがあった。当然のことながらギョッとした。こんなところに壁はない、立木もない。それにいま突き当たった感覚では、どうやら生身の人間のようだ。

そのことに気づいた浅茅は、はじかれたように背後をふりかえった。

そこに一つの顔があり、体があった。色浅黒く、表情は精悍そのもの、粗末な着物に包まれた身体には少しの無駄も隙もない。何より奇妙なことに、その男性らしき人影は、浅茅に少しの嫌悪も違和感も起こさせなかった。

「あなたは……」

ふいに思い当たるものがあった。浅茅が恐れも驚きも忘れて、と言いかけたときだった。相手の唇が静かに開いて、涼やかな声でこう語りかけてきたのだ。

「あんた、男じゃないね。女だろう?」

それは、今日この学問所の近辺で見かけた別式――女武者だった。

4

「大変だ大変だぁ!」

「とうとう女が見つかったらしいぞ」

「えっ、猪子殿が言っていた曲者か」

「そいつがついに天網恢恢、お縄になったというから愉快じゃないか」

声は声を呼んで、あたりを駆け回った。

女人禁制の――そんなことを言えば、この世は男しか許されぬ場所だらけだが――の昌平坂学問所に、大胆不敵にも入りこんだ女。あろうことか男姿に身をやつし、女には許されてもいなければ、そもそも必要でもない学問をしようとした不届き者。

考えれば考えるほど愚かで厚顔無恥な女郎が、ついに取り押えられ、人々の前に引き据えられた。

この知らせは、たちまち築地塀の内側を駆けめぐり、野次馬たちが広々とした庭に押し寄せた。

「おう、猪子伝之進か。そなたが見つけてくれた曲者を、この通り捕縛したゆえ、首実検を頼むぞよ」

「そうじゃそうじゃ、くだんの女の姿を見たというはお前一人。昌平黌始まって以来の不祥事ではあるが、未然にそれを封じ得たからには、その手柄決して小ならず。本日の学問吟味、答案を中途で放棄したるは穏やかならねど、そこはそれ、勘案いたすぞ」

お偉方にほめそやされ、書生仲間たちに押し出される形で前へ出た猪子伝之進は、しかしなぜか困惑顔であった。

「猪子殿、貴殿この女を厠にて見かけた際、何やら見慣れぬ特徴を目撃したる由。それ、なんであったか……」

教官の一人が、そう言うと、その同僚がそばから口添えして、

「それ、黒子でございますよ。黒子が三つ、それも冬の夜空の鼓星の如くに並んでおったのであろうがな」

「そうであった、そうであった。とにかくその三つ黒子をその目で確かめてくれい」

口々にそう言われて、伝之進はますます困惑顔になったが、えい、ままよとばかりズイッと前に踏み出した。

なるほどそこには、男装の、若侍とも見えるいでたちをした女がいた。ただし、左右から首根っこを抑えられ、顔をみることができない。

伝之進はその巨体にも、日ごろの傲岸不遜さにも似ず、ゆっくりとその女に近づいた。

「そう、首筋のそのあたりを見せてくだされ……」

そう頼むのに応じて、女侍の襟がグイッと引き下ろされた。

おお、と感嘆の声が周囲からあがる。

いかさまそこには、小さいが黒々とした黒子が三つあるのが見えた。

「さ、さよう」

猪子伝之進は、なぜか口ごもりながら言った。三つの黒子を太くて毛の生えた指で指示しながら
「拙者が偶然にも、厠で戸のあわいから見たのは、確かにこの黒子でござる。さすれば、こやつこそが罰しても罰し足りぬ大罪人ということに……」

そこまで言いかけたとき、男装の侍は思いがけない力を発揮して、屈めていた身を起こしかけた。そのせいで、伝之進の太い指先がじかに女の首筋に触れてしまった。

すると、これはまぁどうしたことか、きれいに並んでいた黒子がこすられた個所だけ、消えてしまった。

「こ、これは……」

周囲の人々、それにほかならぬ伝之進の口から同じ言葉が漏れた。

と、そのときだった。それまで踏みつぶされた蛙さながら地面にかがみこんでいた侍姿の女が、自分をとりまく腕・手・指をはねのけて身体を起こした。

「お、お前は……？」

伝之進の口からかすれた声が洩れる。

そこにあったのは、学問所の書生である浅茅でもなければ、伝之進の頭の中に焼き付いていた女でもなかった。

驚きととまどいの中で、伝之進が自分が何かの罠に嵌められたことを感じ取ったときだった。その女は電光より早く手を刀の柄にのばすと、腰の刀を抜き放った。

その瞬間、白刃が周囲の空気を切り裂き、これまた瞬時に裏返った刀の峰が、伝之進の肩に叩きつけられた。

「ギャッ」

獣の叫びがあがったときには、クルリと返った刀身は鞘に収まっていた。それとは対照的なのろのろした動きで伝之進は、ドウとばかりに大地に倒れ伏した。

「それがしの名は野風《のかぜ》。とあるお方に仕える別式女《べつしきめ》に御座候」

そしてそのまま、何ごともなかったかのようにその場を立ち去ろうとした。

「お待ちください！」

浅茅は思わずそう叫ぶと、野風と名乗るその女侍のあとを追った。ここにきて、生まれて初めてわかりあえる友に会ったような気がしていた。

5

――昌平坂学問所を揺るがす大不祥事が発覚したのは、その後まもなくのことであった。

浅茅がたどり着いた、あの裏庭の古井戸。そこから女の死体が発見されたのだ。

底から引き揚げられた女は全裸で、死んで少し時間がたっているようだが、まだ腐敗は始まっていないようす。血の気が失せて白くなった姿は、人間とも人形ともつかず、何とも異様な印象を与えた。

もうこうなってはただの物体《もの》、美しいか醜女もわからない。なおさらその判断を妨げているのは、女のひどく傷つけられた顔面だった。

井戸に落ちた際に打ちつけたものだろうか。長い黒髪はザンバラで、まるで独立した生き物のように広がり、のたくっているように見えた。

聖賢の書には決して書かれていない、生々しくもおぞましい世界の一面であった。

学問ならぬ死骸吟味は、不浄役人たちの手で淡々と行なわれた。日ごろ訓詁注釈に明け暮れている学徒たちは、そのようすを遠巻きにし、こわごわと目をそむけるばかり。

そんな中で、この死骸がいっせいに注目を集めた瞬間があった。それは、その女の首筋に点々と三つ並んだ黒子だった……。

「猪子伝之進は、とんだ道楽者の女たらしで、しかも酒乱でもあったようです。夜ごと……というのは大げさにせよ、周囲の目をぬすんで、折あらば学問所の中に女人を引き入れていたようです。何のことはない、『女だ、女がいるぞ！　神聖なるわが昌平黌に汚らわしき女がまぎれこんでいるぞ！』というのは、あの伝之進自身のしでかしたことだったのです……」

黄昏どき、むしろ逢魔が刻とでも言いたい薄暗がりに昌平坂一帯がのみこまれてゆく――その中にたたずむ二つの人影があった。ともに男のように髪を束ね、男の装束をまとい、刀をさしているのがわかる。だが、その影絵に秘められた肉体はともに女性のそれであり、けれどもその魂のありかたは別々だった。

「……そして」

その片割れである浅茅は、静かに話を続けるのだった。

「騒動の前夜、伝之進はその首筋に三つ黒子のある女人と、ありがちの諍いを起こし、とうとう手にかけて殺してしまった。顔面のほかに傷が残っていなかったことからすると、カッとなって殴り殺したのかもしれません。とにかく気づいたときには、閉ざされた学問所の中で女の死体と二人連れ。そこで始末に困って放りこんだのが、誰でも思いつく裏庭の古井戸です。

けれども、どうせいずれは気づかれること。いえ、ひょっとして口をぬぐって放っておけば、ごまかせた可能性もあったのかもしれませんが、そこは短慮でなまじ自分が偉いと思っており、しかもああ見えて実は小心者な伝之進ですから、いてもたってもいられなくなってしまった。

そこで思いついた詭計がありました。古井戸の中の女の死骸は、昨夜ではなく今日、学問吟味のさなかに自ら飛びこんだとすればよいのだと、ね」

「なるほど、それで――」

もう一つの人影――さる人物に仕え、その命で学問所周辺を調べていた別式の野風はうなずいた。

「それで、あの男は本当に、男姿で学んでいるものがいるとは思いもせず、大騒ぎを起こしたわけだね。だが、そんな虚《そら》っことに肝を冷やすはめになったのが、あんただったというわけかい」

「そうです」浅茅はうなずいた。「あのときは、本当にどうなるかと思いましたよ。でも、そのおかげで真相に気づくこともできた。あれほど大騒ぎしていた伝之進が、わたくしの顔を見て何とも反応しなかったことから、だんだんと手がかりをたどっていった結果、あの古井戸にたどり着いたというわけです。あちこちに引っかかっていた髪の毛、ある高さに咲いたものだけ蹴散らされてしまっていた花――」

「あれは、伝之進が女をかついでいったときの痕跡だったんだね。それを追っかけて行った先で、あたしと出くわしてびっくり仰天したんだ。あのときは悪いことをしたね」

野風がニッと夜目にも白い歯をのぞかせる。浅茅はかぶりを振って、

「いえ……あなた以外だったら、わたくしは自分の推理《かんがえ》をあんな風に述べることはできなかったでしょう。そして、あなたがいたから、ああして猪子伝之進を罠にかけ、罪を暴くこともできたんですから。そもそも、あなたの口からでなくては、あの推理を聞き届けてくれはしなかったでしょうし」

「まぁね」野風は軽く笑った。「――そういえば、伝之進の奴は何でまた、あんたが立てこもっている厠に押しかけたりしたんだろう。いもしない女をそこで見たという嘘を塗り固めるにしては、無駄な行動だという気がするんだが」

今度は、浅茅が微笑む番だった。彼女は言った。

「あれには、それなりのわけがあったんですよ。伝之進が学問所に引き入れた女は、当然ながらふつうの女装束を着ていた。そこから身元がわかることを恐れて引き剥いだものの、あとで始末に困ってしまった。それに、彼女が男装でまぎれこんでいるというほら話をばらまくからには、ますますあってもらっては困る存在――」

「なるほど!」

野風は勢いよく、拳と手のひらを打ち合わせた。

「そこで厠の穴に落としこんだ。それを確かめるか回収しようとして、わざわざやってきたわけだね」

「はい。あのときは取り巻きがくっついてきて、うまくいったかどうかはわかりませんが。でも、ひとつ嘘をつけば、また一つ嘘を重ねなくてはならないのが世の常で、今度は男物の着物を用意しなくてはならなかったでしょうが、その前に捕まってしまったのは、本人にとっても、実は幸いだったかもしれませんね」

「そういうことか」

「そういうことです」

うなずきあったあとに、やや長い沈黙があった。

「それで……このあと、あんたはどうするんだ。このまま自分を偽って学問所に通い続けるのか。今度の学問吟味でよい結果が出て、役人に登用されたらそれに従うのか」

よほどたってから、口を開いたのは野風だった。

「いえ……もうそろそろ潮時のようです」

「潮時？」

浅茅は「はい」とうなずいて、

「もう弟が長くは持たないようなのです。弟が亡くなってまで身代わりを続ける意味はないし、まさかわたくしが嫁御を迎えるわけにもいかない。となれば、わたくしが元の浅茅にもどって婿養子をとるほかありませんが、もうわが家柄や役職は親戚筋が引き継ぐことに決まっているようで……」

「そういうことだったのか」

野風は吐き棄てるように言い、そのあと少し考えてから付け加えた。

「なら、あたしたちのところへ来ないかい？」

え……と、浅茅は声なき声をあげ、次いで言った。

「あなたたちのところへ？」

「そうさ。といきなり言ってもわかるまいがね。まぁ、そもそもあたしが学問所まわりを調べてたのは、あのお方から『昌平黌に男として通い、悩み苦しんでいる女人がいるそうだから、そのようすを見守り、難儀が起きれば助けてやれ』と命じられていたからでね」

「あのお方？　それはいったい……」

思わず聞き返した浅茅に、野風は「ええっと、それは……」と口ごもったあと、これまでよりいっそう陽気に破顔一笑して、

「ああもう、それは来てみればわかるよ！」

——二つの人影の一方がもう一方の手を取り、強く引っ張る。引っ張られた人影はつかのま、それに抵抗し、逡巡するようすだったが、やがて思い切ったように相手に従った。

ほどなくして、黄昏の昌平坂を駆けだす二つの人影があった。まるで仲の良い二頭の子犬のように、何にもとらわれず自由に……。

＊

受験生による殺人という前代未聞の不祥事に見舞われたその年の学問吟味には、もう一つ奇妙な出来事が加えられた。

甲、すなわち成績優秀者の中でも筆頭のものから、褒美の辞退と学問所からの退所が伝えられたのである。

昌平黌の学問吟味は、幕末まで十九回を数え、九百五十四人の及第者を出し、有為の人材に活躍の機会を与えた。その中にも、それに数十数百倍はいたであろう書生たちの中に、女性がまじっていたかどうかは、むろん全く記録されていない。

★（左から）算法少女、幻術士、女侍、短銃姫、サーベル使い
画：猫月ユキ
HP：https://yukinkzk.tumblr.com/

note◆伝奇チャンバラといえば、謎また謎、危機また危機といつに変わらぬ面白さが眼目。その主人公はといえば、やたら明朗だったり影があったりする美剣士と決まっています。でも、このジャンルをあえて今の時代によみがえらせるためには、何もかも昔のままでいいのか——そんな問いかけを某社編集N氏から投げかけられ、あれこれ考えた末、たどり着いたのが、ほとんどの場合、脇役やときに犠牲であることを強いられた女性たちに主役を張らせることでした。

前記N氏が、操觚の会の懇親会に帯同されたイラストレーターの猫月ユキさんが、花魁など和風人物を大胆にアレンジしたものを得意としておられたことから、「女の子たちが活躍する時代劇のキャラクターを描いてみませんか」と提案したところ、女剣客や姫君、謎の女人など五人を可愛らしく仕上げてくださいました。

それらをベースに書いたのが、戯作舎文庫からの『伝奇無双　秘宝』に書いた「ちせが眼鏡をかけた由来」で、蘭学や算法の得意な学者の娘が、知恵と勇気だけを頼りに男性原理の塊ともいうべき侍たちに立ち向かい、危ないところを同じ少女の一団に救われるという内容でした。私の中では、彼女はその一団に加わって活躍することになるのですが、待てよ、この調子でほかの少女たちも仲間になってゆくところを〝事前スピンオフ〟として書けないか、と。

そこへ折よく企画されたのが、アトリエサードさんによるこのアンソロジーで、ならばと登場させたのが、題名にもある浅茅ですが、彼女は猫月さんのキャラデザにはいないので新たに考えてもらわないといけません。とにかく、そんな風にして集まった彼女たちが、どんな冒険と活劇を見せてくれるかというと、それは私の懸案の本格ミステリ＋伝奇時代劇のハイブリッド『大江戸黒死館』をお待ちいただくほかないのです！

神楽狐堂のうせもの探し

◉彩戸ゆめ

あやと　ゆめ
横浜市出身。

二〇一八年、WEBの小説投稿サイト「小説家になろう」連載の『信長公弟記～織田さんちの八男です～』で宝島社からデビュー。

この作品は、元々は娘が歴史に興味を持ってくれたらという思いから、ライトノベルという形式を取り、「もし織田信長の実在した弟が生きていたら。そしてその弟に現代の知識があったなら」というコンセプトで書き始めた。

KADOKAWAより『ちびっこ賢者、Lv．1から異世界でがんばります！』シリーズを刊行中。『ちびっこ賢者』三巻とコミックス一巻が二〇一九年六月に刊行予定。

飯田橋の西口から出て交番を右に曲がると、かつて江戸城を囲んでいた外濠《そとぼり》の上手《かみて》から冷たい風が吹いてきた。

相澤乃々葉《ののは》はパステルブルーのスプリングコートの前を合わせ、ぶるると体を震わせる。

花曇りの空は、未だに肌寒さを感じさせる。ここしばらく暖かい日が続いていたから、厚手のコートは全部荷物で送ってしまっていた。今着ているワンピースも春物だから覚束ない。一枚くらいは暖かいセーターを残しておくべきだったかと後悔する。

昨日まではあんなに暖かかったのに、ついてないな。

心の中でため息をつくと、右手でコートの前を合わせたまま左手でキャリーバッグを引く。

歩けば少しは体も温まるだろう。

交差点を抜けて早稲田通りをまっすぐ行くと、ここも随分変わったなと思う。

乃々葉が小さな頃は伝統のある古い店が軒を連ねていたような気がするが、今ではすっかり若者向けの店に取って変わられている。

貧乏学生の私にとっては有難いけど……でも、このお店は変わらない。

坂を上がる途中にある鰻屋志満金の店構えは、以前見たそのままだ。格子の引き戸に色褪せた暖簾を見ると、そこだけ時が止まったかのように見える。窓ガラスに張られている神楽坂をどりのポスターが、少しはがれてパタパタとはためいていた。

昔一度だけ、神楽坂の伯父に連れられてここで昼食をご馳走してもらった事がある。

あの頃はまだ伯父が存命で、ここの肝串がおいしいんだよと言っていたのを思い出した。夕方の五時にならないと提供されないとかでまた今度来ようと約束したのだが、その後すぐに伯父の病気が分かって、結局その約束は果たされなかった。

神楽坂の伯父と呼んでいたが、実際には乃々葉の祖母の姉の夫だから大伯父にあたる。履物の職人で、若い頃はさぞかしもてたのだろうなと思う端正な顔立ちをしていた。職人というと気の荒い江戸っ子を想像するが、どこの高貴な家の出身なのだろうかと思うほど、その物腰は洗練されていた。

大伯母は顔の丸い、美人というよりは愛嬌のある顔立ちだったから、一体この二人の馴れ初めはどうだったのだろうと想像したものだ。

乃々葉もどちらかというと美人というよりは愛嬌のある顔立ちなので、二人のロマンスには非常に興味があった。いつか聞きたいと思っていたけれど、結局聞きそびれたままだ。

乃々葉は懐かしく思いながら神楽坂を上がる。しばらく行くと左手に、見番横丁と呼ばれる細い小道が現れた。ここは芸者衆の手配や稽古を行う「見番」と呼ばれる組合が沿道にあることから名付けられた道だ。

その角に大伯父の履物屋があった。

大叔父が存命の時は大きな店構えに圧倒されたものだが、今は二つの店舗に分割され、乃々葉の知らない店に変わってしまっている。

「へえ。オーダーメイドの靴屋さんかぁ」

乃々葉が持っている上等な靴は、入学式に履く予定のパンプスが一足だけだ。デパートで母が買ってくれた大事な物なので、キャリーバッグの中に入れて持ってきている。他の荷物は宅急便で送ったけれど、これだけは自分で持ってきたかった。

それでも乃々葉もおしゃれには興味のある年頃だ。オーダーメイドの靴がいくらくらいなのかと値札を見て、そのあまりの高さに驚く。

私の靴が三足は買える値段だよ……。

肩をすくめた乃々葉は、その隣の店に目をやった。

こっちはカフェなんだ。

神楽狐堂《かぐらこどう》という和風の店名なのに、ヨーロッパ風の洒落た雰囲気の店構えだ。コーヒーの良い匂いが鼻先をかすめた気がして、乃々葉は大伯母を誘って後で飲みに来ようと決心する。

カフェを通り過ぎると、そこには小さなドアがある。その横のインターフォンを鳴らすと、すぐにパタパタと階段を下りる音がしてドアが開いた。

「乃々葉ちゃん、よく来たわねぇ」

大伯母の田村由紀子は笑うと目じりの皺が深くなる。その笑顔は以前のままだったけれど、心なしか一回り小さくなったような気がする。

伯父が亡くなった後は高校受験やら何やらあって大伯母には会っていなかったから、少しやつれたんじゃないかと乃々葉は心配になった。

「まあまあ、少し見ない内に大人っぽくなったわねぇ」

「伯母さん、お久しぶりです」

「疲れたでしょう。ささ、早く中へお入りなさい」

「はい。お邪魔します」

玄関に入ると右側が壁になっているのに気がついた。伯父が存命の時は、そこに店へと繋がる入口があったはずだ。

けれども、成人式には乃々ちゃんにぴったりな履物を作ってやるからなと胸を叩いた大伯父は、もういない。

「乃々ちゃん？」

乃々葉が立ち止まったからか、由紀子が階段を上りかけて振り返る。

「ああ、もうお店は人に貸してしまっているから、用心の為に入口をつぶしたのよ」

乃々葉の視線の先に気付いた由紀子がそう説明してくれる。

乃々葉はキャリーバッグの取っ手をしまってよいしょと抱えると、「そうですか」と答えて由紀子の後に続いた。

少し急な階段を上がると、もう一つ扉がある。

その扉を開けると、どこか物寂しい匂いがした。ここには由紀子が住んでいるはずなのに、人の気配があまりしない。伯父が生きていた頃は、もっと明るい家だと思っていたけれど……。

入ってすぐのリビングには白いカラーの花が飾られていて、乃々葉が来るのを由紀子が楽しみにしてくれているのが伝わってきた。

「さあさあ、そこに座ってちょうだい。疲れたでしょう？　コーヒーと紅茶、どっちがいいかしら？」

砂糖とミルクたっぷりのコーヒーを頼もうと思って、さっき下で見たカフェの事を思い出す。せっかくだから、コーヒーはあの店で飲んでみたい。

「紅茶でお願いします」

「じゃあ少し待っててね」

由紀子がケトルでお湯を沸かしている間に、乃々葉は椅子に座ってふうと息をついた。

これからここで暮らすのかと、部屋の中を見回す。

進路を決めた時には思いもしなかったが、推薦で大学に合格した後、急に乃々葉の父にシンガポールへの海外転勤の辞令が下りた。

最初は父だけが単身赴任をするという話だったが、一人では卵焼きすら作れない父だ。まともな生活を送れるとは思えない。それに妹の令和《れいな》が父と一緒に行きたいと言い出した。

五歳下の令和は、まだ中学生だというのに乃々葉よりもしっかりしていて、義務教育の間に海外の学校に通って語学を学びたいと両親に訴えたのだ。シンガポールの公用語は英語、中国語、マレー語、インド南部の住民が使うタミル語の四言語だから、語学の勉強にはもってこいだ。

これからは国際社会なんだから英語は必須だし一緒に行こうよ、ってれなちゃんに誘われたけど、そもそも私が行くのは国文科で、専攻は御伽草子にする予定なんだよ……。

就職には不利かもしれないけれど、どうしても乃々葉は御伽草子を研究したかった。ウェブで御伽草子の絵巻物を漫画仕立てにしたのを見て、すっかりその魅力に憑りつかれてしまったのだ。

だから乃々葉はせっかく受かった大学を辞めてシンガポールに行く気にはなれない。かといって、父と同じく、一人暮らしができる能力はない。

賄いつきの女性専用の寮というのもあるらしいが、人見知りする乃々葉にとって、共同生活はハードルが高い。

どうしようかと困っているときに、大伯母の由紀子から一人で暮らすのは寂しいし海外から留学してきた学生を預かるホストファミリーになろうかしらという相談を受けた。

それなら乃々葉を下宿させてくれないかとお願いし、こうしてお世話になる事になったのだ。

「裕子ちゃんたちは、今頃空の上かしら」

子供のいない由紀子は昔から姪に当たる乃々葉の母を可愛がってくれていて、いつも名前で呼ぶ。自分の母が「ちゃん」付で呼ばれるというのは、なんだか不思議な気持ちだ。

「日本から七時間半くらいで着くみたいです」

「時差はあるの?」

「一時間進んでるのかな」

「じゃあ連絡が取りやすくていいわね。電話代は気にしなくていいから、どんどんかけてね」

国際電話をかけると高いから、母には絶対にかけてはいけないと言い含められている。由紀子の家の電話はもちろん、乃々葉のスマホでも緊急時以外はかけるのが禁止だ。

「今はスカイプで連絡が取れるから大丈夫ですよ」

「すかいぷ?」

「えーっと、パソコンで連絡が取れるんです。映像も送れます」

「テレビ電話みたいなものかしら。便利になったわねぇ」

感心したような由紀子が頷くと同時にケトルの笛が鳴った。

立ち上がった由紀子は、慣れた手つきでティーポットにお湯を注いでゆく。

「そうそう。荷物は部屋に運んであるから、後で見てちょうだい」

「ありがとうございます。あの……、突然すみませんでした。お世話になります」

乃々葉が頭を下げると、品の良い笑顔を浮かべた由紀子は「いいのよ」と言って乃々葉の手を取った。

「主人が亡くなってからこの方ずっと寂しかったから、乃々ちゃんが来てくれて凄く嬉しいわ。こっちがお礼を言いたいくらいよ」

「伯母さん……」

「それにこれから一緒に暮らすんだから、堅苦しい言葉遣いはなしにしてちょうだい。普段通りに話してね」

乃々葉が「分かりました」と答えると、由紀子はついと壁のカレンダーに目を向けた。

「裕子ちゃんも、乃々ちゃんの入学式を見て行きたかったでしょうね。もうちょっと日付をずらせば良かったのに」

「さすがに入学式のためだけに出発を遅らせてくれなんて言えないよ」

「それもそうね。令和ちゃんの学校のこともあるし」

令和が行くのはシンガポールの日本人学校だが、それとは別に語学スクールにも通う予定だ。その手続きの関係もあり、今日の出発となった。

令和は最初、地元の中学に入学を希望していたのだが、シンガポールの中学は日本のように学区制ではなく、希望の学校に入学を希望して審査の後で決定する。小学校ですら入学には審査が必要とされるので、令和の英会話能力と学力では地元の中学に通うことは厳しく、断念せざるをえなかった。

だがこれが逆に令和のやる気に火をつけた。今では父の赴任中に英語と中国語をマスターしてやると奮起している。乃々葉も、令和なら成し遂げるのではないかと期待している。

「入学式……。いいわねぇ。一度も参加したことがないから、代わりに私が行ってみたいわ……。あぁ、冗談よ、冗談。だってこんなおばあちゃんが一緒じゃ、乃々葉ちゃん、恥ずかしいものね」

どこか遠くを見るように話していた由紀子は、じっと見つめる乃々葉に気づいて慌てて否定した。

「そんなことないです。あの、もし伯母さんが来てくれるなら、凄く嬉しい」

「まあ、本気にするわよ？」

「ぜひ本気にしてください」

「あらあら。じゃあぜひ乃々ちゃんの晴れ姿を見せてちょうだいね。嬉しいわ。後で留袖を出しておこうかしら」

両手を合わせて喜ぶ由紀子は、目じりの皺を一層深くして微笑んだ。

「そういえば、この下のお店は靴屋さんとカフェになったんですね」

「靴屋さんの方は元々趣味でオーダーメイドの靴を作っていた

んですって。うちのお得意さんだった芸妓さんから頼まれてね、それでお貸ししているのよ。カフェの方は、主人の友人の息子さんがやっているんだけど、凄くハンサムよ。ええと、今は何て言うんでしたっけね。イ……イクメンだったかしら?」

「伯母さん、それイケメンじゃないかな。イクメンは子育てを手伝う旦那さんのこと」

「……最近の若者言葉は難しいわねぇ」

それほど最近の言葉じゃないけど、と言いかけて、この家の中に入った時、時が止まっていたかのような感覚を覚えたことを思い出す。

だから由紀子の言葉を否定するのではなく、乃々葉は曖昧に笑った。

「伯父さんというイケメンを見慣れた伯母さんがそこまで言うなら、凄く期待しちゃいます」

年をとっても端正な顔立ちだった大伯父と結婚した伯母が太鼓判を押しているのだ。カフェの店主もかなりの美形に違いない。

「そうだ。乃々ちゃん、せっかくだからコーヒーを飲みに行かない? お味も凄くいいのよ」

イケメンは別にどうでもいいけれど、来る時に香りを嗅いでから、乃々葉はカフェでコーヒーが飲みたかった。

二つ返事で頷いて、由紀子と連れ立って階下のカフェへ行く。

カラランとドアベルを鳴らしながら店内に入ると、そこはカフェとアンティークショップが混ざったような不思議な雰囲気の店だった。

壁には年代物の時計が数点と、作り付けの本棚には外国語で書かれた立派な表紙の本が並んでいる。仕切りのように置かれている背の低い飾り棚には、年代物の懐中時計やティーセット、そして琥珀玉が飾られていた。

天井からぶら下がるシャンデリアには色々な形のものがあるが、不思議と統一感を感じさせる。

席はわずか三席で、赤いビロードのような布の張られたソファと、手触りの良さそうな緑色の肘掛け椅子と、黒い革張りのソファがそれぞれ並んでいる。

最近は本屋とカフェの融合であるブックカフェがはやっているので、もしかしたらこのアンティークも実は売り物で、言うなればここはアンティークカフェと呼ばれる店なのではないだろうかと乃々葉は考えた。

「由紀子さん、いらっしゃい」

一人も客がいないのならいいだろうと遠慮なく辺りを見回す乃々葉の背後から、店主らしき男の声がかけられる。

「ああ、君が由紀子さんの姪っ子さん? うん。良く似ているね」

「乃々葉っていうの、可愛いでしょう。乃々ちゃん、こちらがこのカフェのオーナーの胡堂玲くんよ」

振り返った乃々葉は、オーナーの青年を見て確かにイケメンだと思った。

スラリとした体格で、艶のある黒髪は少し長めで耳を隠している。切れ長の瞳は黒一色ではなく青みがかっているようにも見えるから、もしかしたらハーフなのかもしれない。

二の腕までまくった白いシャツと、体にフィットした黒いベスト。そして黒いギャルソンエプロンを着ている姿はまるでモデルのようだ。

けれどそれよりも、乃々葉にはもっと気になることがある。

……どうして頭に動物の耳がついてるんだろう。

ハロウィンはもうとっくに終わったけれど、季節外れの仮装だろうか。それにしても喋りながらたまに動くあの三角形の耳は、とても作りものには見えない。

しかも由紀子と話すのが楽しいのか、ピコピコと機嫌よく動いている。

由紀子はあれを見て何とも思わないのであろうか。もしかしてすっかり見慣れていて、もう驚かないということだろうか。

「――乃々ちゃん、聞いてる?」

「えっ。あっ、なに、伯母さん」

「もう。いくら玲くんがイク……イケメンだからって、ぼうっとしちゃダメよ」

「伯母さん、そんなんじゃないよ」

確かに乃々葉だって美形は好きだけれど、いくら美形でも動物の耳をつけている人はちょっと、と思う。

人間……じゃないよね。だとしたら何だろう。化け物?

乃々葉の視線は、玲の頭の上の耳から離れない。

それに気づいた玲は、困ったように苦笑した。

「お好きな席へどうぞ。由紀子さんはいつものでいいですか?」

「ええ。お任せするわ」

「そちらの乃々葉さんは、何にしますか?」

赤いソファに腰かけながらペシャリと伏せた黒い耳を凝視していた乃々葉は、ゆっくりと玲の顔に視線を移した。端正な顔は困ったような表情をしている。

「メニュー……、メニューはありますか?」

「今お持ちしますね」

玲がメニューを取りに行く間に、乃々葉は声を潜めて由紀子に聞いてみた。

「伯母さん、あの人の耳って……」

「耳? そういえば髪が長いから、出してるのを見たことがないわね」

という事は、つまり由紀子には頭の上の動物の耳が見えていないという事だ。

こんなにはっきり見えてるのに?

乃々葉は目を丸くして伯母の顔を見るが、にこにこしているだけでその表情に変わりはない。

やっぱり、あの耳は乃々葉にしか見えてないのだろうか。

「はい。こちらがメニューです」

乃々葉は更に詳しく尋ねたかったのだが、すぐに戻ってきた玲によって言葉を続けられなくなった。

こうなったら一番手間のかかる注文をして、その間に伯母さんに聞いてみよう。

そう決心しながらメニューに目を落とすと、かなり本格的なコーヒーを淹れてくれるらしく、産地ごとの種類に分かれている。

カウンターにはサイフォンが置いてあるから、おそらくコーヒーを頼めば時間を稼げるはずだ。

とりあえず無難にスペシャルブレンドを頼もうと思った乃々葉は、ふとメニューの端に載っているものに目を留める。

「うせもの探しスペシャル……？」

「あら。新メニューかしら」

変わった名前に首を傾げていると、由紀子が正面からメニューを覗きこむ。

「一万円！」

あまりの値段に乃々葉がメニューを指して叫ぶと、由紀子は「きっと最高級品なのね」とおっとり笑った。

「最高級品でもこんなに高いのはあり得ないでしょ」

憤慨する乃々葉に、店主の玲は意味ありげに微笑む。

「これは選ばれた特別なお客様だけに出すお品です。あなたには取り戻したいものがありますか？」

青みがかった瞳が乃々葉をじっと見つめる。

玲から視線が外せなくなり、まるで金縛りにあったかのように体が動かなくなる。コクリと喉を鳴らした音が、店の中に反響した。

「そんなものは――」

ない、と言おうとした声は、正面からの声に遮られる。

「何でも……取り戻せるの？」

「命数の尽きたもの以外であれば」

「……そう。じゃあ私には必要ないわね」

由紀子はそう言って目を伏せた。


それを見た乃々葉は、伯母の取り戻したいものが何か分かった。

だが死んだ人間など取り戻せるはずがない。

それにしても、命数の尽きたもの以外であれば取り戻せるというのはどういう事だろうと疑問に思う。

乃々葉が失せものと聞いてすぐに思い浮かぶのは、どこに置いたのか忘れてしまった品々だ。使おうと思ってしまっておいた図書カード。大切に取っておいたはずの映画の半券。令和とお揃いで買ったお気に入りの手袋。

でも父の赴任中は誰も住む者がいなくなったとはいえ、家がなくなったわけではないのだから、どれも家の中を探せば見つかるはずだ。別にわざわざ探してもらうほどのことではない。

そもそも失せものを探すというのも怪しい話だ。まるで、インチキ占い師や霊能者の謳い文句のようではないか。

乃々葉は、もしかしたらこの店主は由紀子のような老人を相手に、普通のコーヒーを特別なコーヒーだといって騙して高いお金を払わせているのではないかと怪しんだ。

「あれ。おかしいな。このメニューの文字が見えるのは、どうしても探したいものがある人だけのはずなのに」

そしてそんな玲の言葉は、さらに乃々葉に不信感を募らせる。

やっぱりこの人、ペテン師だ！

そう決めつけた乃々葉は、まなじりを吊り上げた。

「伯母さん、こんな変なお店でコーヒーなんて飲んだら、中に何を入れられるか分からないよ。だから帰ろう」

「乃々葉さん、ちょっと待ってくれ。別に怪しいものなんて入れないから。……あぁ、そうだ。だったらお試しで飲んでみないかい？　もちろんサービスするから」

「そんなこと言って、変なものが入ってたりしないでしょうね？」

すっかり疑い深くなっている乃々葉はすぐには頷かなかった。

それを見た玲が、眉を下げる。

「まさかそんな事はしないさ。コーヒーを淹れる所を見てもらえれば分かるよ」

「そのコーヒーに最初から何か入ってたら分からないじゃない」

「ずいぶん疑り深いんだね」

取りつく島のない乃々葉に、玲は助けを求めるように由紀子の方を向く。

すると由紀子は「あらあら」と微笑みながら、「じゃあ私に、そのうせもの探しスペシャルを飲ませてちょうだい」と言った。

「伯母さん！」

「大丈夫よ、乃々ちゃん。玲くんとは長い付き合いだもの。そんな悪いことをする人には思えないわ」

「長い付き合いっていっても、親しくなったのはカフェをやるようになってからでしょう？　伯母さんの前では猫を被っているかもしれないじゃない」

「あらあら。乃々ちゃんは心配性ねぇ」

乃々葉がおっとりと笑う由紀子に毒気を抜かれていると、玲が「それでは」と姿勢を正した。

「それでは、オーダーたまわりました。ひと時のうせもの探しの香りを、存分にお楽しみください」

そう言って優雅に一礼をする姿に、由紀子は感嘆のため息をついた。

だが乃々葉は、更なるうさん臭さに警戒の色を強める。

カウンターに戻った玲は、まず二台のサイフォンにフィルターをセットした。それをフラスコにセットして、上からお湯を注いでフィルターを温める。

フラスコにたまったお湯を捨てると、綺麗に外側の水気を拭いてから今度は銀色のおしゃれなケトルからお湯を注ぐ。次にアルコールランプに火をつけてフラスコの下に入れてから、フィルターをセットしたロートにコーヒー豆を入れて斜めにセットした。

フィルターのついた鎖の先から小さな泡が、ポコリ、またポコリと浮かんでくる。それを確認した玲は、ロートを真っすぐにした。

ふわり、と蒸気と共に、鼻の先にコーヒーのふくよかな香りが漂う。

フィルターをくぐって上がってきたお湯は、コーヒーの粉と混ざり合い、泡を立てながらコポコポと音を立てている。

白い硬質なヘラを手にした玲は、片方のコーヒーをさっと混ぜると、もう片方を歌いながら混ぜた。

「清水《きよみず》の、音羽《おとわ》の滝に願かけて、失せたる思い出のなきにもあらず」

玲瓏たる声に、乃々葉も一瞬聞きほれる。

次の瞬間――

「え……？」

サイフォンから立ち昇る蒸気がぐるぐると渦巻き、店内に充満する。

渦は由紀子を中心に勢いを増し、乃々葉は必死にテーブルにしがみついた。

そして。

遠くでカーペンターズの曲が聞こえている。ゆっくりとしたトーンに少しハスキーなカレンの歌声が、どこか郷愁を呼び覚ますかのようだ。

ふと気がつくと、隣に膝上丈のタータンチェックのワンピースを着た女性が立っていた。年の頃は三十に届くか届かないかというところであろう。ゆるくカールした黒髪は品よくまとめられ、清楚な美しさを感じさせる。

「まあ、懐かしい。カーペンターズね」

聞き覚えのある声に、びっくりした乃々葉は女性の横顔をじっと見つめる。

「……伯母さん?」

さっきまで見ていた姿よりも大分若くなっているが、その顔には確かに由紀子の面影がある。

「なあに、乃々ちゃん」

顔を向けて微笑むのは確かに田村由紀子だ。

若返ってる。どうして?

乃々葉は驚きに目を見開く。

それにさっきまで『神楽狐堂』というアンティークカフェにいたはずなのに、ここはどこだろう。

目の前には小さな吊り橋がかかっている。岸壁を結ぶ橋はゆらゆらと揺れ、その下には青い海が広がっている。

「城ヶ崎ね、懐かしいわ。ここで文弘さんにプロポーズをされたのよ」

「由紀子さん」

ちょうどそこへ声がかかる。由紀子と乃々葉が振り返ると、そこには背の高い整った顔立ちの青年がいた。

「……文弘さん……」

「僕にとっての幸せとは、君とずっと一緒にいることです。由紀子さん、僕と結婚してください」

文弘に手を取られた由紀子は、文弘からの二度目のプロポーズに思わず涙をこぼした。

かつてこの同じ場所で同じ言葉を贈られた時、由紀子は喜びの涙を流した。

そして今、もう二度と聞く事はできないと思っていた夫の声にもまた、あの時と同じ喜びを覚える。

「私も文弘さんをお慕いしております」

喜びに目を輝かせる文弘を、由紀子は眩し気に見つめる。

結婚してから、楽しいことばかりだった。履物屋の常連として通って来ていた芸妓が文弘に横恋慕して、子供のできない由紀子は妻として失格だと言われたこともあったけれど、文弘の気持ちは揺るがず、二人でいればどんな事でも乗り越えられた。

ずっと寄り添って生きてきた。

「文弘さん、あなたは幸せでしたか……?」

文弘の最期の時に、聞きたくて聞けなかった言葉を口に乗せる。

文弘が微笑みながら口を開いた。

だがその姿が幻のように霧散する。

「文弘さん！」

必死に伸ばす由紀子の手を取るのは、もう少し年を取った文弘だ。

由紀子も同じくらい年を重ねている。

「な……、何がどうなってるの……」

死んだはずの文弘が現れただけでも驚愕なのに、若い姿で現れて、しかも由紀子も若返っていて。と、思う間もなく、今度は一瞬で二人とも年を取った。

一体何がどうなっているのか、横で見ている乃々葉の理解の範疇を、とっくに越えている。

抱き合う二人の間に、一人の少女が現れる。

「れなちゃん？」

今度は令和まで出てきて、乃々葉は混乱する。

だがよく見ると、とてもよく似ているけれど令和ではない。

「裕ちゃん良くきたね。こっちへおいで」

文弘がコートを広げて、その中に少女を囲い込む。

手触りの良い生地に包まれて、少女が屈託なく笑う。

「伯父ちゃま、大好き」

「ははは。じゃあ裕ちゃんはうちの子になるかい？」

「ならなーい！　だって私は伯父ちゃまのお嫁さんになるんだもん」

裕ちゃんって……もしかして、お母さん？

乃々葉の母の名前は裕子だ。あれほど令和にそっくりで文弘を伯父と呼んでいるのだから、文弘にべったりくっついて頬をふくらませているのは、幼い頃の母に間違いない。

「それは光栄だけど、でも裕ちゃんにはもっと素敵な王子様が現れるよ」

「えぇ〜。伯父ちゃまは私の王子様じゃないの？」

「うん。伯父さんにはもうお姫様がいるんだよ」

「伯母ちゃまがお姫様？」

「そうだね。裕ちゃんには裕ちゃんだけの王子様がいるんだよ。だから――」

「だから、素敵な王子様と出会うために素敵なレディにならなくちゃダメ、でしょう？」

「よくできました」

裕子の頭を撫でながら、文弘と由紀子が微笑み合う。それはまるで本当の親子のような姿だった。

そして三人の姿が再び霧に包まれる。

次に現れたのは、乃々葉の記憶にある文弘だ。若い頃よりも風格を増し、魅力的になっている。

「神楽坂の伯父ちゃま。乃々葉、お祭りに行きたい。伯父ちゃまの作ってくれた下駄を履くの」

「あの下駄を気にいってくれたのかい？　嬉しいなぁ。でも今年のお祭りはもう終わってしまったんだよ」

「えー。そしたらまた来年？」

「お祭りの時だけじゃなくて、いつ遊びにきてもいいんだぞ？」

「ほんと？　じゃあねぇ、乃々葉、神楽坂の伯父ちゃまのとこに住もうかな～」

「だったら、いつ来てもいいように、乃々ちゃんの部屋を用意しておかなくちゃいけないなぁ」

「やったー！　乃々葉のお部屋だ～」

乃々葉が呆然と見守る中、文弘と小さな乃々葉の姿が霧に包まれる。

その霧が晴れてうっすらと人影が見え始めるのを注視していると、不意に耳元で声がした。

「やっぱり君には見鬼《けんき》の力があるんだね」

ぎょっとして飛び跳ねると、そこにはカフェの店主である玲がいた。相変わらず頭には動物の耳がついている。

「あっ。怪しい店主！　どうしてここに」

突然現れた玲に、乃々葉は確信する。

やはりあのコーヒーは、何かがおかしい。

「本当なら強い願いを持つ者にだけ効くはずなんだけど、どうやら君の力が作用して由紀子さんの隠された願いが顕れたんだね」

「あなたのせいで、こんなおかしなものを見てるって事？

……伯母さん、大丈夫かな」

たまにしか訪れていない乃々葉ですら、生きている伯父の姿には驚いているのだ。伯母ならば、もっと心を揺さぶられていることだろう。

垣間見た伯父と伯母の姿に、乃々葉は胸を締め付けられていた。仲の良い夫婦だと思っていたが、あんな風にお互いを想い合う姿をこうして見せられると、二人の絆の強さに感動を覚える。

でも、もう伯父は亡くなっているのだ。

であるならば、こうして幸福だった頃の幻を見せるのは、むしろ残酷なのではないだろうか……？

「見ていてごらん」

玲が指さす先に、文弘と由紀子の姿がある。

二人は日当たりの良いリビングで、仲良く並んでソファに座っていた。

ローテーブルの上には、湯気を立てるお揃いのコーヒーカップが並んでいる。

「そういえば乃々ちゃんはもう高校生だね」

文弘が目を落としていた新聞から顔を上げると、縫い物をしていた由紀子は手を止めて微笑む。

「早いものですねぇ。ついこの間まであんなに小さかったのに」

「令和ちゃんはまだ小学生か」

「だいぶ背が高くなったらしくて、乃々ちゃんがもうこれ以上成長しないで、なんて言っているみたいですよ」

「ははは。相変わらず仲良しだなぁ」

「乃々ちゃんの高校受験も終わったから、今年の夏には遊びにきてくれるんですって。楽しみだわ」

「そうだな」

穏やかに、ゆっくりと時が流れる。

だが立ち上がろうとした文弘は、急に膝を崩す。

「あなた、どうなさったの。あなた！」

由紀子は、針を放り出して倒れ込む文弘を支える。だが支え切れるはずもなく、そのまま一緒に倒れてしまう。

倒れた拍子にテーブルの上のコーヒーがこぼれたのか、芳醇なコーヒーの香りが充満する。

「あなた、しっかりして！」

苦しそうに目を閉じている文弘が、ゆっくりとその目を開いた。

「あなた……」

安堵する由紀子の頬を、文弘の大きな手が包む。

「由紀子……」

玲と乃々葉が見守る中、一瞬だけ霧が立ち込め、彼らの姿を隠す。そして霧が晴れると、二人は若い頃の姿に戻っていた。

「君と結婚できて、僕はとても幸せだった。でも、僕は生来、どうも照れ屋でね。……直接言葉にできなかったから、実は銀婚式の時、君にラブレターを送ろうと思っていたんだ。渡しそびれてしまったけどね」

「文弘さん……」

「突然倒れてしまって、僕は君にお別れの言葉も言えなかった。それがずっと気がかりで……」

「文弘さん……。文弘さん？」

段々と文弘の姿が薄れていく。ゆっくりと、空気に滲むように、じわじわと。

由紀子は必死にその体を留めようとするが、伸ばした指先が掴むものはない。

「文弘さん！」

「……ああ、コーヒーができたよ。時間だね」


玲の声を合図にして、乃々葉はハッと我に返る。

「夢……？」

一体今の光景は何だったのだろうか。夢にしてはリアルすぎる。

そう思いながら乃々葉が由紀子を見ると、ほろほろと大粒の涙をこぼしているところだった。

「伯母さん、大丈夫？」

「乃々ちゃんも見たの……？」

「あ……」

なんと答えていいか分からず、乃々葉は口ごもる。

おそらく乃々葉は伯母と同じ物を見ている。だがそれを肯定してしまうには、二人だけの親密なやり取りを、思いも寄らずのぞき見をしてしまったようで、後ろめたい。

「……探さなくちゃ」

「え？」

「玲くん、これお代ね。乃々ちゃん、私先に帰っているわ」

涙も拭かずに席を立つ由紀子に、乃々葉は狐につままれたような顔になる。

「何がどうなってるの……？」

理解が追いつかない乃々葉の目の前に、コトンとコーヒーカップが置かれる。勢いよく顔を上げると、そこには人好きのするような笑顔を浮かべる玲がいた。

その頭の上には、やっぱり動物の耳がある。

「やっぱり君には見えてるんだね。だからうせもの探しもこんな風になったのかな」

「……うせもの探しなんて、できてないじゃないの」

確かに不思議な事は起こった。

だが伯父の言っていたラブレターがどこにあるのかなんて、ちっとも分からなかったではないか。

結局伯母が探すのであれば、うせもの探しは失敗したんじゃないかと乃々葉は思う。

「そうかな？　あのメニューが見えたのは、由紀子さんだけではないと思うけど」

「どういう事……？」

顔をしかめる乃々葉の脳裏に、すっかり忘れ去っていた記憶がよみがえる。

あれはまだ乃々葉が小さかった時、神楽坂の家に遊びに来て令和と遊んでいて文弘の部屋に隠れた事がある。その時、何気なく手に取った本棚の本に白い封筒が挟まれていた。伯父か伯母への手紙だろうと思ってそのまま戻したが、もしかしてあれがラブレターではないだろうか。

「確か鳥の図鑑だったような……」

そうだ、思い出した。羽の色が綺麗だから見てみようと思って手に取ったのだ。

ガタンと音を立てて立ち上がる乃々葉に、玲は優雅にお辞儀をする。

「お客様。またのお越しをお待ちしております」

何も言わずに店を後にした乃々葉は、急いで伯母の家に戻り、鍵もかかっていない玄関を抜けて、伯父の部屋へと急ぐ。


するとそこには伯父の使っていた机の引き出しを開けて手紙を探している由紀子がいた。

乃々葉はすぐに本棚へ向かうと、鳥の図鑑を探し出す。

「あった！」

目当ての本はすぐに見つかった。それを手に取った乃々葉は、パラパラとページをめくる。そしてフラミンゴが首を絡めてハート型を作っているページに、白い封筒がはさまっているのを見つけた。

「伯母さん、これ……」

乃々葉は由紀子のかすかに震える手に封筒を渡した。文弘の机の引き出しからペーパーナイフを取り出した由紀子は、ゆっくりとその封を切る。

そして、カサリと音を立てて開いた白い紙には、初めてで、そして最後の、文弘からのラブレターが入っていた。

「……！」

声もなくその手紙を抱きしめる由紀子を見て、乃々葉はそっと部屋を出る。

きっと今は一人になりたいだろうと思うから。

うせもの探し、かぁ……。

本当だったのか、狐に化かされたのか。でも、今はどちらでも構わない。

だって、伯母があんなに喜んでいるのだから。

「今度はちゃんとしたコーヒーを出してもらおうかな」

そう言って、乃々葉は小さく笑った。

note◆歴史イノベーション集団・操觚の会に加入させて頂いてまだ間もないのに、こうして諸先輩の先生方と一緒に伝奇アンソロジーに参加させて頂くことができて、大変光栄です。

今回、伝奇というテーマで書かせて頂いたのですが、操觚の会は歴史作家の集団なので、現代を舞台にするあやかし物で良いのだろうかと不安でした。

ですが、大丈夫ですとの声に背中を押され、こうして参加させて頂く次第となりました。ありがとうございます。

あやかし物をずっと書きたいと思っていたのですがなかなか機会に恵まれず、こうして発表する事ができて嬉しいです。

神楽坂を舞台にしたのは、神楽坂で開かれる「本のフェス」に操觚の会が毎年参加しているからです。春に開催されますので、機会がありましたらぜひ皆様もお出かけください。

今年も創業明治二十二年の歴史ある中華料理店・龍公亭にて『歴史小説いろはトークin神楽坂』を開催し、先生方六人と参加者の方々が楽しく語らいました。

また、作中に出てくる鰻屋さんと見番横丁は実在いたします。そして見番横丁には「東京神楽坂組合稽古場」という芸妓さんたちの組合があります。運が良ければ三味線のお稽古をしている音が聞こえるそうですので、足を延ばして散策して頂いても楽しいのではないでしょうか。

いずれ続きを書かせて頂く機会があれば、お花見の時期や夏祭りの時期など、神楽狐堂を舞台にした四季それぞれのお話を書きたいと思っております。

今後も歴史・あやかし・ファンタジーなど、様々なジャンルで執筆をして参りたいと思いますので、どうぞよろしくお願いいたします。

信長公忌
操觚（そうこ）の会
トークショー

日時　6月2日（日）15時15分～16時45分

（前半）15：15～16：00「本能寺の変について」

（後半）16：00～16：45「織田信長公の目指したもの」

会場　法華宗大本山本能寺 大寶殿一階ホールにて

（本能寺　〒604-8091 京都市中京区寺町通御池下ル下本能寺前町５２２）

参加費　無料

歴史・時代作家の会、「操觚の会」所属の作家陣が、「本能寺の変」と「織田信長公の目指したもの」をテーマにセッショントーク形式により行います。

参加作家一覧（五十音順・敬称略）

（前半）蒲原二郎、木下昌輝、杉山大二郎、鈴木英治、鈴木輝一郎、早見俊

（後半）秋山香乃、彩戸ゆめ、蒲原二郎、木下昌輝、鷹樹烏介、谷津矢車

司会　誉田龍一

●当日は多数のお客様がお越しになることが予想されます。会場の椅子が足りなくなり、立ち見になる可能性もありますことを、ご承知おきください。
●本能寺は１７時に閉門となります。ご来場の方は、１７時には必ず境内にいないよう、ご注意ください。
●お問い合わせについて
会員の蒲原二郎宛に、メールにてご連絡ください。　E-mail　kanbarajirou@gmail.com

ころりの木壺

◉神野オキナ

かみの　おきな
一九七〇年一月生まれ沖縄県在住。
一九九五年より文筆業を開始、神野オキナ名義で一九九九年デビュー。
代表作に「あそびにいくヨ！（アニメ化）」「疾走れ、撃て！」など。
二〇一七年「カミカゼの邦」を徳間書店より上梓。大藪春彦賞候補作に。

木で出来た壺である。

寸法は、貧乏徳利をひとまわり大きくした程度か。

それも、筋骨盛り上がった木こりの腕をより合わせたような、あるいは大蛇数十匹をより合わせたような、うねりのある凹凸を持つ独特の表面を持っている。

全体の形は、持ち手の部分はなく、ほぼ真円に近い。

黒光りするまで磨かれてはいるが、漆が塗られた痕跡はない。

ただし、口の部分は鋭ささえ感じるほどに薄く丁寧に加工されている。

好事家が見れば、かなりの値を付けそうなできばえだった。

木壺は、三宝の上に置かれ、この屋敷に呼び出された男たちの前にあった。

「この壺を、真っ二つに斬って頂きたい」

闇の中から、生硬い女の声がした。

日本の言葉を使い慣れていないようなたどたどしさが少し残っている。

「無事に斬って頂ければ、五十両、その方に差し上げたい……ただし、挑戦なされるは一度のみ」

集められた男たちの無言の動揺が闇の中にひしめく。

「では、拙者が」

一同の中で、年かさの男が名乗り出た。

「直英神流《じきえいしんりゅう》、先沢一太郎」

三宝の前に軽く腰を浮かせ、刀に手を当てる。

「鋭！」

気合い一閃、刀は鞘から疾ったが、木壺は一瞬早く、まるでそれを見切ったかのように、コロリと三宝の上から落ちていた。

「お次の方」

女の声が聞こえた。

先沢某《なにがし》を名乗った男は、恥辱で青ざめた顔で刀を納め、一礼した。

闇の中から小姓が一人進み出て、木壺を再び三宝の上に戻す。

「次は拙者だ」

別の武士が進み出た。こちらは仕官しているらしく、整った姿をしている。

「真影流《しんかげりゅう》、竹田文治郎」

こちらは膝立ちで刀を抜き、大上段に構えた。

裂帛の気合いと共に、刀の切っ先が消え、三宝が真っ二つに斬れた。

だが、その時すでに、木壺はまたしてもコロリと畳の上に転がっている。

むろん、無傷。

☆

それから、三日後の夜。

どこからか、闇の彼方より、三味線とは違う、柔らかい音色が聞こえて来た。

（あれは、琉球の三線《サンシン》だな）

蛇の皮を張っただけの三味線、という外観なのに、三線の音色は不思議に違う。

バチを使って硬く弾くのではなく、指先に填めた道具……義甲と呼ばれる大きな爪のようなもので抑えるようにして弾くからだろう……とは知り合いの芸者の話だ。

もっとも三味線に比べれば修得は楽らしく、その三線の音色も調子外れのものではない。

（そういえば、この前の江戸上りの時に私は江戸に帰ってきたのだったな）

そんなことを考えながら、湯文字逸四郎《ゆなもじいつしろう》は、田町の夜道を籠に揺られている。

（寒い冬の朝だった）

鮮烈に憶えている。

中でも記憶に残っているのは深くて抜けるように明るい碧《あお》と、目を刺すような明るい赤。

頭の中で神田神社の境内でくるりと舞った人影の手から、たなびくように流れた碧い布の鮮やかさが蘇る。

そして今聞こえてくる三線の曲とは打って変わった明るい曲。

（たしか、唐の船が入ってくるときに奏でる謡《うた》だったか……ああそうだ、あれは神田神社の境内だった）

久しぶりの江戸、珍しく雪がふり、風景の記憶もおぼろげになっていて不安なところへ、ようやく見えてきた神田明神の鳥居とその周辺の風景の懐かしさ……それと「江戸上り」が重なっている。

今から四年前の一七一〇年（正徳元年）十一月の暮れのことだ。

そして今、一七一四年（正徳四年）、徳川家宣の四男にして七代将軍、まだ十歳にもならぬ徳川家継が、病気がちでそろそろ危うい、とひっそり噂されるこの年、華やかな話が江戸に広まった。

慶賀の使いとして琉球から四年ぶりに「江戸上り」が来るという。

島津が琉球を属国とも領国とも言えぬ奇妙な形で抑え、領地とも友国とも言えぬ関係を結んで一〇〇年以上。

征服された当時の国王、尚寧王とその連れが徳川家康に謁見しに上京したことを最初とするこの江戸上りは、国を閉じ、海外文化を受け容れぬ国となった日本の中で、長崎出島に次ぐ、外国の息吹を知る重要な行事であった。

しかも出島と違って、こちらに来てくれる。

黄表紙本の版元たちはそろって四年前と同じく、「江戸上り」に関する読み本、絵物語などを出版し、絵師は山のように浮世絵を描いている。

前回の江戸上りの折に手に入れた三線を引っ張り出す者たちもいるだろう。

「そろそろ、辿り着きまする」

提灯を持って籠の横を歩く、徒歩の小者が囁くように告げた。

「うむ」

頷いた逸四郎の脳裏に四年前の風景は消えている。

江戸の海から吹き付ける冷たい潮風の匂い。

提灯のつたない灯りに照らされる田町の道は見知らぬ不気味さをたたえて籠の窓から微かに広がっている。

田町は大名旗本の屋敷ばかりある場所だ。藩の面子もあるので道は常に掃き清められ、塵ひとつ落ちていない。

どこか、いつも暮らしている神田のごみごみした町中よりも、闇が冷たく感じられた。

☆

湯文字逸四郎は、神田の片隅で剣術の道場を開いている。

曾祖父の代から浪人で、湯文字というふざけた姓は、家系図も持たず、曾祖父が江戸の長屋に転がり込んだときから名乗っていると聞いたから、おそらく本来の名前ではあるまい。

三代将軍家光様のご時世であったというから、その頃激しく行われたお家お取りつぶしで世に転がり出てきたのだろう、とは父の言葉だ。

曾祖父も祖父も、本当の名前を隠し通してしまったらしく、逸四郎の父も知らないという。

逸四郎の曾祖父は剣の腕が立つだけでなく、読み書き、算盤《そろばん》の腕も立った。

気がつけば廻船問屋の番頭のようなことをしながら、神社の境内で剣術を教えるようになっていたという。

そして子である祖父も同じように帳簿をつけたり商いの相談に乗ったりしながら、神社の境内で剣術と読み書きを教えていた。

道場が曲がりなりにも持てたのは父の代になってからだ。

赤穂浪士の討ち入りで、町人も侍も浪人も、どっと剣術熱が盛り上がったのである。

父は温厚で、算盤勘定も出来たが祖父や曾祖父と違って人あたりがよく、それがまた道場の存続と拡充に役立った。

逸四郎は十四になると前髪を落とし、同時に諸国へ修行の旅に出された。

可愛い子には旅をさせろというが無茶である。

だが、それが湯文字の家の倣い、と言われて育ってきたから、むしろワクワクしながら旅に出た。

旅は逸四郎が、黄表紙本で思い描いていたほど楽ではなかったが、心を挫くほど酷いものでもなかった。

七年経って逸四郎は西は岡山から北は東北まで足を伸ばし、蝦夷地にまでもう少しで行けるところだったが、父の具合が良くないと知って江戸へと戻った。

二十一の生まれ日に、逸四郎は父の元に戻った。

父は子の帰りを喜び、一時は床から出るほどまでに快復したが、半年も経たずに今度は卒中で死んだ。

以後、道場は無事に逸四郎に引き渡され「若先生」と呼ばれながらも四年、そろそろ門弟たちから「若」が取れて「先生」と呼ばれはじめ、道場は順調に回っている。

そこへ、奇妙な使者が来たのは三日前になる。

陽も暮れて、道場の門下生（といっても多くは町人、あるいは近所の同心、あるいは江戸屋敷住まいの貧乏足軽の子供たちだが）が帰った後、のっそりと使者が手紙を持って来たのだ。

その時、たまたま逸四郎は弟子たちの見送りに門前にいて、入れ替わりにその使者がやってくるのを見た。

稽古が終わった後、弟子たちの最後の一人が無事に門をくぐって帰っていくのを見送るのは、父親が道場を開いて以来の道場主のつとめだが、この日は来客を送る目的もあった。

「相変わらずお主は律儀者よなぁ」

「いえ、これはもう日課ですので」

「謙遜するな……まあ、律儀者でなければ、わしとのヘボ将棋に付き合ってくれるはずもないが」

がははは、と来客である四十がらみのがっしりした体格の男は笑い声を上げた。

田中堂田《たのなかどうでん》といい、同じ町道場の主で、こちらは赤坂に住んでいる。豪快な人柄で面倒見もよく、父の代からの付き合いだ。

がっしりした体つきで、歳は当年とって三十三、逸四郎からすれば兄か叔父のような人物である。

性格は見ての通りの豪放磊落。

町道場の弟子たちはそんな堂田を「どうでえ先生」と呼んで親しんでいる。

ただし、逸四郎の父は
「人として付き合うはいいが、剣の筋は……まあよくないい癖がある。まだ未熟なお前に下手に影響されても困る。己の剣の道が定まってからにしなさい」

と言葉を濁していた。

たしか、堂田の流派はタイ捨流と、柳生新陰流の流れを遠くに汲む、と称する刺沢古流《しざわこりゅう》という小さな流派で、奇襲、目くらましの技を多く持ち、諸国を巡る時、その奥義を「汚い」と口を極めて罵る古老に数人出会った。

個人的にはそういう技への対抗策も兼ねて手合わせしたいとも思ったが、旅の中で様々な人々に出会ううち、そういう技に魅入られて心を蝕まれる危険性も理解できるようになった。

「どうでえ先生」はそうならなかった、恐らく数少ないひとりなのだろう。

逸四郎が江戸に戻ってから、何度か手合わせを、と言ってきたが、父の言葉もあって断っていた。

有り難いことに、剣の手合わせの代わりがあった。

堂田は剣術よりも実は将棋が下手の横好きというやつでかなり入れ込んでいる。

しかも、余りに弱いので近所の将棋指しから敬遠されるほどだ。

将棋の相手をすると言うと、喜んで将棋を指しに来る。

お陰で手合わせの話は以後でることはなかった。

「しかし、良いのですか田中殿。毎日のように私の道場へ来るのは」

「構わん構わん、四年前福の神が来て以来、我が道場はビクともせんわい」

言って笑い、堂田は子供たちが見えなくなったあと、悠然と去って行った。

先の使者の姿見えたのは、その堂田の姿が見えなくなってからである。

（示現流か）

足の運びを見て、逸四郎は察したが口にはしない。

ただし、示現流の者に限らず、剣術使いは己の流派を見透かされるのを嫌う。

それは腕が立つものであればあるだけだ。

まして、示現流となれば関ヶ原「島津の退き口」でその壮烈かつ勇猛果敢が音にも聞こえた薩摩侍。

下手なことを言って激高させれば、鬼をも斬る。

だから逸四郎は黙っていた。

「何事でございましょう」

「湯文字逸四郎先生でござるか」

使者の言葉にはやはり薩摩の訛りがあった。

「いかにも、湯文字逸四郎にござる」

男は一礼した。腰を直角に曲げるような生真面目な人柄が窺える。

どうやら凶暴な人物ではないらしい。

同時に、男の右手がだらりと垂れ下がったままなのに気付いた。

（腱を傷つけたか）

示現流の稽古は厳しい。まして薩摩の気概とは荒っぽさと同義語である。

中には修練の中に命を落とす者も珍しくないという。

腕一本が犠牲になっても仕方ないのかも知れない。

（あるいは、最近かも知れんな）

そんなことを考えていると男は言葉を続けた。

「拙者、とある藩に仕えし者にござるが、恥ある身故、藩の名と姓名の儀はお許し頂きたく……」

恥ある身、とはとんでもないしくじりを犯した、あるいは武家として恥ずかしい振る舞いをしてしまった者のことをいう。

滅多なことで口にすべき言葉ではない。

まして薩摩の言葉が染みつくような場所に生きた者ならば。

「お気になさらず」

自然と逸四郎は姿勢を正しつつ、一礼した。

「ここは江戸です。そういう方は珍しくない」

「ありがたい」

男は顔を上げた。

四角四面そのものの真っ正直そうな顔に、左の頬骨から右の頬骨へ、真っ直ぐ、深い傷跡があった。

最初は化粧と見まごうほど、その傷は真っ直ぐだった。

普通、顔に残るほどのもの刀傷なら、人の肉が歪むが、使者の男の顔の傷は、真っ直ぐで、乱れがない。

（これは、よほどの腕の者とやり合ったか）

達人が斬れば、切り口の滑らかさに、骨でさえもその場で合わせれば綺麗にくっついてしまうという。

その傷と「恥ある身」という言葉がどこかで結びつきそうだった。

驚嘆と興味が逸四郎の胸にわき起こりかけたが、抑え込む。

侍の向こう傷は決して不名誉ではないが、それについてあれこれと尋ねるというのは無礼というものだろう。

「先生の腕前を見込んで、何卒我らの主の田町の館までご足労願いたい」

「館」という言い方が気に掛かった。

こういう場合は「屋敷」と呼ぶ。あるいは藩邸……逸四郎は男たちを何処かの藩のものと思った。

まるで同心のように紙で切った家紋を貼り付けているが、恐らく偽物。

恐らく島津の者だろう。

俄然興味が湧いてきた。

「三日後、同じ刻限にこちらへお伺いいたしもす。その際、お受けいたすか、いたさぬかをご判断いただきたく」

侍はそう言って頭を下げた。

随分と身勝手で無礼な話である。

だが逸四郎、この生真面目な使者の態度が気に入った。

誠実な人柄が滲み出ている。悪しきことに誘っているわけではないだろう……そしてなによりもこの不可解な申し出である。

(ふむ、面白い)

なんとなく、そう思ってしまった。

町人相手の小さな道場主でも、逸四郎は剣士である。

大平の世、将軍様が七代も続いて侍が剣より算盤、書物を武器にすることが多くなるように変わり果ててしまったにせよ、やはり血の沸き立つことを無意識のうちに探しているのだ。

江戸が沸いた赤穂浪士討ち入りは逸四郎、七つの時だから、荒事への憧れはあるし、諸国を巡ってそれなりに腕にも自信がある。

血に飢えているほどではないが、そういう気の浮き立つことを求めていることは否定出来ない。

「よろしい、お受けいたそう」

即答した。

使者の男は怪訝そうに逸四郎を見上げた。

「よろしいのでごわすか?」

「差し障りござりませぬ」


そして三日後、逸四郎は差し向けられた籠の中にいる。


また別の三線が奏でる、柔らかい音色が聞こえて来た。

先ほどのとは段違いに上手い。

三味線と違ってぴりっとした「さわり」がないノンビリした音はいかにも、雪が降らず、人々が裸で生活出来るほどに暑いという南の楽園の音らしい。

それに載せて、

フットゥヤ　フットゥヤ
カーティハティティ
グマーフニニ
ウリジンケールン
ウクリダシティガ
フットゥヤ　フットゥヤ
カーティハティティ
チネーンムドゥラティシヤ

まるで唐天竺の念仏のような声が聞こえて来た。

三線を伴うこの語感からすると、これは琉球の言葉での謡《うた》であろう。

意味は一切判らない。何しろ異国の言葉である。

だが、異様に哀切のこもった、聞く者の胸を締めつけるような思いが、逸四郎に伝わってくる。

言葉はまるで分からないのに、謡の、声の中に込められた感情はそれでも伝わるものらしい。

（なんとも……辛い歌だな）

素直にそう思った。

籠が緩やかに何かを乗り越える気配がした。

門の敷居を跨いだのだろう。

どうやら着いたらしい。

だが籠はそれでも暫く進み続け、門から屋敷までの遠さに、逸四郎は驚いた。

（やはり、島津の屋敷か）

確信に変わる頃、籠が停まった。

左右を覆っている筵の片方がめくり上げられた。

「では、どうぞ」

小物が頭を垂れる。

「ありがとう」

こういうとき「うむ」と侍らしく偉そうに頷く事が、どうしても市井に生きる逸四郎には出来ない。

腰に刀を手挟みながら、自分の道場が丸ごと入りそうな玄関から上がった。

奥まで点々と壁に灯明が付いている。

芯から冷える闇は、その奥にわだかまり、見知らぬ逸四郎を待ち受けているように思えた。

（まあ、仕方がない）

七年もあちこちを修行して回っていたので、そこは逸四郎、腰を落ち着けて悠然と歩いていく。

何処へ行けばいいかはすぐに分かった。

闇の奥に案内の別の小者が立っている。

その案内に従って、逸四郎は屋敷の奥の部屋へと通された。

二十畳はあろうかという部屋には、三十名ほどの侍たちがすでに腰を下ろしていた。

身なりも身分も様々だ。

大抵の者が正座して背筋を伸ばす居住まいだが、中には片膝を立て、刀を斜めに肩に置いてイライラと鼻毛をむしっているような男もいる。

（さて、なんの集まりだ、これは）

とにかく、言えることは全員、かなりの使い手だろうということだ。

「やあ、お主もおったか」

豪快な笑顔が逸四郎を出迎えた。

「これは田中殿」

「どうでえ先生」こと田中堂田がそこにいた。

「お前も呼ばれるとはな」

「はい」

「いや、しかし大した面子ばかりだぞ」

急に堂田は声を潜めた。

「ちょっと見回しただけでかなりの剣客がおる。おらんのは小石川の辻月丹《つじげったん》先生ぐらいのものだ」

「ああ、無外流の……」

「前を見よ」

と堂田は顎をしゃくって見せた。

「念流の森田逸馬、小と書くほうの小示現流の庵野大輔、梶派一刀流の浦沢牧江、戸田流の榊地太郎、あちらで柱にもたれて鼻毛を抜いておるのは、ほれこの前両国の絹問屋で盗賊を六人叩き斬ったという愛澤火介よ。山田浅右衛門の弟子の、五木一馬に汀《みぎわ》吉継《よしつぐ》までおるわ」

「はあ……」

どうやらかなりの腕前の者ばかり選ばれているようだ。

さらに堂田の解説は続く。

元からこういう剣客の動向に関する噂話などが好きな所がある。ここぞとばかりにあふれ出るのも当然と言えた。

（さて、なんで私まで……）

逸四郎は賑やかな堂田の解説を聞き流しながら首を捻った。

諸国修行のこともあり、それなりの腕の自信はあるが、その名が知れ渡るような武勇とはまだ無縁だ。

人を斬ったということは自慢することでもない。

何故に自分は選ばれたのか。

（親父様の威光という奴か）

だが、父は剣の腕よりは、その温厚篤実な人格でもって「神田の外の道場主たちにそこそこに名は知られている」程度だ。

御前試合にも、野盗や盗賊退治にも縁が無いままだった。

災禍に巻きこまれそうになる場所には近寄らぬが吉、で生涯に刀を抜いた回数は十回に満たないというのが自慢という風変わりな剣客……いや、町屋の道場主としては至極まっとうな人間だった。

（ますますわからん……）

首を捻るしかない。

「でな、あちらにいる浅黄色の羽織が……」

相変わらず堂田の解説が続いている。

「田中殿」

さすがに停まらぬ堂田の長広舌に、逸四郎がさすがに注意を促そうとする前に、

「弁えられよ」

と静かで神経質な声が飛んできた。

聞き覚えはあるが、こんな神経質な声ではない。

不思議に思って声の主に視線を向けた。

「ああ、これは稀乃《まれの》先生」

いつの間にか堂田の横に、痩身痩躯の四十男が冷たい目をして座っていた。

稀乃《まれの》弥一郎《やいちろう》。元は某藩の指南役であったという。

十五年ほど前から日本橋の大店の離れに暮らし、時折大名屋敷に赴いて殿様相手の出稽古をしているという噂だ。

堂田によれば「いけ好かない、お高くとまった男だが、それでも居合と柔の術の達人」とのことらしい。

不思議と父とは碁敵同士で気があい、二人きりで碁を差しなが

ら歓談する風景をよく見たし、少年だった逸四郎にも優しく、逸四郎が諸国修行に出る時に添え状を一通書いてくれた義理堅いところもある。

逸四郎の印象では良く笑う陽気な御仁、というものだった。それは子供相手だからだったかもしれない……だが少なくともこんな風に、頭ごなしに人を叱るようなことはしないはずだが。

(はて、お身体の具合でも悪いのか?)

首を捻りながらも逸四郎、頭を下げた。父が逝去した折、葬儀に参加したときは早々と葬儀の場から消えていたから、近年の様子は知らない。

「ご無沙汰しております」

「それより、碁の腕はあげられたか?」

と聞く不躾さに、堂田が顔をしかめるが、逸四郎は苦笑いして頭を掻いた。

「いやなかなか、親父殿や稀乃先生のようには参りませぬ」

「碁は剣にも通じる、まして市井で道場を構えるならなおのことだ。田中殿のように下世話な噂話に通じて、井戸端の婆《ばば》どもよろしく愛想を振りまくのも良いが、同時に囲碁や史書に通じておくのが今の世の渡りようと言うもの」

堂田の顔が真っ青になり、膝の上で拳が固く握りしめられる。

稀乃の言い様は、市井で道場を構えるのは下世話な社交術こそが重要で、剣術の腕など不要であり、堂田はその典型と断言したに等しい。

ぴきぴきと音を立てるように堂田のこめかみに血管が浮かぶ。

普段豪快で気さくな男だが、ひとたび勘に触れると手が着けられない。

父が「堂田殿のこめかみに血の脈が浮いたら、とにかく羽交い締めにせよ」と江戸に戻った逸四郎に苦笑交じりに言ったことを思い出す。

だから「手合わせをするな」というのはそういう意味もあるのだろうと逸四郎は理解していた。

さて今すぐ羽交い締めに、と思ったその時、絶妙の間をもって、また三線のもの悲しい音色が聞こえ始めた。

フットゥヤ　フットゥヤ
カーティハティティ
グマーフニ
ウリジンケールン
ウクリダシティガ
フットゥヤ　フットゥヤ
カーティハティティ
チネーンムドゥラティシヤ

女の謡の声は哀切々として広間に響き渡り、誰もがハッとして聞き入るほどの美しさと胸に迫る悲しみに満ちていた。

こえが響き渡るうちに、不気味な闇の中にあるこの大広間の空気が清冽に変わるのを、逸四郎は感じる。

それだけではなく、場そのものの「なにか」が変わった。

まるでこの大広間が丸ごと、暗闇の奥の、更に奥にある、子供の頃、誰もが感じたあの闇奥の恐怖そのものに包まれたように。

自然と広間の侍たちは腰の刀に手をやっていた。

逸四郎もだが、ふと、稀乃弥一郎を見ると、彼だけが俯いて唇を引き結んでいる。

今の喧嘩を中断させられた憤懣が溜まっているようにも見えるが、何かの覚悟を決めたような奇妙な決意の気配もある。

（なんだ、今日の先生は……？）

やがて、三線の音色は消え、謡の声も闇の中に吸い込まれて、するりと襖が開いた。

「お待たせいたし申《モン》した」

逸四郎の道場に来た使者の男が正座して頭を下げる。

「本日お集まりの皆様には、腕をお貸し致したく……魑魅魍魎を斬って頂きたい」

いきなり、使者の男はおかしなことを言い出した。

そして三宝の上に載った、奇妙な形をした木壺が、闇の奥から小姓に捧げ持たれて姿を現した。

☆

（まるで蛇がうねり合っておるようだな）

まん丸な木壺を見て、逸四郎はそう感じた。

子供が抱えていくには大きすぎ、大人が小脇に抱えるにしては少し小さくて持てあましそうだ。

「この木壺、当家にとある山伏より送り込まれた呪物でござる」

使者の男は朗々と深い声で説明した。

「遥か彼方に捨てれば戻り、焼こうとすれば火が消え、砕こうとすれば金槌が割れ、石を詰め重しをつけて水に沈むれば鎖を切って浮かび上がり、その度ごとに家中の者の命が絶たれるという有様。しかもこのまま放置すれば今年お生まれになられたばかりの若様の命を喰らうという大難物にござる」

誰も、使者の男の言葉を笑わず、「馬鹿にするな」とも怒らなかった。

「東大寺、比叡山の高僧、大阿闍梨にお調べ頂き、京は天子様にお仕えする陰陽師にご意見を伺ったところ、この壺を今年の晦日までに一刀のもとに真っ二つに出来れば木壺の呪いは塵と消え、安泰である、と……ですが残念ながら、我が藩にはこれを一刀のもとに斬り捨てることの出来るものは某《それがし》含め誰もおらず」

再び男は頭を下げた。

後は察してくれ、ということであろう、と逸四郎が思っていると、闇の奥から、白い着物に白い紗を羽織った女がスルスルと滑り出てきた。

大きな切れ長の目を持ち、彫りの深い……この時代における日本の美的感覚から大きく逸脱した顔立ちだが、それでも人目を引く「美しさ」を感じずにはいられない女であった。

妙に光を吸い込む黒髪が頭の上でくるりとまとめられ、横を簪が貫いて固定されている。

（琉球の髪型だ）

逸四郎の脳裏に、四年前の記憶が蘇る……あのとき、江戸上りの一行の女たちは皆、こういう髪型をしていた。

「この壺を、真っ二つに斬って頂きたい」

闇の中から現れた女は、生硬い声をしていた。

(ああ、さっきの声はこの女か)

逸四郎は理解した。

「無事に木壺を斬って頂ければ、五十両、その方に差し上げたい……ただし、挑まれるは一度のみ」

笑い飛ばす者はいなかった。怒る者も。

「三日前、皆様とは別に、十名の剣客を集めて斬って頂いたが、どなたも出来ませなんだ……もはやここにいる皆様だけが頼り、何卒《なにとぞ》、何卒」

女はそう言って平伏した。

その姿は哀れそのもので、切実感に満ちていた。

決してからかい半分の行為ではない。

誰もが無言のうちに居住まいを正した……その中には先ほどまで、不敵にあぐらをかいて鼻毛を抜いているような無頼漢もいた……剣客としてひと肌脱がねばならぬ、と思わせるものがあった。

(……金色の髪なのか)

だが、その中で逸四郎だけが奇妙に覚めた目で女を見ていた。

どうしてかは、当人にも分からない。

頭を下げた女の髪の根元に金色の煌めきを見いだすぐらいには頭が冷えていた。

(さて、これは本当にこの女の言うとおりなのか)

首を捻る。


どうもあの壺の中にそんな恐ろしい物が入っているような気が、何故か逸四郎にはしなかったのである。

やがて、一人が立ち上がり、姓名と流派を名乗って三宝の前に座った。

真庭念流らしい動きで、刀を抜いて、振り下ろす。

刀が空を斬る音と、畳の上に木壺が転がる音がほぼ同時に、逸四郎の足に伝わってきた。

「……失礼する」

悔しげな声がして、最初の男が立ち去り、次が座る。

次の侍は刀を抜いて立ち上がると大上段に振りかざした。

裂帛の気合いを込めて刀が振り下ろされる。

三宝が左右に飛んだ。

それほどの斬檄だった。

だが、

「斬れておらぬ」

と当人が呆然と口にして、結果が明らかになった。


そこからが見物となった。

脇差し、大刀、大太刀、長巻、様々な獲物を使って一刀両断せんと木壺に挑んだ剣客たちはことごとくこれをコロリと躱されてしまった。

あげく、屋敷にある薙刀や槍を所望するものも現れたが、誰もがしくじった。

最初は子供じみた義侠心に、多少照れながら刀を構えていた侍たちだったが、一人しくじり、二人しくじり、三人目がしくじった。

　五人めと六人めの五木一馬に汀吉継……据物斬りの名手、「首切り浅右衛門」こと山田浅右衛門の高弟ふたりまでもが連続してしくじった時、全員が驚いた。

　さらに「もう一度」とふたりが訴え、それが特別に二回ずつ叶えられてもなお、ふたりともしくじった。

　汀吉継が今にも腹を斬る顔になり、部屋を真っ青になって飛びだしたときから、これがただの戯れや子供じみた話ではないと全員が気付きはじめた。

　これは、ちょっとした奇妙な話ではなく、れっきとした怪異なのだ。

　剣の世界の冥利が通じる世界ではない、魑魅魍魎の跋扈する本当の闇の中に、自分たちは足を踏み入れているのだ、と誰もが理解した。

　凄烈な気が、部屋に満ちた。

　三宝の上にちょこんと置かれた木壺は、まさに怪異の塊なのだ。

　斬らねばならぬ。

　誰もがそう思った。

　にもかかわらず、それから二十数名の男たちが顔を伏せて恥じつつ部屋を去った。

「どうも、こういうのは苦手だ、ちと失礼する」

　十五名を過ぎたあたりから顔色が悪くなってきた稀乃がそう言って席を立った。

　部屋外の小者に厠の行き先を尋ね、案内されていく会話が逸四郎の耳に聞こえる。

「ふん、怖じ気づいて逃げるつもりだろうよ」

　堂田はいい気味だと言わんばかりに呟いて腕組みした。

「おお、見ろ。金崎神刀流の据え物斬りの名手、伊東鳩也殿だぞ……ああ、しくじったか。次は真庭念流の長崎小介殿か……ああ、これもしくじった」

　堂田は楽しそうだ。

「緊張なさらないのですか」

　逸四郎が尋ねると、堂田は、

「斬らねばならぬと気負うからいかんのよ。ああいう呪物の類いは、一つコツがあるのだ」

「……というと？」

「拙者ほどの腕前なら当たり前の事じゃ」

　そう言ってわはは、と堂田は笑い、前に並ぶ者たちから一斉に冷たい視線を受けて、今度ばかりは慌てて顔を伏せて黙り込んだ。

　人が捌けて近づいてくると、あの木壺はまるで意志ある存在のように振り下ろされる、あるいは突きだされる、すくい上げるように迫る刃をコロリと転がり、刃自体を触れさせないのが分かってくる。

　まるで子供が笑いながら大人をからかっているように、逸四郎には思えた。

　さらに五人、六人と木壺に挑み、堂田の番が来た。

「壱新流、田中堂田」

　なぜか、逸四郎が父から聞いた流派、刺沢古流《しざわこりゅう》ではないものを名乗り、堂田は刀に手をかけた。

「失礼ながら、この木壺から見て北東は何処か」

尋ねると使者の男が首を傾げ、逸四郎から見て左手であると答えた。

堂田は頷き、自分の立ち位置を変える。

と、それまで部屋の奥、使者の男と並んで座っていた白装束の女がどこからともなく三線をとりだし、歌い始める。

先ほども聞いたあの歌だ。

一瞬、堂田はきつい目で女を見やったが、すぐに呼吸を整え膝立ちになって刀の柄に手を置く。

滑らかな音色の中、謡が聞こえてくる。


だが、これまでとは違って逸四郎の耳に、否、脳裏に直接音が響く。

弟よ《フットゥヤ》、弟よ《フットゥヤ》
変わり果てて《カーティハティティ》
小さな骨に《グマーフニニ》
春には帰ると《ウリヂンケールン》
送り出したのに《ウクリダシティガ》
弟よ《フットゥヤ》、弟よ《フットゥヤ》
変わり果てて《カーティハティティ》
家に戻ろうとは《チネーンムドゥラティシャ》

これまでただの異国の言葉にしか聞こえなかった悲しげな歌声が、はっきりとした意味を伴って逸四郎の頭の中に現れた。

(どういうことだ、これは!)

愕然として、逸四郎は女を見る。

女は歌い終えると顔を伏せてしまったがその一瞬、逸四郎に微笑んだように見えた。

微笑んだ顔が、誰かに似ていた。

神田明神。

碧と赤、そして底抜けに明るい三線の曲。

(そうだ、あれは『唐船《からふね》ドーイ』というのだ。なんとも明るい、良い曲であった)

女の顔に似ていた顔が誰であったかを、逸四郎が完全に思い出すのを遮るように、ぺっ、と短い音がした。


堂田の口から唾が飛び、木壺の表面を濡らした。

腰の刀が鞘走る。

木壺を置いた三宝の下から上へ、すくい上げるような斬撃。

空中に跳ね上げられた三宝の上、真っ二つになった木壺を逸四郎は見た。

木壺の中から、か細い蝋燭の明かりにも眩く光る、碧く細い布がこぼれる。

碧い布に、細い金の刺繍で鴎と井桁のような独特の幾何学的な紋様が無数に描かれた厚みのある絹布。

四年前、神田明神の境内で見たものに似ていた。

不安から神田明神の鳥居を彼方に見て安堵の思いに元気づいた逸四郎は一行からはぐれて凍えていた「江戸上り」の美しい三線弾きの踊り子を見つけた。

動けなくなりそうなほど衰弱した、その踊り子を案内して甘酒を飲ませ、団子を食べさせてやった。

そのとき、「せめてもの御礼に」と押しつけようとした金銭を逸四郎が拒むと「ならばこの神社に歌と踊りを納めましょう」とたどたどしい言葉で告げて、謡い、踊った時に手にしていたものにうり二つ……いや、間違いなく同じものだった。

本来は手ぬぐいの用途であったが、琉球では家柄身分を示すものであり、旅立つ愛する男に女が織るものであり、同じ柄模様はふたつとないのだと、その美しい踊り子は言っていた。

「ふん、何が呪物か。我が手にかかればかような物、一刀でござる」

堂田は刀を納めると、誇らしげに使者の男と白装束の女に向き直った。

「五十両、ありがたく頂戴いたす」

にっかりと笑った。

そのまま逸四郎に「どうだ」と言わんばかりに振り向く。

いつもの豪快な、子供っぽい自慢の笑顔なのに、逸四郎は蝋燭の炎に横から照らされた堂田の顔が奇妙に歪んで見えた。

まるで、堂田の皮を被った化け物が、うっかりその皮をずらしてしまったような違和感。

木壺を斬るときに、唾を吐きかけるという汚い技を見たためだろうか。

「良かろう」

使者の男は顔をあげ、頷いた。

謹厳実直そのものの顔はなんの表情も浮かべず、能面のように見える。

「だがそこもと、五十両はすでに受け取っておろう」

「なんと申した？」

「今から四年前、神田の森でわしの弟、中村武二郎が所持しておった藩金五十両、そこもとが斬り捨てて奪った金五十両、とっくに受け取っておろう！」

使者の男……中村某《なにがし》の顔は、憤怒に染まっていた。

「な、何を言うか！」

「弟の傷は下からすくい上げる壱新流の太刀、しかも、わしにも弟にも、斬り手は機先を制するために目に唾をかけおった。刺《し》沢《ざわ》古流《こりゅう》の奥義のひとつ『噛唾木《かんつばき》』であろう！……何より、その壺を斬ったことが証拠！」

「ほう、ならば敵討ちを望むか、だがその腕でどうする？」

堂田は立ち上がって呻く様に言った。

逸四郎としては突如露わになった昔なじみの悪行を弾劾すべきか、それとも堂田を信じて味方すべきか、判断しかねて目を白黒させるしかない。

「敵討ちはもう、終わっておるわ」

中村の顔が凄絶な笑みを浮かべた。その唇の端からつう、と赤黒いモノが流れる。

「わしの命に変えて、もう終わっておる」

どう、と音を立てて中村の身体が前に倒れた。

何を悟ったのか、堂田はそれを見て身を翻して部屋を出ようとしたが、すぐにその足がもつれた。

何かが履き古した、こはぜの取れかけた足袋を穿く、その足首に絡まっている。

碧い布に見えたが、それは一瞬のことで、菱形の頭をした蛇だった。

独特の柄を持つ鱗の身体に見覚えがある。

倒れた中村の横で、微動だにしない白装束の女が先ほど抱えていたもの……三線の皮。

三線の皮は蛇の皮だ。

琉球にのみ生息するハブという猛毒の蛇であるという。

堂田の足首に絡みついたのは正にそのハブだった。

すでに牙が突き立てられている。

「おのれ、この！」

堂田の刀が一閃し、ハブの首が飛んで、逸四郎の前に転がった。

ぎょっと飛び退こうとした逸四郎の前で、ハブの首は碧い布の切れ端に変じる。

「なんだ、これは」

思わず口に出たが、堂田は構わず部屋を出ようと襖に手をかけた。

逸四郎はその時見た。

毛ずねにまみれた堂田の足首から碧く、細い細い糸のようなものが全身へ恐ろしい速さで広がっていくのを。

碧い糸のようなものは堂田の足首から首筋、顔にいたるまで網の目のように広がると、こんどは一気に全身を塗りつぶすように青黒く変化した。

毒の色だと、逸四郎は理解した。

とたん、ぶくぶくと、堂田の皮膚が無数の泡が沸き立つように蠢きながら膨れあがっていく。

「あ……あ……あ」

襖を右から左に動かす間に、その手指の先、爪までもが、紫色に膨れあがって、堂田はその場に倒れ込む。

「あ……あ……あっ、あっ……あ……があぐ…………ぐ……ぐおぅ……」

堂田は、その場をのたうち回った。

堂田の手足も顔も、みるみる倍以上に膨らみ、目玉が飛び出さんばかりに見開かれ、それすらも紫に染まって膨張をはじめた。

「ああ、やはり田中殿のほうであったか」

暢気な声がして振り向くと、腕組みした稀乃弥一郎が顎に手を当てて、冷徹な目を、身体中を紫色に腫れ上がらせてのたうち回る堂田に向けていた。

「『どうでえ先生』と呼ばれる割には豪快に見せて姑息、と見ていたが。よもや辻斬り強盗の類いであったとは……私もまだまだ人を見る目が足らぬようだ」

「ま、稀乃先生、これは一体……」

「さて、それよりもこの部屋から退散しよう。毒の飛沫を浴びてはたまらぬからな」

先ほど「体調が良くない」と脂汗を掻いていたとは思えぬさっぱりした顔で、稀乃は逸四郎を誘った。

部屋の外に出て、稀乃が襖を閉めると、間髪を入れず奥で何かが弾ける音がして、濡れたものが「びしゃり」と襖をたわむほどに叩き、震わせた。

「さて、これで終わった……では帰ろうか」

「ま、稀乃先生、これは一体どういうことなんですか！」

逸四郎としては尋ねずにはいられない。

稀乃は面倒くさそうな顔になったが、溜息をついて廊下を歩きながら説明をはじめた。

「四年前、江戸上りの一行から踊り子が一人はぐれた…………というのは表向き。実は幸い神田明神で薩摩藩の若い侍と逃げ延びるつもりだった。駆け落ちだな。どうやら江戸上りの最中になさぬ仲になったらしい」

稀乃は逸四郎を見る。

「ところが不案内な土地だ。道に迷っていたら江戸に帰ってきた別の若い侍に助けて貰い、神田明神まで案内された……あなた、覚えがあるでしょう？」

逸四郎はあっ、と息を呑んだ。

「それは……私です」

頷いて稀乃は続ける。

「そんなわけで幸運にも薩摩の若い侍と踊り子は無事に巡り会い、いざ旅立とうとしたが踊り子ごと斬り殺された。弟の出奔を知って、後を追ってきた若い侍の兄は、弟の死の現場に行き会ってしまい、取り乱した所を、隠れていた下手人に顔を真一文字に、そして利き腕の肩の筋を斬られてしまった…………で、弟は駆け落ちのために藩金五十両を持っていたが、両名とも、懐は空っぽだった」

それであの使者の男、中村某の顔と腕の理由が分かった。

あの「どうでえ先生」の豪放無頼な顔の裏に、そんな陰惨なものがあるとは、逸四郎は思いもよらなかった。

それはともかく、疑問が残る。

「で、ではあの木壺はどういう……」

「呪物というのは見ての通り本当だ。だが作ったのは山伏ではない」

悪戯っぽく笑う稀乃を見て、一瞬で逸四郎の脳裏に白装束と、金色を黒く染めた髪の毛が映って消えた。

「まさか、あの……」

「そうだ、田中を呪って死んだ中村さんの隣に座って、三線を弾いてたあの白装束の女性《にょしょう》さね。あれは一緒に斬られて死んだ踊り子の姉なのさ」

稀乃は普段の生真面目な口調を捨てて、少々伝法な口ぶりで言う。

そのほうが、逸四郎の記憶にある稀乃そのものだった。

いつの間にか稀乃は屋敷の裏口をまるで我が家のように開けて

外に出た。

逸四郎も後に続くしかない。

「あれは琉球のノロという神に仕える役職の人でな、自ら邪に穢れることと、その命と引き替えに、あの壺の中に殺された踊り子の持っていた手ぬぐい……琉球じゃ『てぃさぁじ』というらしいが……に術をかけた。中村さんは下手人を確実に見つけ出すために命をさしだして、入れ物になるあの木壺を作らせた……コロリコロリと転がって、下手人にだけ斬られるためにな」

「そんな、ふたりとも敵討ちのために死ぬとわかってそんなことを。特に姉のほうは神官なのでしょう、そんな呪いなど……」

「実はな、踊り子のほうはひどく乱暴されていた……まあ、人殺しに血がたぎって外道に墜ちた奴は慣れてくると人殺しで興奮するというから、あの堂田先生、それが初めての辻斬り強盗じゃなかったんだろうよ……だから最初下手人は兄が来た時逃げ遅れたんだろうなあ」

苦々しく稀乃は呟いた。

ふたりは田町の屋敷通りを歩いている。

月は冷たく、海風が吹きすさぶが、逸四郎は先ほどの風景の凄惨さとそこから逃れたという安堵で寒さを感じなかった。

「そりゃそんなことをされたら、残された血族は命と引き替えになろうが仇を討つだろうよ」

「稀乃先生はなんでまたそんな事情を知ってるんです?」

「私はね、湯文字殿。変な話や敵討ちとかが大好きでね」

月に照らされ、自嘲を含んだ笑みが稀乃の顔に浮かんだ。

「おかげで宮仕えは出来なくなったが、こういうときに他人様へ知恵を貸したりするのさ。あなたのお父上はその辺よくご存知だったはずだよ」

意外な事を希乃は口にした。

「はあ……」

「まあ、伝える必要もないと思っていたのかも知れないね。私のこっちのほうの稼業の話なんて、あなたには一生関わる必要はない」

「では、なぜ途中で厠に……」

「あれは田中堂田が逃げぬように、という用心さ。だが奴め欲に目がくらんでくれたんで、あんたを最後に引っ張り出すだけで良かった」

「つまり、半分は……あなたがこの敵討ちの段取りをした、ということですか?」

「絵図面を引いたぐらいのものかねえ……ああ、そうだ」

稀乃は思い出したように懐から白い包みを取り出した。

見るのは何度もあるが、手渡されたことはついぞない、切り餅……二十五両の入った紙包みだ。

包みにも封印にも出所を示す文字はない。

「こいつは口止め料というやつさね。今夜のことは他言無用。『どうでえ先生』が何処に行ったかはあなたも私も、知らぬ存ぜぬ、ということで」

「……はあ」

惚けたような顔で頷く逸四郎の前で、「それじゃあ」と稀乃は手を挙げた。

「ここでお別れだ、おーい」

狸穴に向けた道に立っている松の下から、稀乃の声を受けて町人駕籠がひょいと現れた。

「先生、待ちやしたよぅ」

「すまねえな、いやすまねえ。酒手はたっぷりはずむからよ」

人嫌いでお高くとまっている先生、という堂田の目利きは、どうやら完全に外れていたらしい。

「明日は吉原行こうぜ、吉原」

「なんかいい事でもあったんですかい？」

「まあね」

そう言って去って行く稀乃を呆然と見送りそうになり、慌てて逸四郎は駕籠に駆け寄った。

「あ、あの、踊り子の姉というノロの人はどうなるんです？」

「さっきも言ったでしょう、命をかけて、って……よく『人を呪わば穴二つ』っていうじゃないですか……そういうこってす」

こともなげに稀乃は言い、思い出したように
「ああそうだ、あなた二度と、向こうが呼んでも一人で田町には近づかぬように。少なくとも私がいいと言うまではね」

と付け加え
「ほぅれ急げ、厄落としに酒でも飲まなきゃやってられねえぞ」

と駕籠屋たちを促した。

「へイ旦那ぁ」

あっという間に逸四郎を置き去って、稀乃を載せた駕籠は闇の奥へ去って行ってしまった。


暫く、残されたまま逸四郎は呆然としていた。

やむなく、自宅のある神田へと歩き始める。

二里も歩けば着くだろうという見当はある。

やがて、歩くうちに、ようやく気がついた。

「あの女《ひと》の……弟だって？」

どう思い出しても、あの時神田明神近くで助けた三線使いの踊り手は、女にしか見えなかった。

（あのように、美しい男がいるものなのか？）

これも異形を見てしまった人の心の不思議さか、そのことのほうが、ついさっき目の前で繰り広げられた悪夢のような凄惨な復讐のありさまよりも、身近なことだけに逸四郎を激しく動揺させていた。


note◆ユタやノロのいる琉球王国と、徳川幕府がほぼ同時代を歩んでいるというのは、沖縄県となった今からは少し想像しづらいのですが、確かに繋がっていたという証明がこの「江戸上り」です。

　江戸上りはこの物語の少し後に来る吉宗の時代、一回だけ行って、ぱったりと止んでしまうんですよね。

　華美贅沢を嫌った吉宗らしく、琉球行列による「異国風」の流行を嫌ったのかも知れません。

文学フリマのご案内

「文学フリマ」とは文学作品の展示即売会です。既成の文壇や文芸誌の枠にとらわれず〈文学〉を発表できる「場」を提供すること、作り手や読者が直接コミュニケートできる「場」をつくることを目的とし、プロ・アマといった垣根も取り払って、すべての人が〈文学〉の担い手となることができるイベントとして構想され、全国で開催されています。

【文学フリマ 今後の開催予定】(2019年3月31日現在)

開催日	イベント名	出店者募集期間
2019年 5月 6日	第二十八回 文学フリマ 東京	募集終了
2019年 6月 9日	第四回 文学フリマ 岩手	募集終了
2019年 7月 7日	第四回 文学フリマ 札幌	募集終了
2019年 9月 8日	第七回 文学フリマ 大阪	現在募集中 ～ 2019年 4月 22日
2019年 10月 20日	第五回 文学フリマ 福岡	現在募集中 ～ 2019年 6月 17日
2019年 11月 24日	第二十九回 文学フリマ 東京	2019年 4月 21日 ～ 2019年 8月 19日
2020年 1月 19日	第四回 文学フリマ 京都	(調整中)
2020年 2月 23日	第二回 文学フリマ 広島	(調整中)
2020年 3月 22日	第四回 文学フリマ 前橋	(調整中)

【文学フリマ 全国マップ】(2019年3月31日現在)

●回 数 年間10回
●都 市 全国 9都市

江《こう》都《と》肉《にく》球《きゅう》伝《でん》

◉蒲原二郎

かんばら　じろう

一九七七年生まれ。元衆議院議員秘書。

『オカルトゼネコン富田林組』でデビュー。

以来、ファンタジー寄りの作品を書いていたが、元々司馬遼太郎のような国民作家になりたかったので、大坂の陣を舞台にした『真紅の人』で歴史小説に挑戦。調べた内容が大河ドラマ真田丸にも反映され、勢いで学術論文も書き上げた。

僧籍をもっているが、俗世に強いこだわりがあり、決して悟りは求めていない。小さな幼稚園の園長をやっている。

「てぇへんだ！　てぇへんだ！」

夜のしじまを破り、一人の岡っ引きが街を駆け抜けていく。

いや、一人ではない。正確には一匹の方が表現としては正しいだろう。

「さぶ！」

寅次郎は木戸を目前に、元来た道を振り返った。

「兄貴ぃ」

後ろから、息をあえがせながらようよう追いついたのは、貧弱ながらも珍しい若い雄の三毛猫であった。

「おい、仏（死体）が転がってるってなあ、この先か？」

「そうだよ、兄貴」

「なるほど。じゃあ面倒だが、この木戸を越えていかなきゃなんねえな」

深夜も深夜、丑三つ時のことである。とっくの昔に木戸は閉まっていて、普通なら木戸番に頼まないと通行は許されない。

ただし、それはもちろん人間ならばの話である。

「しゃあねえな、畜生」

悪態をつくと、寅次郎は鮮やかな寅縞《とらじま》の体を翻し、商家の柱をよじ登って、勢いよく屋根瓦の上まで躍り出た。そしてまだ下でためらっている弟分を見下ろし、思い切り怒鳴りつけた。

「何やってんだ、さぶ。とっとと ついてこい！」

言われて三郎太《さぶろうた》は身をすくめ、あわててもたもたと柱を登り始めた。寅次郎は一応その場で三郎太を待っていたが、そこはやはり猫でも江戸っ子である。すぐにいらいらしてきて、しびれを切らした。

「ったく、遅えな、お前は。それで俺の〝下っ引き〟がつとまると思ってんのか。先に行ってるぞ！」

言うが早いか、雄の虎猫は足早に屋根伝いに木戸を越え、

「えいやっ！」

力強く瓦を蹴り、跳躍した。月明かりの中、四つ足の影と体がふわりと別れ、着地と同時に一つになる。ようやく屋根の上に上った三郎太はそれを見て、

「兄貴ぃ、待ってくれよお」

と哀れな声で呼んだが、威勢のよい寅次郎は、そんなこともお構いなしだった。手下のいる方を振り返りもせず、再び道を走り出している。

「兄貴ぃ、兄貴ったらあ！」

三郎太は今にも泣き出しそうな顔で、あたふたと寅次郎の後を追いかけた。


死体は柳橋の川端に転がっていた。

「兄貴ぃ」

三郎太がようやく追いついた時には、寅次郎は遺体のすぐ側に腰を下ろし、目の前に横たわっている男の体を、尻尾を立てたまま見据えていた。年の頃は五十くらいであろうか。右手を伸ばす形でうつぶせに倒れており、死に際はよほど苦しかったらしく、横顔がやけに歪んでいる。きれいにそられた頭や良い油で整えられた髷《まげ》、上質な羽織の生地などからして、どうやら富裕な町人で

あるらしい。

「暑い時期だってぇのに、羽織なんざ着込んでやがるところを見ると、寄合《よりあい》帰りの大店《おおだな》の主《あるじ》とでもいったところだろうな」

「おいらもそう思うんですよ」

三郎太もうなずいた。

「目立った傷もないし、血も流れてないから、追いはぎや辻斬りじゃあないとは思うんです。でもただ……」

「でもただ？」

「ほんのちょっぴりですが、あやかしのにおいがするし、それに……」

「それに、ってなあ、あれのことか？」

寅次郎が目を向けた先には、男の右手があった。人差し指の前の地面には、「九」という意味深な字が書かれている。死人が末期に、最後の力を振り絞って書いたものに違いない。

「だからあわてて兄貴に知らせたんですよ。これはどう考えたらいいんですかね？」

三郎太の、うかがうような問いかけに対し、寅次郎は「うーん」と唸りながら首を傾げた。

「たしかに滅茶苦茶あやしいなあ。でも、あやかしのにおいったって、気付くか気付かねえくれえだし、金でも盗られていりゃあ話は別だが、うつぶせだから懐の様子がまるでわからねえ。しょうがねえ、ここは一応、御同心《ごどうしん》にお出でいただくしかあるめえ」

次の瞬間、三郎太は露骨に嫌そうな顔をした。

「同心って、もしかして江藤様を呼ぶんですか」

「そうだ。他に手はねえだろう」

寅次郎の返事を聞いて、三郎太はますます嫌そうな顔をした。

「兄貴。おいら、あのお侍はあまり好きじゃねえんですよ」

寅次郎も立てていた尻尾を弱々しく垂らした。

「あー、うん。まあなんだ。つべこべ言うな。江藤様以外、俺たち猫又《ねこまた》としゃべれねえんだからしょうがないじゃないか。いいからひとっ走り、神田明神まで行ってきてくれ」

「おいらがですか？」

「お前以外に誰がいる」

「だって、遠いじゃないですか」

「遠い近いの問題じゃあねえ。江藤様に来てもらわなきゃ、仕方ねえからそう言ってるんだ」

「そんな、」

「いいからつべこべ言わずに、とっとと行け！　お江戸の安寧を守るのが、俺たちの仕事じゃねえか！」

しまいには怒鳴られ、三郎太は大きくため息をついた。

「行きますよ、行けばいいんでしょ。まったく、今夜はついてないなあ……」

半刻ののち、寅次郎の元へ、遠くからぼんやりとした明かりが近づいてきた。

（提灯か。来たな……）

寅次郎は思わず身構えた。三郎太同様、寅次郎も自身が仕えている江藤帯刀《えとうたてわき》という人間が決して得意ではない。江藤は確かに奉行所の同心ではあるが、普通の同心とは職掌がまるで違っていた。

　元々江藤家は京都の神主の家柄で、大権現（徳川家康）が天下を手中にした後、江戸の鎮護のために関東に招かれたと伝わっている。最初は神職として活躍していた江藤家であったが、代々不思議な霊力のようなものを有していたため、いつしか町奉行所に所属し、江戸の街を、不埒な妖怪変化どもから守る同心として活躍するようになっていた。そのような経緯もあり、普段は奉行所に出仕する必要もなく、役宅は今でも江戸城の鬼門を守る神田明神の裏手に設けられている。配下には人ではなく、寅次郎たちのようなあやかしがつけられていた。

　その江藤家の現在の当主が帯刀である。彼は若干二十五歳ながら、歴代でも最も優秀と称される異才の持ち主で、寅次郎たち猫又の言葉を理解できる、江戸で唯一人の人間でもあった。また生業《なりわい》が生業だったので、江戸中の妖怪変化たちからひどく恐れられていた。配下であるにも関わらず、寅次郎ももちろんその内の一人、もとい一匹である。そのせいか本人も非常に自尊心が強く、普通の同心がするような仕事には極力携わらなかった。

「だから死人が出たくらいで俺を呼ぶなと言ってあるだろうが」

　不意に冷たい声が聞こえてきたので、寅次郎は恐怖で全身（の毛）を震わせた。いつの間にか提灯の明かりが間近に迫ってきている。

（あいかわらず、なんちゅう足の速さだ……）

　寅次郎が恐れ入っている間にも、
　じゃっ、じゃっ、じゃっ。短い間隔で砂を蹴る音が近づき、そして、
　じゃりっ！

　音はすぐ近くで止まった。寅次郎が恐る恐る目の前を見上げると、声同様、冷たい目付きの若者が、まるで能面のような表情で自分を見下ろしていた。腰には先祖代々伝わる魔除けの霊刀という、時代がかった拵えの、朱塗りの大太刀がぶら下がっており、帯には対照的に地味な脇差しが差してある。江藤だ。異様な威圧感があるせいか、背後に控えている三郎太はうつむき、ひげもちんなりと後ろを向いている。

「こここ、こんばんは。本日はお日柄もよく、」

　寅次郎はもつれる舌で挨拶をし、とりあえず頭を下げた。しかし上から、チッという舌打ちの音が聞こえてきたので、あわてて顔を元の位置を戻す。江藤の目はあいかわらず冷たかった。

「くだらぬ挨拶などどうでもよい。貴様、このくそ暑いのに、またつまらぬ用で俺を呼んだようだな」

「いや、あの、その。ほ、仏が出たもんですから」

「馬鹿猫が」

　罵声が容赦なく寅次郎に降りかかってくる。

「そんなことは知ったことではない。人死にくらい、朝になればその辺の岡っ引きが奉行所に報告するだろう。それで終いだ」

　ピシャリと言われて、寅次郎はさすがに言葉に詰まった。

「で、ですが、一応、あやかしのにおいがするもんですから……」

「ごくわずかに、かすかに、そしてかろうじて、だがな。猫の

くせにずいぶん鼻が利くではないか」

悪意のある言い回しに、寅次郎のひげもしんなりと後ろを向く。

「え、江藤様はこういうのがお得意ですし、何より同心様ですから……」

「お前は俺を他の同心たちと一緒だと思っているのか？」

「いえ、その……」

「どうやら貴様、体だけでなく、俺もなめているようだな」

「そ、そんなことは」

寅次郎の体はいつの間にか固く縮こまっていた。江藤が再び聞こえよがしに舌打ちをする。

「まあいい。貴様の死んだ父親に免じて、とりあえず話だけは聞いてやる。手短に言え」

江藤の後ろにいる三郎太が、だから言ったじゃないか、とでも言いたげな、うらみがましい視線を投げてよこした。寅次郎は小さなため息をつくと、勇気を振り絞って説明を始めた。いつもは強気の寅次郎も、江藤の前では赤子も同然だった。


「ですから、妖気もさることながら、〝九〟という字が怪しいと思うのです」

寅次郎がしゃべっている間、江藤は眉一つ動かさずに死体の方を見やっていた。提灯の明かりに照らし出される、色白の江藤の顔は、不気味なほど美しく見える。

眉目秀麗。

その言葉ほど、この男にふさわしい言葉はないだろう。切れ長の二重の目に、整った鼻梁。ほどよく膨らんだ唇に、すっきりとした顎《あご》。

（睫毛も長いしなあ）

寅次郎は説明をしながら、違った意味で何度もため息が出そうになるのをおぼえていた。江藤はまるで役者絵から飛び出てきたような美男子で、昼間、日本橋のあたりでも歩こうものなら、間違いなく人目を引くに違いない。しかし基本的に夜番のせいか、本人は日中もっぱら寝ているので、娘たちにも騒がれずに済んでいる。

「何を見ている」

言われて寅次郎は、はたと正気に戻った。江藤はしゃがみこむと、倒れている男の体を持ち上げ、懐の辺りをまさぐり始めた。

寅次郎はあわてて死体の右手の横に移動した。

「江藤様、あっしはこれを、自分を殺した相手の名前を書いたんじゃないかと思うんですよ」

江藤はフンと鼻を鳴らすと、男の体から手を離し、立ち上がった。

「どうかな。それも考えられるが、もしかしたら単に己《おの》が名を書こうとしたのやもしれぬぞ。懐にはしっかり財布も入っておる。少なくとも物盗りではないだろう」

「……」

真っ当な意見に、寅次郎も二の句が継げない。

「とにかく、あやかしの類いがこの男を殺したのなら、もう少し辺りに妖気が漂っていてもおかしくないはずだ。だが、そうではない。だから、仮にこれが殺しだとしても、おそらくは人の手によるものだろう。知っているだろうが、俺の仕事はあくまで物怪《もののけ》の退治だ。つまらぬ町人の死人《しびと》なんぞには関与せん」

「しかし……」

寅次郎は納得がいかなかった。確かに妖気はかすかにしか感じられなかっただが、それでもあやかしのにおいがするのは、なんとも解せない。何よりも岡っ引きとしての勘が、この件がただの人死にではないとささやいていた。一年前に死んだ、猫又として初めて同心となった父親からも、「困ったことがあったら、とにかく江藤を頼れ」と言い含められている。

寅次郎は目の前にいる同心に必死に食い下がった。

「江藤様、あっしはこれはただごとじゃあないと思うんです。一応、妖気だって感じるんですから。妖怪変化なんざ、ここのところ、とんと出やしませんし、なんとか力をかしてください」

「すまぬが、その滅多に出ないやつを退治するのが俺の仕事でな」

そう言うと江藤は、顔を上げ、煌々と輝く月をおもむろに眺めやった。

「それに自慢ではないが、俺は働くのが大嫌いだ」

「……」

寅次郎はその言葉を武士として、いや人として最悪だと思った。当然ながら自慢できるはずもなかろう。しかし、当の江藤はあくまでも真顔で真剣そのもの。再び冷たい目付きで寅次郎たちを見下ろした。

「この件に関しては、俺が一応、奉行所に報告しておく。だが、そんなに気になるのなら、この町人の周りで九がつく人物について、お前たちで調べるがよい。わかったら、今宵はとっとと帰って寝ろ。よいな」

「は、はあ……」

江藤は表情一つ変えずにうなずくと、無言のまま きびすを返した。江藤が足早に立ち去った後、三郎太はいかにもがっかりした様子で、大きなため息をついた。

「あ〜あ。だから言ったじゃないですか。嫌な気分になっただけだ。おまけに余計な仕事も増えたし」

それを聞いて、寅次郎が肉球で三郎太の頭を小突く。

「馬鹿言うんじゃねえ。大事な仕事じゃねえか。それでも人一人が死んでるんだぞ。もうちょっと真面目にやれ」

「真面目にって、兄貴もつい一年前まではずいぶんやくざだったじゃねえですか」

「馬鹿たれ！」

寅次郎は今度は思い切り三郎太の頭を叩いた。

「痛え。まったく、ひでえなあ」

「ひでえのはお前だ。一年前ならいざ知らず、俺は今じゃ江戸の街を守る岡っ引きなんだぞ。俺はよ、やくざでとんでもねえ親不孝者だったからこそ、死んだ親父にも喜んでもらえるような、立派な岡っ引きになりてえんだ。それにこの件は、」

「この件は？」

「なんだか嫌な予感がする。もっと人が死にそうな気がするんだ」

その夜の月は半月だったが、文月だというのにやけに冷え冷えとして見えた。そしてその夜の寅次郎の予感は、残念ながら見事に的中することとなる。

翌日、寅次郎と三郎太は死んだ男の身元を洗っていた。調べによると、男は善吉といい、予想通り、深川で繁盛している米屋の主だった。親族や商売仲間には九の字がつく名前の者はおらず、おまけに善吉はなかなかの人格者だったようで、多くの弔問客がひっきりなしに訪れていた。善吉が誰かの恨みを買っているような様子は見受けられなかった。

しかもその間、寅次郎たちが情報源としている猫たちから不穏な噂がいくつも飛び込んできた。いわく、横町のご隠居が昼飯の後、急にもがき苦しみ、亡くなったとか、いわく大川（隅田川）の畔《ほとり》で涼んでいた男が、「い、い、い」とおかしな呻き声を上げたきり、川に転落して息絶えたとか、そのような事例が相次いで報告された。怪しい人死にの続出に、寅次郎も三郎太も険しい表情で顔を見合わせるばかりである。

「兄貴、これはやっぱり何かおかしいや」

「そうだな。それらも含め、一応調べたことを江藤様の耳にも入れておこう」

すると、三郎太が大きなため息をついた。

「本当に嫌だなあ」

「何がだ？　人が変な死に方をしていることか？」

「いや、もちろん江藤様に会いに行くことが、でさあ」

神田明神の裏手にある江藤の役宅は、門構えこそ立派だが、かなり古びた小さな屋敷だった。江藤はこの屋敷に、これまた年季の入った、老いた下女と二人きりで暮らしている。江藤は女嫌いなのか、いい年なのに嫁も貰わず、なぜか独り身だった。寅次郎は渋々ついてきた三郎太とともに、おそるおそる門をくぐった。

「ご免ください」

式台で声をかけても返事がないので、やむなく二匹は縁側のある、猫の額ほどの裏庭へとまわった。江藤は居間で横になり、いつものように肘枕でうたた寝をしている。寅次郎が地面に腰を下ろすと、三郎太は少し後ろで同様にして控えた。

「江藤様」

寅次郎が、庭を向いている江藤の背中に呼びかける。しかし、相変わらず江藤から返事は返ってこなかった。

「ったく、呑気なものだな」

ところが、寅次郎が小声でつぶやいた途端、江藤は急に寝返りを打ち、寅次郎たちの方に顔を向けた。

「その言い様《よう》からすると、何かあったようだな。呑気な同心めにぜひご教示いただきたい」

「あ、いえ、その、」

いきなり皮肉を浴びせられ、寅次郎は昨晩同様、縮こまる羽目になった。悪態を誤魔化すため、急いで調べ上げたことと、複数の不審死があったことを報告する。すると江藤はやおら起き上がって端座し、無表情のまま、寅次郎たちに冷たい視線を落とした。

「己が名でもないか」

「はい。身内にも、商売敵にも、九のつく名の者はおりません」

「怨恨でもなさそうだと」

「むしろ、近所でも評判の、大人しい善人だったようです」

「わかった。そして怪しい死に方をした者が何人もおるのだな」

そう言うなり、江藤は目をつむって腕組みをし、何やら考え込み始めたが、やがて目を開け、再び口を開いた。

「では、棒手振《ぼてふり》（天秤棒を担ぐ行商人）どもを調べてみろ」

寅次郎は唐突な指示に面食らった。

「棒手振、ですか？」

「そうだ。特に根岸《ねぎし》辺りから来る、果物を売っている連中を念入りに調べろ。下手人はおそらくその中にいる」

言い切ると、江藤はごろりと横になり、再び寅次郎たちに背中を向け、寝入ってしまった。寅次郎は江藤が何を言っているのか皆目見当がつかなかったが、亡き父親の言葉を信じ、江藤の言いつけに従うことに決めた。そして、

「さぶ！」

振り返って、子分に力強い眼差しを向けた。

「急いで江戸中の野良どもを集めろ！」


猫たちの懸命な捜査により、怪しい棒手振が見つかったのは、二日後の昼過ぎのことだった。

野良猫からの急報によると、深川で棒手振から食べ物を与えられた乞食が、急に苦しみだして死んだらしい。江藤への報告が済んだ後も、似たような不審死を遂げる者が相次いでいたため、寅次郎と三郎太は尻尾を立てて走り、現地に急行した。現地で待機していた別の野良猫から話を聞いたところ、棒手振は義助と名乗る五十過ぎの男で、江藤の言うとおり根岸の辺りに住み、長いこと江戸中で野菜や果物を売り歩いているという。

「野郎、さては食い物に毒でも入れやがったな！」

寅次郎は江藤に感心しつつ、ただちに野良猫たちを、義助の所在確認のために走らせた。

夕刻、義助らしき棒手振を、日本橋の辺りで再確認できた時には、すでに陽もかなり西に傾いていた。寅次郎と三郎太は情報を貰い受けるなり、泡を食って日本橋へと急いだ。日本橋に着くと、当地の猫たちが待ち受けている。

「寅次郎の親分、あの男です」

猫たちが手の肉球を向ける先にいたのは、なるほど、五十過ぎのさえない中年男だった。

中肉中背で、顔は馬面。細い目と低い鼻、薄い唇が顔の中央に寄っている。白髪交じりの髪を、頭の後方でなんとか結い上げており、深い皺が刻まれている日に焼けた老け顔《ふ》からは、生きる苦しみのようなものすら感じられた。

（見栄えのしねえ野郎だなあ）

正直なところ、それが寅次郎の抱いた第一印象だった。ただ一つ奇妙なのは、やはり義助がかすかに妖気を漂わせていることである。

「間違いねえ、あいつだ！」

ここで見失っては末代までの恥。寅次郎はまなじりを決すると、「さぶ！」と手下を呼んだ。

「何ですか、兄貴」

寅次郎は三郎太に対し、急ぎ江藤を連れてくることと、自分はこのまま義助の後をつけること早口で告げた。

「あんなかすかな妖気じゃ、夜が来たら見失っちまう恐れがある。だが、俺の妖気なら十分だ。俺のにおいをたどってこい。わかったな」

「嫌だけど、この場合しょうがないな。わかったよ、兄貴」

三郎太が神田明神めがけてまっしぐらに駆けていくのを見届けると、寅次郎は一定の距離を保ちつつ、こっそりと義助の後を追いかけ始めた。


その後、寅次郎による追跡は延々と続いた。すべては根岸辺りにあるという義助の住居を特定するためである。ところが、義助はなぜか途中で方角を替え、日光街道に向かって歩き出した。

(どうした？　根岸じゃねえのか？　それにしても遠いじゃねえか)

思いがけない義助の行動に、寅次郎は内心焦りに焦った。すでに黄昏時である。江戸を抜けると、人通りもめっきり少なくなった。どこかで時ならぬひぐらしが鳴いている。背後を振り返っても、三郎太や江藤の姿はもちろん見えなかった。

(駄目だ。このままだと、もしかしたら江戸から逃げられちまうかもしれない！)

せっかちな江戸っ子の性か、寅次郎は次第に我慢できなくなり、周囲に人気《ひとけ》がなくなったところで、

「おい、義助！」

ついに前を行く男に声をかけてしまった。

義助はゆっくりと振り返りつつ、体を寅次郎に向けた。寅次郎は義助の正体を確信した。

「やっぱそうか。俺の声が聞こえるってこたあ、お前、人じゃねえな。正体は物怪《もののけ》か何かだろう！」

義助は不適な笑みを浮かべたかと思うと、いきなり腹を抱えて笑い出した。

「何を言う。正体が明らかになったのはむしろお前の方ではないか。お前、嫌われ者の同心に使われている猫又だろう。お前が後をつけていることくらい、こっちは先刻お見通しよ。それにしても、お前のせいでまっすぐねぐらまで帰れなかったではないか。一体、何の用だ」

「黙れ！　用もくそもねえ！　お前、食い物に毒を入れて売りやがったな！」

途端に義助の顔から笑みが消える。

「知らんな。何を勘違いしておる」

「とぼけるんじゃねえ！　ずっとお前の後をつけてきたんだ。てめえが与えたものを食った乞食は死にやがったぞ！　証拠はあがってるんだ。神妙にしろい！」

「そうか。ばれちゃあ、しょうがねえなあ……」

そう言うと義助は懐から短刀を取り出し、勢いよく鞘《さや》を抜き払った。

「猫を殺すと後生が悪いそうだが、ここはひとつ死んでもらおう」

直後に刀が寅次郎目がけて飛んでくる。

「くっ！」

寅次郎はひらりと身を翻すと、なんとか刀をよけきった。

「こんなものくらい、よけられない俺様じゃねえ！」

ところが、いつの間にか義助が飛ぶような勢いで迫ってきていた。とても人の足とは思えない早さである。

（まずい！）

寅次郎は咄嗟に近くに生えていた柳の木によじ登った。すると義助は笑いながら両手で幹をつかむなり、驚くような怪力で木を根っこごと引っこ抜き、勢いよく地面に叩きつけた。

「ぐえっ！」

当然、寅次郎の体も激しい衝撃に襲われる。義助は動けなくなった寅次郎を持ち上げると、両手でじわじわと首を締め始めた。

「やれやれ。すばしこい猫が簡単に捕まってよかったわい。最初に刀を投げたのは引っかけよ。うまくよけたが、しょせんは畜生。少し智恵が足りなかったのう」

「だ、だまれ、人殺しの外道め」

すると義助は急に真顔になった。

「何が外道だ。畜生風情にわしの気持ちがわかってたまるか。せいぜい苦しめてから殺してやる」

そして徐々に両手に力を込めた。

（く、苦し……）

寅次郎の尻尾がだらりと地面を向く。

（やっちまったな。やっぱ、俺みたいな半端者じゃ、親父みたいに立派な岡っ引きにはなれなかったか……）

寅次郎はやさしかった父親を思い出していた。強きをくじき、弱きを助ける父親は、江戸中の猫から尊敬され、愛されていた。

だが、寅次郎は事あるごとに父と比較されることを嫌い、悪い仲間からの誘いもあって、次第にやくざな道に足を突っ込んでしまった。しかし、父親は最後まで寅次郎のことを見捨てず、懸命に更正を説き続けた。寅次郎が父親と和解できたのは、残念ながら彼が死ぬ直前のことだった。以来、寅次郎は父親の後を継ぎ、かたぎに戻った証を立てようと、必死に努力してきた。が、それもどうやらここまでのようである。

（親父、すまん……）

寅次郎が意識を失いかけたその時だった。

「ぐわっ！」

何かが飛んできて、義助が叫び声を上げた。寅次郎はそのまま宙に放り出された。なんとか着地して見上げてみると、義助は地面に膝をつき、両手で顔を押さえて悶え苦しんでいる。

「くそっ、痛え！　誰だ、ちきしょう。石なんざ投げやがったのは！」

すると聞こえてきたのは、

「俺だよ」

聞き覚えのある、地の底から響いてくるような冷たい、低い声だった。江藤だ！

寅次郎が必死に呼吸しながら声がした方に目をやると、三郎太の後をいつもの早足でついてくる江藤の姿があった。

「どうやら間に合ったようだな。命を拾ったんだから俺に感謝するんだぞ、この馬鹿猫」

「ああっ！」

寅次郎は感極まり、よろける足で江藤の元まで駆け寄った。

「ありがとうございやした。あともう少しで殺されるところでした」

そして感謝のあまり、体を思い切り江藤の袴にこすりつけた。寅次郎は猫又としての矜持があるので滅多にのどを鳴らさなかったが、この時ばかりは我慢できなかった。感謝の念とともに、ゴロゴロという音がのどの奥から湧き出てくる。しかし、江藤はいつものように冷たい表情で寅次郎を見下ろし、フンと鼻を鳴らすだけだった。

「せいぜい孫子《まご》の代まで俺のありがたさを語り継ぐがよい。そんなことより寅次郎、あれが義助とやらか？」

寅次郎はようやく江藤から体を離した。

「左様です。ただし、人ではなく、物怪です」

ところが、江藤は額の汗を拭いながら、いかにも怪訝そうな表情で、首を傾げている。

「いや、中身はいざしらず、外身《そとみ》は人間のはずだ。妖怪変化の類いにしては、あまりにも妖気が感じられぬ。だからこそ、これまでやつに殺された者の死体には、ほとんど妖気が漂っていなかったのだろう」

途端に寅次郎の目が丸くなる。

「え!?　じゃあ、あいつは一体何者なんですか!?　人とは思えないほど力もありますし、足も異様に速いのですが」

江藤は軽くうなずいた。

「おそらく、鬼の眷属であろう。ごく小さいやつが、義助とやらの中に住み着いて、内側から操っておるのだ。以前、似たようなものを退治したことがある。人ならぬ力があるのはたぶんそのせいだ」

「体の中に鬼!?」

「真田虫のようなものだ。鬼は何も大きなものばかりではない」

寅次郎は思わず呆気にとられた。

「そんなもの、ど、ど、どうすれば退治できるのですか？」

「普通のやり方では無理だろうな。外身を斬っても、中にいる小鬼に逃げられては意味がない」

普通のやり方ではな。そう繰り返すと、江藤は腰に差している大太刀の柄に手をやり、見事な所作で鞘から引き抜いた。飛び出した刃《やいば》は持ち主同様、冷たく、鈍い光を放っており、切れ味の凄まじさを感じさせた。寅次郎も三郎太も、江藤が太刀を抜くのを見るのは初めてだったので、完全に度胆を抜かれてしまった。

「鬼妙丸《きみょうまる》を使うのは一年ぶりだ」

「鬼妙丸！」

寅次郎はついつい大声を出してしまった。鬼妙丸といえば、大江山の酒呑童子の首を斬ったとされる、伝説の霊刀である。爾来、千年もの長きにわたり妖怪や鬼退治に使われ続け、幾千もの物怪の血を吸ってきたという。まさかその刀を江藤が所持しているとは。寅次郎の全身の毛が逆立った。

そうこう言っている間に、義助はいつの間にか体勢を立て直し、寅次郎たちを怒りに燃える目で睨みつけていた。

「さてはお前が悪名高い同心だな。許さぬ。殺して食らい尽くしてやる！」

江藤は激高する義助を見て、口の端を歪めた。

「俺を悪く言うのだから、貴様、悪党だな。よかろう。この鬼妙丸で返り討ちにしてやる」

「猪口才な」

義助は先ほど引き抜いた木を持ち上げると、

「おうらっ！」

江藤めがけて投げ飛ばした。

「笑止」

江藤はむしろ義助の方に走り出し、落下してくる木を巧みによけきった。そしてさらに余勢を駆って義助に接近し、大太刀を頭上に振り上げる。

「死ね！」

刀身が勢いよく振り下ろされた。しかし、

「ふんっ！」

義助はいつの間にか折っていたらしき太い木の枝を拾い上げ、江藤の一撃を受け止めた。刀は枝に食い込み、容易に外れそうもない。義助はしてやったりといった風で笑い出した。

「木を投げたのはひっかけよ。猫又同様、お前も愚か者よのう」

そして枝ごと大太刀を放り投げ、江藤の首に手をかけた。

「鬼妙丸はなくなったぞ。人間ごとき、このままこの手でくびり殺してやる」

ところが、江藤はなぜか余裕の表情を浮かべている。

「さて、どうかな」

次の瞬間、

「ぎあっ!!」

義助がけたたましい悲鳴を上げた。いつの間にか江藤が抜いていたらしい脇差しが、義助の右の股に刺さっていた。義助はそのまま仰向けに倒れると、まるで狂ったかのようにもがき苦しみ、のたうち回った。

「ぎあああああぁぁぁぁ」

その様子を江藤が冷たい眼差しで見下ろしている。

「どうだ。鬼妙丸の味は。鬼妙丸は酒呑童子の首を掻き落とした小刀でな。化け物によく効く毒が塗ってあるのだ。さぞや痛かろう」

「おのれ、わしをたばかったな！」

激痛のせいか、義助が叫ぶように言う。江藤はフンと鼻を鳴らした。

「お前が賢しらぶって言うところの、ひっかけというやつだ。そもそも俺は最初から大太刀が鬼妙丸だとは言っておらん。単にお前が勘違いしただけだ」

「ゆゆゆ、許さぬ！」

しかし、言葉に反して義助の動きは徐々に弱まって行った。呻き声もどんどん小さくなっていき、やがて聞こえなくなった。

「死んだのですか？」

おそろるおそる近づいてきた寅次郎が声をかける。江藤はさも面倒くさそうに首を振った。

「いや、外身は死んではおらん。中身が弱っているだけだ。毒は人の体には効かぬものを使っておるゆえ、気でも失ったのであろう。さて、そろそろかな」

江藤が言い終わるのと同時に、義助の口から奇妙な芋虫のようなものが這い出てきた。よく見ると頭部は人の顔をしていて、長い紫色の胴体には、ムカデのように小さな足がびっしりと生えている。

「うげっ、気持ち悪っ」

三郎太がたまらず声を上げたので、江藤は不気味な生き物を軽く蹴飛ばした。

「これが義助の体の中に巣くっていた鬼だ。毒が効いていなければ存外すばしこくてな。捕まえるのに手を焼く厄介な奴だ。今日はうまくいってよかった」

寅次郎と三郎太は、不快げに顔を見合わせた。

「で、こいつをどうするのですか?」

寅次郎が訊くと、江藤はさも忌々しそうに眉根に皺を寄せた。

「鬼というやつは大きかろうが小さかろうが皆同じだ。必ず人に害を及ぼすゆえ、始末する以外にない」

そう言うと江藤は足を振り上げ、小鬼を勢いよく踏みつぶした。

「キュー」というかすかな断末魔が聞こえ、周囲に緑色の体液のようなものが飛び散る。

「俺が仕事が嫌いな理由、よくわかったであろう」

苦々しげな表情でつぶやく江藤に対し、寅次郎も三郎太も、顔を引きつらせたまま、黙ってうなずくしかなかった。するとその時、

「もうし、そこのお武家様」

突然、義助の声がした。驚いて見れば、義助が足の傷口を押さえ、呻き声を上げている。苦痛のせいか、その額《ひたい》にはびっしりと脂汗が浮かんでいたが、顔に先ほどまでのような険はなかった。

義助はまるで喘ぐかのように口をぱくぱくさせている。

「すみませぬ、気が付いたら足に刀が刺さっておりました。なにとぞお助けください」

「人の心が戻ったか」

江藤はため息をつきながら言った。

「悪い夢を見たな」

そして、足から脇差しを引き抜き、無言で血止めの手当を始めた。

翌日、義助は江戸に運ばれ、小伝馬町の牢屋に入れられた。そして数日後、奉行所で義助の取り調べが行われた。

義助は自身が行った殺人について、まるで覚えておらず、それどころか、半年前からすべての記憶を失っていたという。しかし、義助の家からは猛毒の鳥兜《トリカブト》の粉が発見され、結局、義助は人殺しの罪で斬首と決まった。

寅次郎と三郎太は、江藤の役宅の裏庭でその話を聞いた。江藤は団扇を片手に、居間で胡座をかきながら、寅次郎たちに事の顛末を話して聞かせた。

「鬼に取り憑かれた義助は、売り物の無花果《いちじく》に毒を入れ、江戸

中を売り歩いていたらしい。どおりで、あちこちでおかしな人死にが続いたわけだ」

「そうですか……。でも、それは鬼に取り憑かれてやっちまったことでしょう？　なんだか死んだ連中も義助も哀れですね」

寅次郎がしんみりして言うと、江藤が首を振った。

「それはどうかな」

江藤の団扇をあおぐ手が少しだけ早くなる。

「義助は元は薬種商で、大店の主だったらしい。しかし、遊びが過ぎて身上をつぶし、ついには店も失って、棒手振にまで身を落としたそうだ。義助は日頃からかつての使用人や、人の悪口ばかり言う嫌な男だったようでな。鬼に取り憑かれたから、義助がああなったのではない。義助が己を恥じず、かえって世間を恨んでいたからこそ、鬼に取り憑かれたのだ。何も覚えていないと言うが、鳥兜の毒を集め、使ったのは、あやつが薬種商であったからであろう。あやつの昏《くら》い願望を、鬼が背中を押して叶えさせたに過ぎないのではないかと思う」

義助の「わしの気持ちがわかってたまるか」という言葉を、寅次郎は思い出していた。江藤が続ける。

「古来より、鬼は人の心の中に住むという。人はやはり真っ当に生きねばならぬ。それは猫も一緒だ。のう、寅次郎」

寅次郎は江藤の言葉に胸をつかれ、少しうなだれた。

「あっしもついこの間までやくざでございましたから、肝に銘じます。おまけに今回は先走った上に江藤様に命を助けていただきました。色々と恥ずかしうございます」

寅次郎が前足で頭を掻いていると、なぜか江藤が珍しく笑い出した。

「何を言っておるか。逆だ。恥じることなどない。お前を褒めておるのだぞ。お前がしつこく追いかけなければ、この件は解決できなかった。実によくやった」

寅次郎はこれまで江藤から一度も褒めてもらったことがなかったので、思わず目を丸くした。

「本当ですか？」

「本当だとも。よくやった。死んだ父親も泉下でさぞや喜んでいることだろう」

その瞬間、寅次郎の尻尾がピンと立った。寅次郎は顔をくしゃくしゃにして江藤に頭を下げた。

「ありがとうございます。ようやくこれで死んだ親父に顔向けができます」

「よかったな。今後もますます忠勤に励むのだぞ」

「はっ。承りました」

寅次郎は姿勢を元に戻し、潤んだ目で胸を張った。いつもは堅苦しい江藤の表情が緩んだので、ついでに訊きたかったことも訊いてみることにする。

「ところで、今後の肥やしにしたいのですが、江藤様はどうして下手人が棒手振と気付いたのですか？　それも、あっしたちに果物を扱う棒手振を調べろとおっしゃっていたじゃありませんか。根岸といったら無花果が名物。もしかしたら無花果売りがあやしいと気付いてらっしゃったんじゃないですか？」

「うむ。おおよその見当はついていた」

江藤は軽くうなずくと、団扇をあおいでいた手を右膝の上に置いた。

「最初は貴様らが考えていたように、名に九がつく者が下手人ではないかとも思った。しかし、深川の善吉に殺される理由がなかったのと、あちこちであやしい人死にがあったことでその考えは捨てた。殺された者たちにつながりはなさそうであったしな」

「では、どうして無花果売りだと思われたのですか？」

寅次郎が訊くと、江藤は団扇で軽く膝を叩いた。

「なに、簡単な判じ物だ。己が名でも、下手人の名でもなければ、善吉が書いた『九』の字の意味が何かと考えただけだ。大川に落ちて死んだ男の、変わった呻き声も勘案に入れた。死に際に『い』のつく何かを言おうとしていたのだろう。となると思いつくのは一字で九。イチジクだ。無花果はこの時期の果物だし、たいがい割れているから、毒を盛るにはちょうどよい。根岸辺りの棒手振が毒の入った無花果を売り歩いているのであれば、江戸のあちこちで人死にが続くのも理解できる」

寅次郎も三郎太も、江藤の推理に素直に感心した。

「お見事でございます」

「くだらぬ追従《ついしょう》はいらぬ。しかし、今回の件では、貴様らのおかげで俺もお奉行様からお褒めの言葉を頂戴した。そこでだ」

江藤の顔に笑みが浮かぶ。

「礼として褒美をとらそう」

「褒美、ですか!?」

寅次郎も三郎太も褒美と聞いて目を輝かせた。

「ちょうど人から鰹節を貰ったところだ。お前たちにも一本くれてやる」

「やったあ、鰹節だあ！」

「馬鹿！　はしゃぎ過ぎだぞ」

調子に乗った三郎太を寅次郎がたしなめる。江藤は笑いながら立ち上がると、奥に鰹節を取りに行った。三郎太は嬉々として寅次郎の側まで近寄った。

「兄貴、実は江藤様っていい人なんじゃないですか？　頭はきれるし、兄貴も助けてくれたし」

「そうだな。口が悪いから、今まで誤解していたかもしれんな。間違いねえ、ありゃあ、いい人だ」

そうこう言っている間に江藤が戻ってきた。江藤は縁側に無造作に鰹節を置いた。

「さあ、持って帰るがよい」

「え!?」

二人は当然、顔を見合わせた。鰹節も削ったものでないと食べるのに苦労する。そもそも持って帰るにしても、口にくわえていかねばならず、ひと苦労だ。

寅次郎は愛想笑いをしながら江藤の顔色をうかがった。

「あの、その。これはまだ削ってなくて塊のままなんですが」

「そうだ。不満か？」

江藤が不思議そうに首を傾げる。

「いえ。で、でも、このままだと食べられないじゃありませんか」

すると江藤の顔がいつもの仏頂面に戻った。

「それは貴様らの考えることだ。俺の知ったことではない。何とでもするがよい」

ピシャリと言われて、二匹ともそれ以上何も言うことができなかった。結局、鰹節はそのまま三郎太の体にくくりつけて持ち帰ることになった。

江藤宅から辞去した後、寅次郎と三郎太は声をそろえて言った。

「やっぱあいつ、性根《しょうね》が腐ってる」


note◆一応、お坊さんをやっています。今回、生まれて初めて伝奇小説というものを書きましたが、坊さん業界は基本的に不思議なことだらけなので、案外すんなりと物語世界に入り込むことができました。これもひとえにみほとけのお導きによるものでしょう。

さて、『江都肉球伝』では、人間と会話することができる〝猫又〟を主人公にしてみました。ぼくはとっても猫好きで、一度でいいから猫と会話してみたいという欲求があったからです。先年、実家の飼い猫が老衰で亡くなってしまったのですが、生前なんとなく意思の疎通はできていたように思います。だからこそ、挨拶の一つも交わせなかったことがいまだに悔やまれてなりません。

「おはよう、今日はどうだい?」

「まあまあです二ャ」

もしそんなやりとりができていたならば、どれほど甘美であったことでしょう。もっとも猫は奔放な生き物なので、

「お前、最近全身が臭いぞ」

「お前と一緒に寝ているのは、あくまで情けだ。嫁がいないからといって、自殺するのだけはやめておけ」

などと悪口を言われていたかもしれません。いや、それもまた甘美かも。

とまあ、そんなぼくの夢が詰まった短編です。逆さにするとテディベアのように見える肉球を持つ、やんちゃな猫たちが繰り広げる大江戸捕物帖。お楽しみいただけたのであれば、まことに幸いです。

万《よろず》屋《や》馬《ま》込《ごめ》怪《かい》奇《き》帖《ちょう》

月下美人

◉坂井希久子

さかい　きくこ

一九七七年和歌山県生まれ。

同志社女子大学学芸学部日本語日本文学科卒業。

二〇〇八年「虫のいどころ」でオール讀物新人賞を受賞し、二〇〇九年「コイカツ」（文庫改題「こじれたふたり」）でデビュー。

二〇一七年「ほかほか蕗ご飯　居酒屋ぜんや」で第6回歴史時代作家クラブ新人賞受賞。

著書に「泣いたらアカンで通天閣」「ヒーローインタビュー」「ただいまが、聞きたくて」「虹猫喫茶店」「ウィメンズマラソン」「ハーレーじじいの背中」「若旦那のひざまくら」、シリーズに「居酒屋ぜんや」がある。

秋風に、さらりさらりと柳が揺れる。まん丸お月さんの見下ろす土手を、千鳥足の男が歩いてゆく。

「あついあついと言われた仲も、三月せぬ間に秋がくる、とくらぁ」

まずい喉を披露しつつ、あっちへふらふら、こっちへふらふら。危なっかしいことこの上ない。その足元から蟋蟀が、泡を食って逃げ去った。

いい気分だ。しかも熊公の奢りのただ酒ときた。子が生まれた祝いの大盤振る舞い。やっぱり腕のいい大工ってのは、稼ぎがいいんだろうねぇ。

「はぁ、帰りたくねぇなぁ」

九尺二間の棟割長屋で帰りを待つ、嬶の顔が思い浮かぶ。しみったれた形《なり》をして、小言だけは一人前。てめぇの気立てがよけりゃ俺も発憤するってぇのに、まったくなにも分かっちゃいねぇ。

「もの言えばぁ〜、唇寒し、ぶえっくしょぃ！」

嚏を繁吹《しぶ》かせ、洟を啜る。夜になると急に冷えやがる。人肌恋し、秋の風。美人が温めた寝床にでも、潜り込めたらいいのだが。

「もし、もし」

二間先の柳の下で、白い手が揺れている。蕎麦一杯ほどの値で春をひさぐ、うら枯れた夜鷹だろう。

チッ、聞えよがしに舌打ちをした。暗がりに立つ夜鷹なんぞ、ろくなもんじゃない。たいていは婆ぁか病気持ち。俺ぁ美人を所望なんだ。

「もし、もし」

しつこい女だ。ちょっくらからかってやるか。

「なんだい、姉さん。そんなところに立っていねぇで、月明りの下に出てきちゃどうだい」

さぁ、どうだ。出て来られまい。

男は鼻を鳴らして笑い、件の柳の前を通り過ぎようとする。

ざりり。砂を踏む音がして、振り返った。冴えわたる月を背に、女が総身をさらしている。

「あ、ああ」

足元から震えがくる。男はわなわなと戦きながら、目を皿のように見開いた。

一

ぐつぐつと、醤油出汁が香ばしく煮えている。噎せ返るような酒の匂いと、混然一体となった人の話し声。調理場の前に吊るされた蛸、烏賊、平目が、恨めしげな顔で七厘の煙に燻されていた。

「はい、ねぎま鍋お待ちどぉ！」

床几に料理の載った折敷が置かれた。火から下ろしたばかりの小鍋は、まだぐらぐらと沸いている。長刀を脇に置き座していた馬込慎太郎《まごめしんたろう》は、旨そうな湯気を顔に浴びつつ、酒を啜る。

「なぁに、馬さん。暗いねぇ。また女郎に振られたのかい？」

「うるせぇな、お小夜ちゃん」

馬込の悪態に、お小夜はうふふと笑う。出戻りの中年増、もはや「お小夜ちゃん」と呼ぶ歳でもないが、昔馴染みの名残である。

「俺はね、この店の酒の薄さを嘆いてたのさ」

「しょうがないだろ、値が上がってんだ。いい酒が飲みたきゃ、金出しな」

昔っからお小夜には、口ではとうてい敵わない。勝気が仇となって婚家を離縁されていながら、改める気はなさそうだ。家に閉じこもっているよりむしろ、外で働いていたほうが生き生きとしている。

「こちとら貧乏浪人だ。ない袖は振れねぇよ」

自分で言っていて悲しくなった。もっとも生家も微禄ゆえ、出奔せずとも貧乏暮らしに変わりはない。生まれつき、金には恵まれぬ運命《さだめ》である。

「商売のほうはどうなのさ」

「どうもこうも、人あってのものだからなぁ」

箸を取り、ほふほふとねぎまを食う。鮪が古いのか、やや生臭い。まったくこの居酒屋は、安いだけが取り柄である。

「信じてくれよ、本当なんだよ！」

がしゃんと酒器の倒れる音がして、振り返る。小上がりの客だ。ひぃ、ふぅ、みぃの三人連れ。図体の大きい熊のような男が、色を失っている。

「そうは言ってもよぉ、熊公。このご時世に妖《あやかし》はねぇと思うぜ」

「媳が赤んぼにばっか構うんで、溜まってんじゃねぇのか」

連れの男たちは戸惑いつつも、熊公を軽くあしらう。小馬鹿にされているのが伝わらぬはずはないのに、熊公はなおも食い下がった。

「だったら己吉は、なんで死んじまったんだよ。まるで体中の血を抜かれたみてぇに、しわしわに干からびてんのを見たろ？」

興味を引かれ、つい耳をそばだててしまう。熊公は、泡を飛ばして訴える。

「前の晩、子の祝いに来てくれたときはピンピンしてたんだ。なのに朝になると変わり果てた姿で柳原土手に転がってた。たったひと晩で、そんなになるか？」

なるほど、それは奇妙なことだ。かといって妖の仕業と言われても、そうだろうとは頷けない。連れの男たちも顔を見合わせ、どうしたものかと思案している。

「でもよぉ、己吉は大工道具を質に入れて飲んじまうような男だしなぁ」

「身持ちの悪さが災いして、変な病気でももらっちまったんじゃねぇか？」

己吉の人望のなさもそうとうなもの。せめて友人から、死を悼まれるような生きかたをしたいものだ。

お小夜が「やだよ」と眉間を寄せる。

「柳原土手なんて、すぐそこじゃないか」

ここは神田岩本町。神田川の南岸に築かれた柳原土手は、目と鼻の先だ。昼間は葦簀張りの古着屋や古道具屋が立ち並び、夜には夜鷹が袖を引く。身持ちの悪い己吉とやらは、女を買おうとそぞろ歩いていたのだろうか。

お小夜が耳元に囁いてくる。

「ねぇ、馬さん。出番じゃないかい？」

「冗談じゃねぇ。妖は専門外だ」

そもそも、そんなものは信じていない。ついこの間まで黒船が来たと江戸市中がひっくり返るほど大騒ぎしていたというのに、帰ったとたんに喉元過ぎて、呑気なものだ。かく言う馬込も、国の行く末になど関心はない。

「昼間っから酒を食らってるような奴らの言うことだ。あんまり気にするんじゃねぇよ」

「馬さんそれ、吐いた唾が戻ってきちまってるよ」

「放っとけ。飲まなきゃやってられねぇんだよ」

「ああ、やっぱり振られたんだね」

まったく、図星を突いてくれる。今度こそ、受け入れてもらえると思ったのに。馬込はやけっぱちに盃を干す。

「そんな飲みかたしたって無駄だよ。その酒、本当に薄いんだから」

実に世知辛い世の中である。


「馬さん。よかった、いた!」

小上がりの三人連れが最後まで分かり合えずに帰ってゆき、酔えぬ酒もそろそろ終いにしようかというころ、むさ苦しい酔客ばかりの居酒屋に、甲高い声が響き渡った。

床几に座る客の間を縫って、前髪姿の少年が近づいてくる。丸眼鏡をかけており、背は小さい。その一方で、秀でた額は賢そうだ。

「あら、小鉄ちゃんいらっしゃい」

お小夜に迎えられて、頬を染める。二十近くも歳が離れているぞと言いかけて、馬込は口をつぐんだ。お小夜がなにかを察したように、睨みつけてきたからである。

小鉄は馬込が住む裏店の、大家の息子だ。知識欲旺盛な本の虫。馬込の仕事を面白がり、しょっちゅう纏わりついてくる。

「馬さん、長屋に客が来ていますよ」

「仕事かい?」

「そのようです」

なんでも商家の手代風の男が、「馬込様はどちらに?」と尋ねてきたそうだ。仕事なら、二十日ぶりの依頼である。

「よし、すぐ帰ろう」

長刀を腰に差し、立ち上がる。

お小夜が「ちょっと、お会計」と引き留めた。

「この仕事が片づいたらまとめて払うよ」

どのみち懐の中は素寒貧。この居酒屋のツケもずいぶん溜めている。馬込は楊枝を咥え、肩越しに手を振った。

二

「どうかお頼み申し上げます、馬込様!」

身なりのいい壮年の男が、矜持を捨てて頭を下げる。一介の浪人相手に、まるで殿様を前にしたような行儀のよさだ。

そんなふうに謙られると、どうも体が痒くなる。首の後ろを掻きながら、馬込はどうしたものかと考える。

裏店に馬込を訪ねてきたのは、小間物問屋錦屋の手代だった。

用があるのはその主人らしく、五郎兵衛町のお店《たな》まで案内されて来た。裏口から入り離れ座敷に通されて、今こうして主人から頭を下げられているというわけだ。

「万屋のあなた様の評判は、聞き及んでおります」

主人が熱くなればなるほど、こちらの気持ちは冷めてくる。

万屋、馬込慎太郎。そう名乗るようになってから、かれこれ五年は過ぎただろうか。あまりにも金がなく、猫の蚤取りに庭木の手入れ、後家の話し相手までなんでもござれと腹を括ってはじめた商売だ。その根底にあるのは人助け。だが稀に、犯罪まがいの依頼がくる。

「いやしかし、人様の物を壊せというのはどうもね」

「とんでもない。私どもこそ、娘の姿を盗まれたのです！」

錦屋の主は、半年ほど前に愛娘を亡くしたばかり。目に涙すら溜めて、己の潔白を主張する。

話をまとめると、こういうことだ。以前から屋敷に出入りしていた若き人形師が、美しい娘に懸想した。そしてあろうことか娘の死後にその遺髪を盗み、瓜二つの人形を作ってしまったのである。

主人はなおも訴えかける。

「そんな物があるなら、ぜひ買い取らせてくれと頼んでも、応じません。あの男が私の娘を朝な夕なに愛でているかと思うと、我慢ができない。どうか、壊してきてくださいませ」

実の娘と人形を混同しているようなもの言いも、気味が悪い。顔をしかめながら聞いていると、ちゃっかりついてきた小鉄が耳元に伸び上がって囁いた。

「ものの本によると、人形を女性の代わりにいたぶる輩もいるそうで」

「なんて本を読んでんだ、お前は」

貸本屋にも、子供に貸す本は選べと文句をつけてやりたい。

開け放された障子窓からいい風が吹き込んで、馬込はよく手入れされた庭に目を遣る。この離れはもともと、娘の居室だったそうだ。四季折々の花に山水、もうしばらくすると、楓が真っ赤に色づくだろう。

屋敷の中でもっとも、庭が美しく見える部屋である。病がちの娘に、せめて箱庭の四季を楽しんでもらおうという親心が窺える。

「人を殺せというならともかく、人形ならべつにいいじゃありませんか」

小鉄はきっと、ろくな大人にならないだろう。

馬込は額に手を遣り、むむむと唸る。仕事としては、簡単だ。人形師の家に忍び込み、人形を一体壊してくるだけ。警備の厳重なお屋敷ではなし、夜の散歩のついでに片づけてしまえる。

でもなにか、釈然としないものがあるのだ。そういった依頼は、断るが吉である。

と決めた矢先、錦屋の主が慣れた手つきで袱紗包みを滑らせてくる。

「こちらはほんの三両ですが、前金としてお納めください」

桁外れな謝礼に喉が鳴った。虚ろな懐が、急に寒く感じられる。

「事を成し遂げてくださいましたら、さらに五両お支払いいたします」

馬込は雑念を払わんと目をつぶる。だが瞼の裏に浮かんできたのは、もはや鼠すら齧らぬ空っぽの米櫃だった。

意志薄弱と、笑いたければ笑うがいい。意志の力で腹は膨れぬ。ツケで飯を食うにも限度がある。

三両の金を懐へ納め、馬込はそのまま深川へと足を向けた。ここから先は隠密行動だと言えば、小鉄は大人しく家へ帰る。まことに便利な言葉である。

さて深川には、件の人形師が住んでいる。名は亀次郎。十二のときに師に弟子入りし、二十歳で独立。彼が作る優しげな風貌の人形は商家の子女より人気を集め、注文が途切れることはないという。

二十五になる今も独り身で、昼は通いの女中が来るが、夕方には帰ってゆく。亀次郎自身も近ごろ夜に家を空けており、忍び込むのは容易とのこと。住まいは仕事場を兼ねた、二間続きの裏長屋。奥の六畳間に娘の人形がある。

妙だ。下調べがすっかり済んでいて、あちら側でも、まるで忍び込まれるのを手ぐすね引いて待っている感じすら受ける。これはなにかの罠ではと、慎重にならざるを得ない。

それに娘の人形については、「見ればわかる」の一点張り。人相書きといったものは持たされておらず、人違いならぬ人形違いをするおそれがある。そこだけ詰めが甘いのも、引っかかる。

ただの勘だが錦屋は、まだなにか隠している。本人に問うところで教えてはくれぬだろうから、ならば亀次郎の人となりを見に行ってみようと思い立った。

「御免」

こそこそするのは性に合わない。馬込は正面切って亀次郎の家に乗り込んでゆく。どのみち浪人者が住まいでもない裏店の周りをうろうろしていたら、怪しまれるのがおちである。

「はい、ただいま」

奥の間で仕事にかかっていたのか、襖越しに返事があった。

手前の四畳半には亀次郎の作らしき、市松人形が並んでいる。どれも夢見るように微笑んでおり、愛らしい。艶のある肌はまことの乙女のようで、人気があるのも頷けた。

「すみません。お待たせをいたしまして」

襖がすらりと開き、亀次郎が顔を出した。その拍子に奥を覗けぬかと期待したが、猫のように細い隙間から滑り出てくる。人目に触れたくないものが、その中にあるのだろう。

そして亀次郎はといえば、なかなかの美男であった。若い女が好みそうな、優男である。この男にならば懸想されたとて、まんざらでもないのではと思われた。

ますます解せぬ。

「あの、お侍様?」

思念にとらわれ、難しい顔をしていたらしい。亀次郎が困ったように首を傾げる。

「ああ、すまぬ。実は姪に人形を贈ってやりたいのだが」

「はい、ありがとうございます」

いかにも金のなさそうな浪人者を相手にしても、この愛想のよさ。これはますます人好きがしそうだ。

「その人形を、姪に似せて作ることはできるだろうか」

「ええ、そういうこともいたしております」

生き写しの人形は、実際に作れるのか。自分と同じ顔がもう一つあるというのは、ちょっと恐ろしいような気がする。

「ただその場合は、姪御様のお顔を拝見しながら、何枚か下絵を描かせていただきますが」

「顔を覚えて作ることはできぬのか」

「申し訳ございません。人の記憶というものは、曖昧にございますから」

正面、左右の横顔、そして後ろ姿。最低でも四枚は下絵がないと、人形は作れないと亀次郎は言う。ならば錦屋の娘の人形も、下絵を描いてから臨んだはずだ。

あの離れ座敷で筆を取り、娘の姿を紙に写した。若い男女が二人きりになることなど許されず、必ず家族か店の者が見張りについていたことだろう。だが錦屋からは、そのような出来事があったとは聞いていない。

もしや娘と亀次郎は、相思相愛の仲だったのではあるまいか。さらなる疑念が胸に湧いてくる。

人形を、一度この目で見てみたい。壊すかどうかの判断はいったん置いて、興味があった。錦屋が「見れば分かる」と言うほどの人形だ。目の当たりにすれば、謎はいくつか解けるかもしれない。

「分かった。出直す」

物分かりのいいふりをして、身を翻す。

「またのお越しを」という爽やかな声に見送られつつ、馬込は亀次郎の家をあとにした。

三

――などと言って、本当にお越しになっちまったよ。

馬込は手拭いを頬っ被りにし、亀次郎が住まう裏店の木戸を見張っていた。ちょうどいい所に稲荷寿司の屋台が出ており、その陰に身を隠している。

暮れ六つ前から同じ姿勢でいるため、さすがに膝が痛い。屋台の親爺が「大変だねぇ」と言って食わしてくれた稲荷寿司が、酢飯に沢庵を混ぜ込んであり、すこぶる旨かった。

宵五つごろ、裏店への出入り口である木戸が開き、亀次郎が姿を見せた。

どこへ向かうつもりなのか、昼間の着物よりは上等な縞物に着替え、早足に歩いてゆく。ちょっとそこまで、という格好ではなさそうだ。よし、行ける。

「親爺、世話になった」

屋台の親爺に小粒を握らせ、立ち上がる。まだまだ裏木戸の閉まる刻限ではない。ならば堂々と入って行こう。訪問者のような顔をしていれば、誰からも見咎められることはない。

どぶ板を踏み、亀次郎の部屋を目指す。夏ならこの時刻でも涼を求めてそぞろ歩く者がいたかもしれないが、朝晩が冷えるようになってきて、隣近所は静かなものだ。とはいえまだ起きている気配があるから、物音には気をつけねば。

　馬込は部屋の入口の障子戸を、心持ち浮かすようにして開けた。多少建てつけが悪くても、こうすることでたいていの戸は滑らかに開く。

　体を素早く潜り込ませ、同じく音を立てずに戸を閉める。ほっとひと息。同時に無数の目に見つめられていることに気づき、身を震わせた。

　市松人形たちである。目はガラス玉だろうか。外から差し込むわずかな明かりを受けて、よく光る。

　奥の間はさらに暗いだろう。そう思い、持ってきた龕灯《がんどう》に火を入れる。この器具なら覆いがあるため光が広がらず、手元だけを照らすことができる。

　土間に履き込んだ草履を脱ぎ、座敷に上がる。人形たちに注視されつつ、馬込は四畳半を突っ切ってゆく。

　もしもこの人形の中に、娘の人形がまぎれていたらお手上げだな。背の高さや着物の柄、表情などは皆違えど、人形たちはしょせん市松人形の域を出ない。ならば娘の人形は、市松ではないのだろうか。

　そんな先読みをしながら、奥の間へと続く襖に手をかける。音もなく横に滑らせて、龕灯で中を照らしたとたん、馬込はヒッと息を呑んだ。

　明かりのない部屋の中で、女が一人座っていたのだ。

「あ、あの、邪魔しております。亀次郎さんを訪ねて参ったのですが」

　とっさに出た言い訳が苦しい。まっとうな客は、龕灯など用意していない。

　ところが女は微笑みを浮かべたまま、静かにこちらを見返している。耳が悪いのだろうかと訝り、明かりを近づけてみて、馬込は呆然と口を開けた。

　これは、人形だ。

　人の身丈と同じ大きさである。髪は若い娘らしく島田に結い、場に似つかわしくはない、縮緬の振り袖を着せられている。

　たしかに、ひと目で分かった。これが娘の人形だ。

「すげぇ、生きてるみたいだ」

　龕灯の灯を照り返す肌の質感、頬の肉の盛り上がり、ほんのりと桜色に染まった耳朶。細部まで丁寧に仕上げられており、そうとうな熱意を込めて作られたことが見て取れる。

　おそるおそる、その頬に触れてみる。胡粉を何度も塗り重ねられた肌は冷たく、硬かった。

　人形なのだから当然だ。それでも温もりを期待してしまうほど、姿かたちは人である。

「本当に別嬪だったんだな、あんた」

　歳は十七。生きていれば縁談は降るほどあっただろうに、若い身空で旅立たねばならなかった無念を思う。親の悲しみもまた、いかばかりか。

　だからこそ、どうしても腑に落ちない。なぜ錦屋は、娘の人形を壊してほしいと言ったのか。これほどの出来ならば、手元に置きたいと思うはず。盗んできてくれと言われたのなら、納得がいくのだが。

「こりゃあいったん帰って、もう一度相談だな」

なんとかして錦屋から、事情を聞き出してしまわねば。なにより馬込の気持ちが落ち着かない。

「ちょっと待ってなよ。お父つぁんに会わせてやるからな」

優しい言葉をかけてやると、心なしか人形の微笑みが深くなったように見えた。


空き巣に忍び込むときは、入るときより出るときのほうが何倍も難しい。

一度部屋に入ってしまったら、外の有り様が分からない。充分に人の気配を読んで、よし今だと思っても、物陰から急に人が出てくるなんてこともある。

念のため、龕灯はもう消したほうがよかろう。

火を吹き消し、目が暗闇に慣れるのを待つ。捜し物をするのでなければ、多少は夜目が利く。

よし、行くか。

身を低くして、奥の間から一歩踏み出そうとした。その瞬間、後ろから何者かに強く袖を引かれた。

「なにっ！」

泡を食って振り返る。白い手が、馬込の袖を掴んでいた。さっきまで大人しく座っていた人形が、身を乗り出している。

「おいおいおいおいおい」

冗談じゃない。昼間飲んだ酒が悪かったのか、それともこれは夢なのか。

ゆらりゆらりと人形が、膝立ちのまま迫ってくる。

「もし、もし」

ついに空耳まで聞こえてきた。

「勘弁してくれよ。妖は専門外なんだよぉ」

全身が総毛立つ。泣きを入れても人形は、馬込に覆い被さるように伸び上がってくる。押し返そうとして肩に触れ、「わっ！」と叫んで手を引っ込めた。

「なんだ、こりゃあ」

着物越しに、人の弾力を感じたのだ。

試しに手首を掴んでみると、温かい。そんな馬鹿なと目を瞬く。さっきまではたしかに人形だった。いつの間に、生身の女と入れ替わったんだ？

でも顔の造りはそのままだ。切れ長の目に細い鼻梁、紅を塗ったおちょぼ口が、ゆっくりと近づいてくる――。

「おい、こら！」

顔に見入っているうちに、唇を奪われた。焼きたてのカステラのような、柔らかさと甘さが後を引く。

娘は自ら帯に手をかけ、しゅるしゅると音を立てて解きはじめた。なにしてるんだと言いかけた声が、喉に貼りつく。あっという間に娘は、一糸まとわぬ姿になっていた。

まるで燐光を発しているかのように、白い肢体が闇の中に浮かび上がる。神々しさと禍々しさを一つの身の内に宿し、娘は他の誰よりも美しかった。

「うふふ」

娘は声を出して笑う。流されちゃまずいと頭の片隅で警報が鳴っているのに、体が言うことを聞かない。手を取られ、小振りだが形のいい乳房へと誘導された。

手のひらに吸いつくように、柔らかい。抵抗しなければと思うのだが。

なんかもう、いいかな。

諦めると同時に、娘が上に乗ってきた。


肉が絡み、汗が散る。

吐息が鼻先を湿らせ、唾液が粘る。

硬く凝《しこ》り、蕩けてゆく。

交わりは、休むことなく続けられた。娘はまったく足ることを知らず、情欲の鬼と化していた。

何度精を放っても、もっと欲しいと求めてくる。娘の手に触れられると、馬込は際限なく漲った。

貪っても貪っても、尽きぬ欲。永遠に続くのではないかと思えた饗宴は、一番鶏の声と共に唐突な終わりを迎えた。

組み敷いていた娘の動きが止まり、死体のように硬くなってゆく。危ういところで体を離し、馬込はごろりと仰向けに転がった。

一晩中泥の中を泳いできたみたいに、息が上がっている。夜具も使わず畳の上でまぐわったせいで、肘も膝も擦りきれていた。

腹の底から息を吐き、隣に横たわる娘を見遣る。なんと気を遣った表情のまま固まっている。


「ははっ」

乾いた笑い声が洩れた。

ほのかに開いた唇から覗く、象牙の歯。薄く削って艶を出した、桜貝の爪。きらきらと輝く、水晶の瞳。すこぶる精密に作られてはいるが、朝の光の下で見ると、それはたしかに人形だった。

「気持ちよさそうな顔しやがって」

乱れた髪を、撫でつけてやる。まったく、なんてぇ妖だ。

後朝の別れを惜しむ気持ちが湧いてくる。そんなとき、入り口の引き戸ががたりと音を立てて開いた。

部屋の主、亀次郎が帰ってきたのだ。土間に足を踏み入れたとたん、「うっ!」と口元を押さえた。濃く澱む精のにおいにあてられたのだろう。

それから奥の間に目を走らせ、驚愕の叫びを発した。

「ま、馬込様!」

名を呼ばれたので、手を振ってやる。言い逃れはできそうにないが、それはあちらも同様だ。

「ああ、腹減ったぁ」

欠伸を噛み殺し、身を起こす。腹の虫が盛大に鳴る。飲まず食わずで情を交わしていたのだから、無理もない。

「これはいったい、なにごとです。朝まで精を吸い取られて、なぜ無事でいられるんですか」

亀次郎は真っ青になって震えている。どういうわけか生きて動いている馬込にまで、恐怖を抱いているらしい。

「なにごとって聞かれてもなぁ」

馬込は困って鼻の頭を掻く。話を聞きたいのはこっちのほうだ。

「ひとまず、なんであんたが俺の名を知ってるのかってところから、順に解き明かしてもらおうかな」

赤裸の馬込に笑いかけられて、亀次郎はその場に膝をついた。

四

錦屋の娘の名は、お文といった。

幼いころから体が弱く、親たちはそれはもう、真綿に包むようにして育ててきた。医者からは、おそらく二十歳まで生きないだろうと言われていた。

それでもお文は、日ごとに美しくなってゆく。錦屋の主は、どうにかしてその姿をこの世に留めておきたいと願った。

そこで呼ばれたのが、依頼主と瓜二つの人形を作ると評判の亀次郎である。金に糸目はつけぬから、体まで娘とそっくり同じに作ってくれと頼まれた。

選りすぐりの材料を使い、こだわればこだわるほど、人形の売値に跳ね返る。それを気にしなくてもいいと言われたのだから、職人としてこれほどの喜びがあろうか。

亀次郎は奮い立ち、錦屋に足繁く通っては、何枚もの下絵を描いた。お文もまた協力を惜しまず、箱入りながら裸体まで描かせてくれた。見れば見るほど、申し分のない美しさだった。

これほどのものは、生涯のうちに二つと作れないかもしれない。亀次郎は下絵を描き終え、上等な材料を揃えると、寝食も忘れて人形作りに没頭した。着たきり雀では可哀想だと思い、着物の着せ替えができるよう、節々を動かす工夫も凝らした。陽の光を浴びずに育ったお文の肌の白さを表すために、胡粉をしつこく塗り重ね、磨き上げた。

お文が悪い風邪をこじらせて死んでしまったのは、あとは頭部の仕上げを残すのみとなったころだった。錦屋はこぼれ落ちそうな涙をこらえ、これを使ってくれと娘の遺髪を持ってきた。

それから四月が経ち、お文の人形は仕上がった。間違いなく、亀次郎の最高傑作だった。錦屋は今にも動きださんばかりの人形を見て、その身に縋りついて泣いた。

こうしてお文の人形は、錦屋の離れ座敷に飾られた。

「それがどうして、今じゃここに置かれてんだい」

馬込は亀次郎が振舞ってくれた湯漬けを、音を立てて掻き込んだ。人形は着物を着せられて、元の位置に座している。頬を捏ねても、気を遣った表情だけは戻らなかった。

亀次郎はそんな人形を横目に見て、ぼそりと呟く。

「自分の足で、戻ってきてしまったんです」

あれは錦屋の元に人形を納めた、三日後の夜のことだった。大仕事を終え、腑抜けた気持ちを持て余したまま寝る準備に入っていると、入り口の障子戸がほとほとと叩かれた。こんな夜更けに誰がと訝りつつ出てみると、微笑みをたたえたお文がそこに立っていた。

「お文さんではなく、手前が作った人形だと分かったときには、腰が抜けておりました。人形はそんな私に、覆い被さってまいりました」

　お文は生前、足繁く通ってくる亀次郎に、想いを寄せていたのである。下絵を終えてその訪れが絶えてからは、恋に焦がれて死んでいった。それが今、新たな体を手に入れて、恋しい人の元へとやって来たのだ。

「人形に犯されそうになり、寸前で肩を突き飛ばして逃げました。その日は知人の家の押し入れで、震えながら夜を明かしたものです」

　朝になってから、亀次郎はおそるおそる家へと帰った。悪い夢であれと願ったが、人形は奥の間に、裸になって座していた。その体には、男の精のにおいが染みついていた。

　犠牲になったのは、隣に住む勘太という若者だった。二十半ばの男前が、一夜にして三十も四十も歳をとったかのように老け込んでいた。なにがあったのかと尋ねても、「天女だ。天女様が来なすった」と、うわごとのように繰り返すばかりだった。

「人形は、夜になると動きだします。そして男の精を漁るのです」

　他の者が犠牲になると分かっていても、亀次郎は災厄を避けるため、夜な夜な家を空けるようになった。そんな亀次郎を探してか、人形もしだいに遠出をするようになり、男たちの精を吸い取っていった。そして先日、ついに人死にが出てしまったのである。

　馬込も小耳に挟んだ、柳原土手の己吉のことだ。

　亀次郎は尽きぬ後悔に頭を抱えた。丹精込めて作った人形が、人を殺めてしまうなんて。己はなんというものを世に産み出してしまったのだろう。

「馬込様、お願いいたします。どうか人形を壊してください」

　亀次郎は馬込の手を取って、涙ながらに訴えた。

「なるほど。それで錦屋さんと亀次郎さんで相談をして、馬さんに依頼がきたわけですね」

　小鉄が四畳半ひと間の馬込の部屋で、薄い茶を啜っている。居座ってんじゃねぇよと追い返したいが、金のないときには芋など持ってきてくれるので、邪険にもできぬ。ことの顛末を聞かせてくれと朝からしつこく、仕方なしに喋ってやった。

「ああ。錦屋のほうでも死んだ娘に瓜二つの女が、夜な夜な男を漁り歩いてるなんて知れたら体裁が悪いからな。背に腹は替えられぬってやつだ」

　馬込は土間に置いた七厘で、秋刀魚を炙りつつ応じる。脂が皮目を突き破りパチパチと爆ぜ、香ばしい匂いが鼻腔を撫でてゆく。

「分かりませんね。壊すだけなら余所の人を巻き込まず、自分たちでやればいいじゃないですか。昼間なら動かないんでしょう?」

「そこはお前、情ってもんがあるだろう。錦屋にとっちゃ愛娘と瓜二つで、魂まで入っちまってる。亀次郎だって、苦労して拵えたんだからできることなら壊したくはないだろうよ」

　だからこそ金さえ出せば動くであろう、万屋に白羽の矢が立ったのだ。

　そういう事情があったなら、はじめから正直に話しておけばよかったものを。下手に隠そうとするから、懐を探られる。

　人の情と言われても、小鉄にはぴんとこなかったようだ。「ふぅん」と生返事をして、次の問いを重ねてくる。

「それにしても、お文さんは手あたり次第が過ぎませんか。亀次郎さんのことが好きなはずなのに」

「そう言ってやるなよ。襲われたのは皆、亀次郎似の優男だっていうじゃねぇか」

「だったら、馬さんが襲われたのはおかしいじゃないですか」

「お前いっぺん、針と糸で口を縫いつけられてこい」

団扇を使い、秋刀魚の煙を小鉄のほうに流してやる。「よしてください」と、子供らしからぬ口調で叱られた。

癪ではあるが、錦屋も亀次郎も、馬込が襲われるとは思っていなかったようだ。

「むさ苦しい男を嫌っていたはずなのに、好みが変わったんでしょうか」と、亀次郎は失礼千万なことを口走った。

「あれだな。いい男は顔じゃないって、気づいちまったんじゃねぇか？」

馬込は畳んだ夜具を隠しておく、枕屏風の横に目を遣った。お文の人形が、きちんとそこに座している。

日はまだ高く、動き出す気配はない。小鉄もつられて人形を見遣り、ほんのりと頬を染めた。

「馬さんは、体はなんともないんですか？」

犠牲になった男たちは、皆干物のような爺になったと聞いている。だが馬込は肌の色艶もよく、むしろ快活なくらいだった。

秋刀魚をひっくり返しながら、含み笑いを洩らす。

「お前、なんで俺が馬さんって呼ばれてるか知ってんだろ？」

「馬並みの精力で、女性からことごとく振られているからですか」

「余計なことまで言わなくっていいんだよ」

だが、そのとおり。馬込はいわゆる腎張りだった。満足いくまで精を放とうとすると、女の体を壊してしまう。ゆえに女たちから嫌われて、武家の長男ながら嫁の来手もなかった。これでは当主など務まらぬと、家督を弟に譲って家を出たのが十八のことである。

以来馬込は、己を受け入れてくれそうな女を探し歩いてきた。色気が滴るような後家、好色と評判の女郎、亭主を腹上で死なせた嫁。どの女も、馬込の求めには応じられなかった。

「つまり馬さんの精力は、妖並みということですね」

まさに割れ鍋に綴じ蓋。手加減など一切せずとも、馬込を相手にできる女がいたとは。

おそらくお文は元々、多淫の質だったのだろう。病がちな体が抑止として働いていただけで、生身の体を失って本質が開花したのだ。

昼間は人形に戻ってしまうのがちと惜しいが、夜は月下に咲く美女である。お文のほうでも馬込を気に入ったらしく、夜になっても出て行かない。半ば無理矢理もらってきたが、ここを住処と決めてくれたのだろう。

「亀次郎は、犠牲になる者が出なけりゃそれでいいんだ。錦屋のほうは俺なんかと娘が交わってると知っちゃ、怒り狂うだろうけどな」

馬込が人形を飼い慣らしたと知ると、亀次郎は己の傑作を壊すのを躊躇いはじめた。そこで別の人形を壊し、錦屋にはそれを見せることで手を打とうという話になった。

錦屋からの残り五両と、妖ながら絶世の美女を手に入れて、馬込は喜びを隠しきれない。

「小鉄お前、昼間はいいが日が暮れてからはうちに来るなよ。どうなっても知らねぇぞ」

さすがのお文も前髪の取れていない子供を襲うとは思えないが、なにがあるか分からないのが世の中だ。念のため忠告すると、小鉄は目を輝かせた。

しまった、こいつは好奇の虫の塊だった。

「あの、お文さんをちょっと触ってみてもいいですか」

「なに言ってやがる、俺の女房だぞ」

構わず奥に上がり込もうとする小鉄の帯を、慌てて掴む。とそのとき、背後で入り口の障子戸が、派手な音を立てて開いた。

「あらそんなもの、いつの間に迎えたんだい？」

戸口に仁王立ちしているのは、馴染みの居酒屋の給仕、お小夜である。

「馬さんあんた、金が入ったならさっさとツケを払いにきなよ！」

恐ろしいことに、鬢からこぼれ落ちたおくれ毛が逆立っている。

「おや、なんだいそのお人形」

「こら、お前まで触ろうとするな」

「女房ってもしかして、このお人形かい？　女にもてなさすぎて、ついに頭がどうにかなっちまったんだねぇ」

人形に興味津々の二人を引き留めているうちに、秋刀魚が無益に焦げてゆく。

お文人形は夜が楽しみでたまらないというふうに、頬を持ち上げて笑っていた。


note◆私事ですが、二〇一九年の今年は作家生活十年目。五年生存率がきわめて低いと言わるこの業界で、私のような者がよくぞ生き残っているものだと自分を褒めてやりたいところです。

しかしながら現代物でデビューし、しばらくそればかりを書いておりましたので、時代作家としてはまだまだぺーぺー。なにせ歴史時代作家クラブ「新人賞」を受賞したのが二〇一七年のことでして、「お前のどこが新人だ！」と各方面からツッコミをいただきました。ええ、ぴかぴかの新人です。

そんな私を操觚の会の皆さまは快く迎え入れてくださいまして、今回も「伝奇アンソロジーの企画があるよ」とお声がけいただきました。人生のほとんどを、思いつきだけで生きている人間です。脊髄反射で「伝奇、書きたい！」と手を挙げたものの、さぁいざとなると伝奇ってなんぞや？　ああ、でも私、南條範夫先生の「灯台鬼」とか好きだなぁ。ああいう雰囲気のものを書きたいなぁ。などと考えたわけです。

その流れで、江戸期の生き人形って不気味の谷感があっていいよなぁ。そこに悲劇を絡めて、ちょっとゾクッとするようなものを。と試行錯誤し、出来上がったのが、なぜかコレ。いったいどこをどう間違えた？

とはいえ「エロも伝奇だよ！」と温かいお言葉をいただけたので、安心してこの場に紛れ込んでおります。格調高い皆さまの小説の合間に、箸休め的にお楽しみくだされば、これ幸いでございます。

熱田の大楠

◉鈴木英治

すずき　えいじ
一九六〇年、静岡県沼津市に生まれる。現在、沼津市在住。

一九九九年に第一回角川春樹小説賞特別賞を受賞し、デビュー。

二七〇万部超えの『口入屋用心棒』をはじめ、『突きの鬼一』『江戸の雷神』、『大江戸監察医』など江戸物のシリーズを意欲的に執筆。

すでに著作は一六〇冊を数え、総発行部数は八〇〇万部に及ばんとしている。

操觚の会の会員で、ユーチューブの『操觚ラジオ』にたびたび出演。

なにかに体をがんじがらめにされ、三ヶ谷政兵衛《みかやまさべえ》は息ができなくなった。

――く、苦しい。

うめき、政兵衛は身もだえた。だが、何者かの力は、まったく緩まない。苦しさはさらに増していく。

しゅー、と風が細く吹き込んでくるような音がした。

同時に政兵衛は生臭さを覚えた。

――な、なんだ、これは。

必死に体をよじり、政兵衛はこの苦しさから逃れようとした。

だが、それは叶わなかった。

不意に重々しい声が聞こえた。

「やめておけ」

「だ、誰だっ」

わずかに何者かの力が弱まり、政兵衛はなんとか声を出すことができた。

「よいか、やめておくのだ」

「なにをやめろというのだ」

「いうまでもなかろう」

なにをやめればよいのか、政兵衛にはさっぱりわからない。

「やめれば、放してくれるのか」

「むろん」

「なにをやめるというのだ。まことに俺にはわからぬのだ」

「これからなすべきことをだ」

「俺がなにをするというのだ」

「すぐにわかる。やめるか」

またぎゅっと力が籠められ、政兵衛は息ができなくなった。

「わ、わかった、やめる」

政兵衛にはわけがわからなかったが、この苦しさから逃れるためには、そう答えるしかなかった。

「よかろう」

唐突な感じで、息苦しさが消えた。体が自由になる。

ふう、と盛大な吐息が口から漏れた。

その音で政兵衛は、はっ、として目を覚ました。

――ああ、夢だったのか……。

首筋に浮いた汗を手で拭いつつ、政兵衛はゆっくりと起き上がった。全身に汗をびっしょりとかいている。

――今のは、いったいなんだったのだろう。

不動明王が使うという、金縛りというやつか。あの声は、不動明王が語りかけてきたものなのか。

――不動明王とは縁がないが……。

わけがわからぬ、と政兵衛がかぶりを振った時、外からただならぬ足音が聞こえてきた。

いや、実際に足音はほとんど立っておらず、大抵の者はまず気づかないであろう。

だが、政兵衛の耳は、その足音をしっかりと捉えていた。

なにかあったな、と直感し、政兵衛は床に置いてあった忍び刀を手にし、すっくと立ち上がった。腰に忍び刀を差す。

刻限は寅四ツ刻を過ぎたあたりか。忍びに備わった獣の本能が、そのことを伝えてくる。じき夜明けであろう。

人の気配らしきものが戸口に立った。少し間を置いて、ほたほたと板戸が叩かれる。

すぐさま寝所を出た政兵衛は滑るように家の中を進み、戸口の土間に降りた。

「雪」

「風」

間髪を容れずに、板戸越しに男の声が返ってきた。

よし、と心中でつぶやき、政兵衛は心張り棒を外し、板戸をからりと開けた。

合言葉にした雪風とは主君今川義元の愛馬のことで、駿馬として知られている。

暗闇の中、敷居際に一人の男が立っていた。配下の丹之助《にのすけ》である。清洲城下からここ熱田まで二里の距離を一気に駆けてきたはずだが、息一つ乱していない。今川家では、一里は六十町とされている。

「入れ」

はっ、と答えて丹之助が敷居を越え、板戸を閉める。

「なにがあった」

土間から廊下に上がって政兵衛はきいた。

「織田上総介が清洲城を出ました」

土間に膝をついて丹之助が告げた。

「まちがいないか」

勢い込みそうになるのを抑え込んで、政兵衛はたずねた。

「はっ、まちがいございませぬ」

確信の籠もった声で丹之助が応じた。俺の勘が当たったか、と政兵衛は思い、ぎゅっと拳を握り込んだ。

これまでに耳に届いていた信長の性格からして、清洲城に籠城はせぬのではないかと考えていた。

必ず今川義元率いる軍勢に打ちかかってくるはずと、にらんでいたのである。

それで政兵衛は、丹之助を含む数人の配下を清洲城下に送り込み、信長の動静をうかがっていたのだ。

「織田上総介はどこへ向かった」

鋭い口調で政兵衛は問うた。

「おそらく、熱田明神ではないかと存じます」

いま政兵衛は、熱田明神近くの民家に身をひそめている。この家は、尾張における今川忍びの拠点の一つである。

「織田上総介は、ここ熱田へ来ようとしているのか……」

つぶやいた政兵衛は丹之助を見据えた。

「おぬし、織田上総介のあとをつけたのだな」

「おっしゃる通りでございます。清洲城より美濃路を南下する織田上総介をつけましてございます」

美濃路は、熱田から美濃の垂井に通ずる街道である。

「いま織田上総介はどのあたりにおる」

「馬で美濃路をゆっくりと駆けておりましたが、さすがに熱田明神まであと半里もないというところまで来ているのではないかと思われます」

丹之助は美濃路を迂回し、信長を追い越したのだろう。そして、この家にやってきたのである。

——ならば、織田上総介はじき熱田明神に着く頃であろう……。

「織田上総介は、軍勢を引き連れて清洲城を出たのだな」

新たな問いを政兵衛は丹之助にぶつけた。いえ、と丹之助がかぶりを振った。

「清洲城を出た時に引き連れていたのは、ほんの五、六人でございました。いずれも騎馬でございます」

そうだったのか、と政兵衛は思った。つまり、信長は側近中の側近のみを引き連れて、清洲城を出たのであろう。

信長が、今川勢に正面切って戦いを挑むつもりでいるのは、まずまちがいない。清洲城を出た以上、それしか考えられない。

尾張に攻め込んだ今川勢は、二万五千の大軍である。

対して織田勢は領国の底をさらっても、せいぜい一万程度であろう。それも、尾張中の城に兵を置いているから、信長自身が自由に動かせる軍勢は、五千にも満たないのではあるまいか。

大軍を相手に寡勢で勝利を得るためには、と政兵衛は思案した。できるだけ主将の本隊に近づかなければならない。

幹である本隊を打ち砕いてしまえば、あとの諸勢は枝葉に過ぎず、今川勢はあっという間に総崩れになろう。

今回、義元本隊の人数は五千ほどと政兵衛は聞いている。

信長率いる五千の軍勢が今川勢の先鋒などをうまく回避し、戦うことなく義元本隊の間近まで近づければ、数は互角になる。

その上で、義元本隊を急襲できれば、信長が勝利を得ても不思議はない。

信長はおのれの動きを味方にも秘匿するために、少人数で清洲城を出たのではないか。

織田家の中に今川家に内通している者がいくらでもいるはずであり、そのことを信長は熟知しているであろう。

織田上総介の清洲城出陣の報が今川義元のもとに届く頃には、信長は義元の喉笛に食らいつこうとしているのではないか。

——だが、そううまくはいかぬ。俺が織田上総介を仕留めるからだ。

おのれの目がきらりと光ったのが、自分でもわかった。

——織田上総介が熱田明神に来るのは、戦勝祈願を行うつもりだからであろう。

それだけではない。熱田明神の広い境内で軍勢が揃うのを、待つ気でいるのではないだろうか。

——織田上総介がまことに熱田明神に来るのならば、鉄砲で狙えよう。

必ずやれる、と政兵衛は確信を抱いた。

——織田上総介は、俺に動きを知られた。これは、織田上総介の命運がついに尽きたということを意味する……。

信長を殺してしまえば、織田家は大黒柱を失うことになる。家臣たちはあっという間に崩れ立ち、いずれその多くが義元の陣に参ずることになろう。

——織田上総介を亡き者にすれば、この戦は終わったも同然だ。

義元は兵をほとんど損ずることなく、尾張を我が物にできるのである。

——よし、やってやる。

面を上げて政兵衛は丹之助を見た。

「丹之助。俺はこれより熱田明神にまいる」

「承知いたしました」

丹之助が低頭する。自分も政兵衛と一緒に行く気でいるようだ。

「丹之助、おぬしはお屋形さまのもとに走るのだ」

鋭い声で政兵衛は丹之助に命じた。えっ、と丹之助が意外そうな顔になる。

「お屋形さまでございますか」

「そうだ。織田上総介が清洲城を出たことを知らせよ」

「はっ、承知いたしました」

「まずは庵原将監さまのもとに赴くがよかろう。さすれば、お屋形さまに、織田上総介出陣の報は伝わるはずだ」

庵原将監は忠縁《ただより》という諱で、義元の側近をつとめている。義元への忠誠心は群を抜いていると政兵衛は思っている。将監は政兵衛の寄親である。

「わかりました。では早速」

立ち上がった丹之助が、案ずるような目を政兵衛に向けてきた。

「お頭は、織田上総介を鉄砲で狙うおつもりでございますか」

「そうだ」

「どこから織田上総介を狙うおつもりでございますか」

「熱田明神には、有名な大楠があろう」

樹齢七百年を超えるといわれる楠で、弘法大師が植えたといわれている。

「では、あのご神木から狙うのでございますか」

「そういうことだ。ご神木なら、神のご加護があろう」

「あの大楠には大蛇が棲むといいますが……」

よからぬことが起きねばよいが、と丹之助は願っている顔だ。

「大蛇か……」

不意に政兵衛は先ほどの夢を思い出し、むっ、と顔をしかめた。

——夢で俺を締めつけてきたのは、まさか大楠に棲む大蛇ではあるまいな。

やめておけ、と夢ではいっていたが、あれは、信長を狙撃することを指しているのではないか。

——冗談ではない。

怒鳴りつけたい気持ちに政兵衛は駆られた。

——この機を逸することができるものか。大蛇などになにができる。俺の邪魔など、決してさせぬ。

それに、三ヶ谷家の家紋は蛇の目である。蛇はむしろ政兵衛の守り神であろう。

「どうされました」

丹之助は心配そうな顔をしている。

「いや、なんでもない」

政兵衛は首を横に振った。

——もし本当に大楠に棲む大蛇が警《いまし》めのような所為をしてきたからといって、なにができるというのだ。夢ならこの体を締めつけることもできようが、うつつの世ではなにもできまい。

「お頭、織田上総介を撃ち殺したあと、あの大楠から逃げられますか」

政兵衛は丹之助を見つめた。

「織田上総介が死ねば、熱田明神の織田勢は大混乱に陥ろう。その隙に乗じて逃げ出す気でおる」

「お考えは、よくわかりました」

丹之助が頭を下げ、板戸を開けた。冷涼な大気が流れ込んでくる。

「お頭、どうか、ご無事で」

「おぬしもな」

「ありがたきお言葉にございます。では、行ってまいります」

「頼んだぞ」

丹之助に声をかけてから政兵衛は、寝所にしていた部屋にいったん戻った。壁際に二挺の鉄砲が置いてある。そのうちの一挺を手にした。

ずしりとした感触が腕に伝わり、織田上総介をあの世に必ず送り込んでやる、との思いが泉の如く湧き上がってきた。

身震いを抑えきれない。二挺の鉄砲と玉袋、玉薬を手にして土間に戻った。

——ここで火縄に火をつけていったほうがよかろう。

熱田明神の境内で、火打ちの音を立てるわけにはいかない。

政兵衛は火打石と一緒に火口を持ち、火打金を打ちつけた。かちかちと音がして火花が飛んで火口に火がつき、それを火縄に移す。一挺の鉄砲の火挟みに、一筋の煙を上げる火縄を挟み込んだ。

——これでよし。

草鞋を履き、忍び頭巾をかぶる。玉袋と玉薬を懐にしまい、火縄のついた鉄砲をつかんだ。もう一挺を背に負う。

家の外に出た時には、東の空が白みつつあった。それでも、姿を隠して移動するのには十分すぎるほど暗い。

あたりには潮の香りが濃く漂い、大気が重く感じられた。近くに人の姿はない。

戸を閉めるやいなや、政兵衛は身を低くして走り出した。火のついた火縄は、人目を引くだろう。手で覆い隠しつつ、政兵衛は駆けた。

すぐに熱田明神の杜が見えてきた。

すでに信長は熱田明神に着いているようだ。織田勢は相当の数が集まりつつあるようで、境内はひそやかなざわめきに満ちていた。大声を出したり、興奮を露わにしたりする者がいないのは、信長の命が行き届いている証であろう。

——織田上総介とは、やはり容易ならぬ武将よ……。やつを殺すにしくはない。

政兵衛は改めて、かたい決意を胸に刻んだ。

軍兵の姿がまばらに思えた西側から、熱田明神の境内に入り込む。

相変わらず潮の香りは漂っているが、政兵衛は木々のかぐわしいにおいに体を包み込まれ、気持ちが和らぐのを感じた。それだけ熱田明神は緑が深い場所である。

その中でも、目当ての大楠はひときわ高く、堂々とした姿を政兵衛に見せていた。

夜明けを迎えて闇の帳が徐々に上がりはじめ、明るさは少しずつ増してきているが、夜はまだ主導権を朝に明け渡してはいない。

大楠のそばに軍兵がいたが、それほど多くはなかった。

――よし、行くぞ。

軍兵の目を逃れ、政兵衛はするすると大楠を登りはじめた。

大楠は途中、幹が二股に分かれており、政兵衛は太いほうを登っていった。

政兵衛を見とがめる者はいなかった。大蛇らしいものも、あらわれなかった。

この大楠の高さは七丈ほどあり、幹周は四間以上もあると聞いている。

――大蛇が棲んでいるというのも、あながち嘘ではないかもしれぬ……。

だが迷信に過ぎぬ、と政兵衛は断じた。すぐに大楠の最も高い場所に登り詰めた。信長は狙撃を恐れていないのか、そこに見張りの兵を配していなかった。

――手抜かりだな。

政兵衛はほくそ笑んだ。

樹齢が七百年もたっているとは思えないほど、大楠の樹勢は盛んで、おびただしい枝葉を茂らせている。それらが政兵衛の身を隠してくれた。

――これもきっと神の加護だろう。大蛇は神ではあるまい。神の使いとも呼ばれているようだが……。

大楠のてっぺんからは、目当ての本宮がよく見えた。ここから、本宮の出入口まで七十間ほどの距離があった。

――今あそこでは、織田上総介が戦勝祈願を行っている最中であろう。

すでに本宮の前にはびっしりと兵が揃っており、その者たちが放つ気が、政兵衛のほうへと大波のように寄せてきていた。

あの軍兵たちは、なんぴとたりとも中には入れぬという気迫に満ちているのだ。

どうやら、信長の旗本たちの軍勢のようである。

――やつらの思いを、すべて無駄にしてやる。

すぐさま政兵衛は狙撃の支度をはじめた。背中から鉄砲を下ろし、太い枝に立てかけた。もう一挺の鉄砲を手に持ち、火挟みから火縄を外した。

確実に一町の距離が届くだけの火薬を銃口から筒に注ぎ入れ、玉を込める。槊杖でしっかりと玉を突き固め、銃口を下にしても玉が転がり落ちないようにした。それから、火縄を火挟みに挟み込む。

もう一挺にも同じ作業を行った。これで支度はととのった。

あとは信長の姿を先目当てに入れ、引き金を引くだけである。

座り撃ちの姿勢で鉄砲を構え、政兵衛は先目当ての中に本宮を入れた。旗本とおぼしき一人の若い武者に狙いを定め、口の中で、どん、とつぶやいた。

銃口から放たれた幻の玉は、まごうことなく若い旗本の胸に当たった。鎧に大穴が空き、血しぶきを噴き上げて旗本がくずおれる姿が、政兵衛には、はっきりと見えた。

「おまえは死んだ」

ふっ、と政兵衛は笑いを漏らした。頭上を小鳥たちがかしましく飛びかっているが、気をそがれるようなことはない。

それから政兵衛は何人もの旗本や兵を、想像の中で撃ち殺していった。

なにごともなく四半刻ほどたち、火縄が短くなってきた。政兵衛は新しい火縄に火を移し、それを火挟みに挟んだ。

二挺に同じことをした。政兵衛は、火縄は長いものを使っている。これでまた四半刻は保つはずである。

——そろそろあらわれるか。

一刻も早く信長を撃ちたいという気はあるものの、政兵衛は決して急いてはいない。心は凪いでいた。

やがて、本宮のほうがざわめきだした。軍兵たちに緊張が走ったのが知れた。

——ついにあらわれるか。

ふっ、と息を入れ、政兵衛は鉄砲を構え直した。火縄の長さは、二挺とも十分にある。

政兵衛に迷いはない。信長を撃ち殺すという思いだけが、全身に満ち満ちている。

——今川一の鉄砲の達者が、織田上総介をたったの七段（およそ八十メートル）先に置いているのだ。外すわけがない。織田上総介はおしまいだ。

ふと、本宮の出入口が光に包まれたのを、政兵衛は見た。なんだと思う間もなく、本宮から外に出てきた武将がいた。まわりを大勢の武者が取り囲んでいるが、堂々としたその姿から政兵衛の目は離れようとしない。

——織田上総介だ。

まちがいない。まるでそこだけ光が射し込んでいるかのように、信長の体は光り輝いていた。

白蛇のようだな、と政兵衛は思った。

——この大楠の大蛇が取り憑いているのか。しかしあれだけの光をまとっておれば、まさに撃ってくれといっているようなものだ。

ふっ、と息を入れて心を落ち着け、政兵衛は鉄砲を改めて構えた。

やめておけ。

政兵衛はそんな声を聞いた。

声は重々しく、明け方の夢を思い起こさせるものがあった。

「何者っ」

鉄砲を構えたまま政兵衛は誰何した。やめるのだ、とまたも何者かがいった。声は頭の中から聞こえてくるようだ。

——俺は幻を耳にしているのか。

「やめぬ」

政兵衛が答えると、しゅー、とそばで音がした。蛇が舌なめずりしている光景が頭に浮かんだ。

——この大楠に棲む大蛇だな。来る気か。えい、構わぬ。

信長を先目当ての中に入れた政兵衛は、引き金を絞るように引いた。火挟みが動き、火縄が火皿に触れる。

しゅっ、と音を立てて火薬が燃え、どん、と激しい音が立った。同時に、強烈な衝撃が頬と左肩にやってきた。瞬時に火薬のにおいに包まれる。

死ね、と思ったが、玉は信長に当たらなかった。信長の背後にいた武者の体に玉は吸い込まれたようだ。武者がもんどり打って倒れる。

——なにゆえ。

政兵衛は信じられない。外すような距離ではないのだ。

周りの武者や兵たちは騒然としているが、信長は一人、平然と歩いている。

——もう一発だ。

枝に立てかけてあった二挺目の鉄砲を手に取り、政兵衛は素早く構えた。もう一度、信長を先目当てに入れる。

全身が光り輝いているせいで、信長の姿は捜すまでもなかった。もっとも、信長は相変わらず堂々としたもので、姿を隠そうとしていない。

政兵衛はすぐさま鉄砲を放った。どん、と音がし、またもや頬と左肩に痛みを感じた。

だが、今回の玉も外れた。

——な、なにゆえ……。

この距離で外すわけがないのに、なぜか玉は信長に当たらない。大楠に棲むという大蛇が、邪魔をしているのか。政兵衛にはそうとしか思えない。

気づくと、大楠の根元のほうが騒がしくなっていた。政兵衛がひそむ大楠を、織田の軍兵たちが取り囲んでいるのだ。

もはや逃げ場はない。捕まれば、きっとなぶり殺しにされるだろう。

——死を選ぶしかないか……。

ほかに道はないように思えた。何人かの軍兵が政兵衛を捕らえるために、大楠を登りはじめている。

せめて忍びらしい最期を遂げなければならぬ、と政兵衛は決意した。鉄砲を投げ捨てる。

——丹之助は、庵原将監さまのもとにたどり着いただろうか。

織田上総介出陣の知らせがお屋形さまに届けば、今川勢はまず負けることはあるまい……。

腰の忍び刀を抜くや、政兵衛は首筋に刃を添えた。ためらうことなく、忍び刀を手前に引く。

ぶつ、と血脈の切れる音がし、血が噴き出した。

一気に体から力が抜けていく。政兵衛は寒けを覚えたが、どこか靄を踏んでいるかのような心地よさも感じた。

「だから、やめておけというたものを……」

頭の中で声がした。政兵衛を救えなかったことが、無念そうな響きである。

それでどういうことか、政兵衛はすべてを悟った。

——ああ、明け方に俺を金縛りにしたのは、三ヶ谷家の守り神であったか。

あの金縛りは守り神の警めだったのだ。信長は、なにか人智を超える者に守られているのだろう。

熱田明神の加護を受けているのかもしれない。あの体の輝き方は、そういうことなのではないか。

——そのことを織田上総介自身、知っているようだな……。

だから鉄砲で狙われているのがわかっていても、あれだけ堂々としていられたのだ。この大楠に見張りの兵が配されていなかったのも、当然のことであろう。

そして、三ヶ谷家の守り神も、そのことを知っていたのだろう。

しかし、三ヶ谷家の守り神の力では太刀打ちできず、それゆえ、信長の命を狙うなどという愚かな真似をするなと、必死に政兵衛に伝えようとしていたにちがいない。

——もっとはっきりいってくれればよかったのに……。

寒けが増し、意識が薄れていく。政兵衛は、ふっ、と最後の笑いを漏らした。


note◆プロとして二十年以上にわたって活動してきたが、刊行した著作はすべて長編である。どうして短編を書かないのか。多分、限られた短い枚数の中ですべてを終結させなければならないところに、息苦しさのようなものを覚えているからではないか。長編なら読者に息をついてもらう遊びの部分を書けるが、少なくとも短編でそれを行う術を私は知らない。その上、短編では切れのあるアイデアも必要である。これが最も苦手なのかもしれない。

だから私は小説を執筆する際、妻の秋山香乃からアイデアをよくもらう。秋山香乃はアイデアが常に豊富で、頼むと、いくつかのアイデアをひょいひょいと快く出してくれる。今回も秋山香乃からもらったアイデアを使い、私は三十枚の短編を書きはじめた。ただし、他の仕事の締切との兼ね合いもあり、執筆に当てられるのは一日だけだった。三十枚という枚数は一日の分量としてさほど驚くようなものではないのだが、完成原稿として編集者に提出しなければならないという点で、さすがに楽ではなかった。

結局、一日半かかって私は三十枚弱の短編を書き上げた。秋山香乃のアイデアに沿って書きはじめたのはいいが、このままでは三十枚で入りきらないことにすぐに気づいた。そのために方向変換の必要に迫られ、最終的には秋山香乃のアイデアを用いることなく脱稿した。

小説というものは生き物で、書いているうちに自分が知らないことがわかってきたり、登場人物が勝手に考えたり、動いたりしてくれる。このシーンを書いたのはそういう意味があったのか、と自分でも思いもしないところが伏線になったりして。

今回、方向変換はまずまずうまくいったと、自分では思っている。秋山香乃からもらったアイデアは大事に取っておいて、いつか長編に使おうと目論んでいる。

妖しの歳三

◉新美健

にいみ　けん

一九六八年愛知県生まれ。大学は石川県で四年。就職は富山県で五年。上京して、ゲーム業界でシナリオやノベライズなどを手がける。

二〇一五年、第7回角川春樹小説賞にて「明治剣狼伝　西郷暗殺指令」で特別賞を受賞して一般小説デビュー。二〇一六年、同作品にて第5回歴史時代作家クラブ賞文庫新人賞を受賞。

現在の主戦場は時代小説と歴史小説。伝奇小説ゲリラにして冒険小説残党。既刊に「つわもの長屋」（角川春樹事務所）、「幕末蒼雲録」（KADOKAWA）、「隠密同心と女盗賊」（コスミック出版）など。最新刊は著者初の単行本で、満洲国を舞台にした夢と野望の冒険活劇「満洲コンフィデンシャル」（徳間書店）。

甲子の年には、変事が多いという。

三月――。

文久から元治に改元され、まだ一月余りだ。

陽が翳り、足下に冷気が這う。

そろそろ夕刻だ。

土方歳三は、玄関の手前で立ち止まった。

漆の筋を束ねたような総髪で、黒い紋付きに袴姿がよく似合っていた。

なで肩だ。

五尺五寸（約百六十七センチ）の身の丈を、やや猫背に傾けている。

――さて、うまい算段はねえもんか？

不機嫌な思索に沈んでいた。

二重の目を細め、眉間に深いシワを刻む。

色白で、顔は優しげな面長であった。役者めいて端正だが、眼光の鋭さには鬼副長の異名にふさわしい威圧感がある。必要とあれば、如才のない笑顔も作れるが、近ごろは微笑むことすら少ない。

儲けの小さな行商人は、とうに店じまいなのだ。

――おれは、もっと大きな商いがしてえんだ。

世は算術だ。

天秤の計りにかければ、どう動けばいいかは明らかとなる。合理の通用しないことなど、この世にありはしないのだ。

将軍警護の浪士組に応募し、近藤勇を頭とする天然理心流の門弟や食客たちと上洛してから、はや一年がすぎていた。

支度金として、一人頭五十両也。

あとから十両に値切られたとはいえ、無名の撃剣家には魅力であった。しかも、二人で米一升が毎日支給される。道場を畳む価値はあった。

将軍警護の役を果たすと、歳三たちは次の賭けに出た。

浪士組本隊を離れ、十七名の同志らと壬生村に残留したのだ。

京は乱れていた。不逞浪士の無法がまかり通り、すでに所司代や奉行所だけでは治安の維持が不可能であった。

それを受けて、一昨年に京都守護職が新設されたが、体面や体裁を重んずる武士では、闇路を軽快に逃げる浪士の取締りにむいていない。

京の民も協力の手を惜しむ。

――まったく、都ってなぁ……。

気位が高いくせに、金銭には卑しい。

上っ面は慇懃だが、言葉で人の心を滅多切りにする。

会津を田舎者と嘲笑し、新選組を人斬りと蔑む。

都人の性悪さだった。

外見は上品に整えていても、欲と計算が透けて見え、腹の中は真っ黒だ。いわば、女風の町だ。武骨な東男とは肌が合わない。

激情の水戸人気質を人の形に煮染めたような芹沢鴨は、こんな気取った都など丸ごと燃えてしまえばいい、と思ったかもしれない。

――いっそ、江戸に帰ってやるか……。

そんな天秤の傾きもないわけではなかった。

浪士組の本隊は、江戸に戻っても幕府の給金を受けている。新徴組と名を改め、今は新選組と同じ市中警護の任についているらしい。

　もちろん、歳三は江戸に戻る気などなかった。

　上洛して半年後、次の転機が訪れたからだ。

　朝廷を抱き込んだ長州人の跳梁が目に余り、ついに京都守護の会津藩は薩摩藩と手を組んで、王城に巣くう長州勢力を一掃した。

　長州人は激高したものの、会津と薩摩の両藩が護る御所には手が出せず、睨み合いの末に攘夷派公家七人とともに都から退去した。

　壬生浪士組も禁門へ駆けつけた。その迅速な働きを評価され、会津藩の松平容保公から恩賞を受け、〈新選組〉の隊名まで賜った。

　——江戸でくすぶってたころに比べりゃァ、大出世だがな。

　その後も、長州人の残党を追い払い、不逞浪士と見れば果敢に抜刀し、京と大坂を股にかけて、市中警護の任を独占してきた。

　剣一本でもぎとった、せっかくの地盤だ。この性悪な都をねじ伏せ、組み敷き、さらに新選組の立場を強固にしなくてはならなかった。

「土方君、これから公用かね？」

　背中に粘つくような声がかかった。

　歳三は、嫌な顔をした。

　思案に夢中で、気配に気づかなかったのだ。

「なに、野暮用ですよ」

　ふり返ると、山南敬介が勝手口の手前で佇み、土間の暗がりに馴染んでいた。

　上洛当初は、壬生村の八木邸を宿としていたが、隊士が増えるに従って手狭となり、隣の前川邸まで屯所に接収していた。屋敷は平屋建てで、馬を四頭並べて勝手口から駆け込めるほど立派なものだ。裏庭には大きな土蔵が二つもある。

　えっ、おうっ、と稽古中の気合いが裏庭から飛んでくる。隊士の数も百名に届く勢いで、いずれ屯所を引っ越す必要があるかもしれない。

「ならば……島原かね？」

　きひっ、と咽喉を軋ませて山南は笑った。

「まあ、そんなところです」

　歳三は、むっつりと答え、山南の膝から頭までをつらりと舐め上げるように観察してから、おもむろに口を開いた。

「山南先生、お加減はいかがですかな？」

「ええ、だいぶ恢復している。いつでも隊務に復帰できます。楽ばかりさせてもらって、他の隊士たちには申し訳ないからね」

　年の初め、山南は豪商を襲った盗賊と斬りあって左腕を深く負傷していた。

　——まァ、ずいぶん面変わりしたもんだ。

　かつては仙台人らしく色白で、ふっくらと朴訥さが滲む顔立ちであった。

　小野派一刀流を学んだらしいが、竹刀が苦手な近藤の小手をまともに食らって弟子入りする程度の腕だ。そのくせ、勇猛を演じようとして無茶な突撃をすることが多く、情熱を空回りさせたあげく、この有様であった。

　左腕は恢復しているらしいが、山南は痩せ細っている。眼は落ち窪み、頬肉は削げ、業病を連想させるほど肌が青黒い。

「いや……」

歳三は、無愛想にかぶりをふった。

「山南先生、新選組も大きくなりました。総長ともなれば、軽々しく動かず、本陣でどっしりと睨みを利かせてもらわないといけません」

結成当初の壬生浪士組は、三人の局長に二人の副長という歪な体制だった。

芹沢鴨と新見錦、それから近藤勇が局長だ。

副長は、歳三と山南であった。

芹沢と新見は水戸の浪士で、他にも三名の仲間がいた。これでは組織としてまとまるはずがない。だから、巨魁の芹沢鴨を粛正し、他の水戸勢力も駆逐することで、近藤を局長に据えた理想形に持っていくことができた。

副長は歳三だけになった。

山南は総長に昇進してもらった。

実際の権限はなく、飾りのような役職だ。近藤が山南の学識を惜しんでいるから、局長の相談役として残しただけであった。

新選組で飯が食えるとわかれば、いくらでも隊士は集まる。人手が足りれば、山南は足手まといにしかならないのだ。

「ところで、土方君」

山南は、さらりと話題を変えてきた。

「見たところ、悩み事があるようですが」

「さて?」

歳三はとぼけたが、内心で舌打ちした。

――怪我してからのほうが、勘が鋭くなってやがる。

「僕でよければ、話くらいは聞きましょう。君は性狷介だし、なにかと孤立しがちだからね。あまり相談相手もいないだろう」

おおきな世話だ、と歳三は胸のうちで毒づく。

「では、お知恵を拝借してもよろしいかな?　まあ、山南先生をわずらわすほどの事件ではないのですが……」

「いや、ぜひとも拝聴させてください」

「近ごろ、京では妙なことが起きましてね」

近藤にも報告してきたばかりの内容だった。

洛中で、妙な辻斬りが頻発している。天誅のような暗殺ではなく、もっと即物的な、商人や武士の懐を狙ったものだった。

切断面からして、犯人は同一人物と見なされていた。例外なく頭上から刀がふり下ろされ、ほとんど両断されている。

恐るべき伎倆といえた。

いくら刀が鋭くても、よほど刃先が加速していなければ、そこまで深く斬り込めるものではないからだ。

もっとも、京洛での辻斬り騒動は珍しくないが――。

斬殺現場まわりで、風がうなるような、鳥が鳴くような、人間が発するとは思えない不気味な叫び声を町人が耳にしているという。

風ではない。

薩摩人が得意とする示現流の猿叫かと疑ったが、どうもちがうらしい。裂帛の気合いというより、もっと渺茫と尾を引いていたという。

鳥の鳴き声にしても、今まで誰も聞いたことがないものであった。

「怪鳥……ですか」

山南が、妙なところに反応した。

「不名誉極まりないので、山南先生のお耳に入れるのもどうかと思いましたが、じつは我が隊にも――」

「誰か犠牲に?」

山南の目が、嫌な光を帯びる。

歳三は、不機嫌にうなずいた。

「ええ、田代君です」

「はて……」

「隊士となって日が浅いので、ご存知ないかもしれませんがね」

田代は、下級武士の三男だ。

穀潰しの部屋住みである。家は長男が継ぎ、なにひとつもらえない。遊ぶ金はもちろん、縁故がないから養子の口もなく、仕官先すらなかった。

学問には興味を持てず、町道場に通って竹刀をふっているときだけ、自分が生きた糞袋だという鬱屈を忘れることができる。おのれの力を試したい。肌がざわめき、血がたぎるものを求めていた。尊皇でも攘夷でもいい。いい酒を飲み、垢抜けた女も抱きたい。生きる証を刻みたい。

とにかく、生き腐れだけはご免だ――。

田代とは、そういう類いの男であった。

「その田代君が斬られたという場所はどのあたりですか?」

「所司代下屋敷の裏手です」

「ほう、桑名様の」

桑名藩主の松平定敬は、松平容保公の実弟にあたり、今年に入って京都所司代に抜擢されたばかりだった。

新選組とも無縁ではない。

前川家の本家は掛屋として財を為し、御所や所司代の出納を担当していた。町奉行所の資金運用も任されるほどの実力者だ。この繋がりがあればこそ、壬生の前川分家は本家の頼みを断れず、新選組に屯所を提供することになったのだ。

「そういえば、あそこには……」

「なにかご存知で?」

「いや、あの下屋敷には、鵺池がありましてね」

「鵺池?」

歳三は胡乱な表情になった。

「それがなにか?」

「土方君は、鵺池の来歴を知らないのですか?」

鵺とは妖怪の名だ。

それくらいは、歳三も知っている。

頭は猿。

身体は狸。

尾は蛇。

手足は虎。

なんとも禍々しい姿だが、とらえどころがない人物をあらわすこともある。

「ヌエは『古事記』『万葉集』にも記述がある怪鳥でね。ひょぉぉ、

ひょぉぉ、と恐ろしい声で鳴くのだよ。高僧の秘法でも調伏できなかったらしいね。『平家物語』によれば、夜ごと東三条の方角より、黒雲が湧き出て御所を覆い尽くし――」

山南は、学者然と講釈をはじめた。

鵺は毎夜のごとく帝を怯えさせたが、御所の警護にあたった源頼政は、黒雲の中に不吉な気配を察して矢を射込み、見事に退治したという。

「このとき鵺を射た矢じりを洗った池が鵺池と呼ばれているのだよ」

「さすが山南先生は博識ですな」

歳三は、半ば呆れ顔だった。

「つまり、その鵺の仕業だと？　ならば、新選組の受け持ちではありませんな」

さすがに、山南も苦笑を浮かべた。

「あるいは……長州人の流言かもしれんがね」

「なるほど。長州人が薩摩人の仕業に見せかけた、と」

そのほうが、歳三には納得しやすい。

昨年の政変で都を追われた長州人は『薩賊会奸』を合言葉に、薩摩や会津に対する憎しみも凄まじいと聞く。

しかし、と歳三はかぶりをふった。

「共食いはシャレにもなりませんな」

長州人の仕業であれば、新選組の隊士を斬っても意味がない。

新選組は、薩摩と同盟関係をむすんだ会津の指揮下にある。これを斬っては、薩摩人が下手人という大前提が崩れてしまうのだ。


「では、やはり鵺だよ」

きひひっ、と山南は歯を軋ませるように笑った。

「文久二年……そう、我らが上洛する半年前ですかな。江戸と京の夜空に、流星が群れとなって流れていきました。他日にも、北斗七星の脇をかすめるように彗星が流れたらしい。天変地異。流行り病。黒船来襲……この十数年というもの、天下を揺るがす大事件がつづき、この流星群もさらなる災厄の予兆ではないかと都の人々は怯えているのです」

頼みもしないのに、山南は嬉々として講釈をはじめた。

「京は千年の都です。ならば、千年分の闇も吹き溜まっているでしょう。平家が栄華に酔い、源氏が疎い、足利が簒奪した。織田と豊臣がしゃぶり尽くし、戦国の世には荒廃を極めた都です。富が集中すれば、人々の欲望を呼び起こすは必定。朝廷内では権力をめぐっての権謀術策が横行し、数多の敗残者が血の涙を流し――」

怨念は地に吸われて凝り固まる。

鴨川の流れに溶けて川底で澱む。

山南は、熱に浮かされたように言葉をつむぎつづける。

「徳川将軍家は、都の魔を知悉していたからこそ、江戸に幕府を開いたのです。朝廷の影響力を巧みに削ぎ、二百六十年ものあいだ封印して――」

光が強ければ影も濃くなる。

光が弱まれば逆に薄くなる。

朝廷から権威が剥ぎとられ、帝の存在を形骸化するに従って、乱世を招く闇は無害なモノへと零落していった。

それは、魔の残骸でしかなかった。

しかし、死んではいなかった。

ふたたび世が乱れるまで、ただ熟寝を貪っていただけなのだ、と山南は異様に眼を輝かせて語るのだ。

「異国の大砲が、その眠りを破ったのですよ。倒幕を叫ぶ志士たちがおびただしい血潮を流し、魔の残骸が咽喉を鳴らして渇きを潤し……千年の無念で育んだ闇がふたたび呪われた脈動をはじめたのです」

あるいは、新しい激流に押し流される旧い時代とともに、しょせん消え去る運命と悟った虚しいあがきなのか……。

都の闇に紛れて、妖しいモノたちが蠢きはじめているのだ、と。

「はあ……」

歳三は、げんなりした。

病んでいるのは、身体ではない。

心だった。

もともと正義感が強く、世間知らずな学者肌だった。実直な仙台人らしく、誰よりも親切で、信義を重んじる好漢であった。

勤皇思想の水戸学を学び、北辰一刀流の道場にも出入りしていた。攘夷派との交流も深く、最初から志士には同情的だったのだ。

なのに、新選組の同志として、情を押し殺して浪士を斬りつづけた。その悔恨が負傷をきっかけに噴出し、一気に心を蝕んでいった。

――これだから、変に学のあるやつァ……。

ふん、と歳三は鼻で嗤った。


辻斬りの正体は、とっくに判明しているのだ。

「まあ、仮に、その鵺が下手人として、私が知りたいことは……どうやれば退治できるのか、ということですな」

「それは……」

生臭い現実に繋げられて、山南も興を削がれたようだった。

「矢で射殺したり、剣で斬ったり……」

にや、と歳三は笑った。

「ならば、我が隊の十八番だ。なんの支障もありませんな。護符が必要とあれば、本願寺の坊主にでも頼るしかないがね」

島原遊廓は、屯所から灯が見えるほど近い。

壬生に居残ってしばらくは、遊女の火照った柔肌を思わせる艶やかな灯火を、田圃越しに眩しく眺めたものだった。

二百年以上の歴史があり、由緒も売るほどある。幕府公認の遊廓で、京に数ある遊廓の元締めであり、総本山でもあった。

動乱の時代だからこそ、花街は潤う。

廓内は、上級武士や豪商、成り上がりなどで賑々しい。昨年の政変後は、長州人と入れ替わって、薩摩人の顔が目立っていた。

――もったいねえ……。

商家の出として、遊廓に流れる莫大な銭を横目で眺めるだけとは口惜しかった。

遊廓といえば、祇園も盛況だという。

島原の女は最高の女としての見栄を張るが、祇園の女は芸妓として見栄を張る。お高くとまったところはなく、庶民にも親しみやすい女たちだった。

時勢は、いよいよ刹那的になっている。遊客にしても、じっくりと風雅に遊ぶより、明日を忘れて一夜の夢を楽しみたいのだ。

――ふん、こっちは、もっと大きな商いを目指しているのさ。

歳三は角屋に登楼した。

島原でも指折りの格式を誇る揚屋で、表全体を格子造りにした豪勢な二階建ての造りであった。階下も階上も名品で飾られ、庭園も天上界のように風雅だ。

歳三は、楼主に一言命じた。

「東雲《しののめ》を」

本格的に廓遊びを覚えたのは、ここ数ヶ月のことだった。

狼藉の絶えない芹沢一味を、会津藩の密命によって駆逐してから、新選組も月々の手当てをもらえる身分になっていた。

不逞浪士を斬れば、さらに報償をいただける。こうなると浪士が足の生えた小判に見えてくる。まさに腕次第で荒稼ぎができるのだ。

京洛は、はなから埃っぽい東国とは別世界に映っていたが、金を使いはじめると、また別の華やかな顔を見せてくれた。

京女に幻惑され、郷里への手紙でも自慢するほど浮ついた。

とはいえ、上っ面だけの美しさには、すぐ飽いた。遊廓の狡猾な手管もわかってきたことで、歳三は冷静さをとり戻している。

敵娼を待つあいだ、酒と肴が黒塗の膳で運ばれた。

吸い物、豆腐、魚の飴煮、昆布の酢漬。

それから、銚子が一本。

歳三は、豆腐を箸でつまみ、口に放り込んだ。

まったく味を感じない。そのくせ、するりと胃の腑まで降りていく。喉越しがよく、いくらでも食べられる。美味いといっていい。

――都ってのァ、この豆腐みてえなもんだ。

東女に比べれば、京女はなよなよと芯がない。美しく、豊かだが、誠はない。モテたとしても、たかが一時のこと。身銭が尽きれば、死人を見るように冷ややかな目付きをむけられるだけであろう。

鰻も焼きが弱く、味が薄い。酒だけは美味く、江戸のように水で薄めるようなことはないが、下戸の歳三は口もつけない。

しょせん、一夜の夢を買う楼閣だった。

四半時（約三十分）も経って、東雲太夫が禿を連れて座敷にやってきた。

禿を追い出し、太夫と二人きりになった。

野暮な床急ぎと誤解されてもしかたなかったが、東雲太夫は薄く微笑んだだけで、さっそく三味線で芸をはじめた。

「いざさらばー、我も波間に漕ぎ出でてー、あめりか船を――」

「よしやがれ」

歳三は、不機嫌に断ち切った。

攘夷派の急先鋒であった徳川斉昭が詠んだと伝えられ、多くの勤皇志士が愛唱し、芹沢鴨も酔うたびに歌っていた。

しかも、太夫の装いは、横兵庫髷と絢爛な花かんざしはいいとしても、大打掛の柄が〈梅〉に〈扇〉ときた。

梅は芹沢が好んだ花で、鉄扇は勤皇志士の流行りである。

「あれ、お嫌いどすか？　土方さまも勤皇ですのに」

東雲太夫は、しれっと訊いてきた。

顔は冴え冴えとした細面で、鼻先が小粋に尖り、狐目が優美に吊り上がっている。冷たく見えかねない美貌なのに、お高く澄ました感じはなく、どこか悪戯っぽい愛嬌さえたたえていた。

「ああ、新選組はそうだ」

「近藤さまも？」

「近藤さんもだ」

「なのに、同じ勤皇の人をお斬りになるんですね」

「ま、立場のちがいだな」

「へえ、お立場ですか？」

会津藩と新選組は、もちろん尊皇である。

薩摩も長州も土佐も水戸も、やはり尊皇だ。

江戸の四大道場でも、尊皇攘夷という〈病〉をこじらせた者であふれていた。学識があって、暇を持て余している者ほど、思想をこじらせる。陵辱された生娘のように、攘夷だ、いや開国だと姦しい。

山南が、そのいい見本であった。

形の上では今も昔も帝が最高権威であり、徳川将軍は武家の棟梁として大政を預かっているだけなのだ。

はたして朝廷の〈権威〉を利用するためには、幕府の〈武威〉を必要とするべきか、それとも否か……。

つきつめれば、それだけの差異でしかない、と歳三は思っていた。

「どちらにしても、ただのお題目さ」

「土方さまは？」

太夫が、つつ、と寄り添ってきた。

「さあ、な……そんなことより……」

ご政道で悩むなど、歳三の役目ではない。

「昨夜、加納君はきたかね？」

先年の政変前後に入隊した、加納惣三郎のことだった。

まだ前髪を残す若衆だが、黒羽二重の小袖紋付を粋に着こなしている。艶やかな紅い唇をして、美貌の娘と見まがうほど麗しげな若者であった。

出自は押小路にある木綿問屋の次男だ。

華奢に見えるが、足腰の強さが尋常ではなく、蝗のように俊敏だった。幼いころより剣術に親しみ、天賦の才に恵まれたのか、師の代稽古さえ務めていたという。

新選組は実力主義だ。

まずは近藤付きの小姓として隊務見習いをさせ、加納の実力を見極めてから、歳三は小頭役に昇進させていた。

「いいえ、昨夜は……」

東雲は、涼やかな目元を伏せた。

「今夜はどうだ？　きそうかね？」

加納は小頭役になってから、島原で錦木太夫と馴染みになっている。

歳三は、それを東雲から聞いていたのだ。

「おそらく……」

「おそらく、か？」

東雲の瞳が、悪戯っぽく煌めいた。

「いえ……必ず」

「そうか。邪魔したな」

立ち上がった歳三の袂を、しなやかな手が掴んだ。

「土方さま……」

東雲が、黒く濡れた瞳で見上げてきた。

抱いてほしい、と眼でせがんでいる。

歳三は閉口していた。

東雲と逢うのは、これで二度目にすぎない。

まだ抱いたことはなかった。

遊廓は密会に利用されることもあり、遊女から情報を集めることも隊務のうちだ。座敷に呼んだからといって、枕を重ねるとはかぎらない。

揚げ代さえ払えば、途中で帰ろうが客の勝手だ。変に身体をなぶられないだけ、遊女にとっても楽なはずだった。

それとも、女としての意地なのか——。

「悪いが、忙しい」

十七の歳に呉服屋へ奉公したとき、歳三は男好きのする下女に誘惑され、それが露見したことで暇を出された苦い経験がある。

そのせいか、女というモノが信用できない。

損得の尺度が、どこか男とは異なっている。言葉と行動が一致せず、先行きが読めない苛立たしさがある。郷里に許嫁はいたが、実家を安心させるために縁をむすんだだけだ。上洛が決まるや置き去りにしてきた。

どのみち、女は邪魔になるだけだ。

男を迷わせ、縛りつける。

溺れる気はなく、深く情を絡めるつもりもなかった。

「おい……」

白い手をふりきろうとしたが、今度はするりと小指に絡みついてきた。

これには歳三も困った。

「東雲よ、それどころじゃア——」

ねえんだよ、と歳三は吐きかけた。

「会津公御預りの新選組が、か弱いおなごを騙すのですか?」

恨みがましそうに睨み上げ、東雲は小指をねじってきた。

歳三は、その痛みに眉をひそめた。

——妙な女だ。

無知でも無垢でもないが、鬼と怖れられる歳三を怖がることなく、かといって媚びるわけでもない。

本当の名は〈あずま〉というらしい。

京の生まれではなく、じつは東国から流れてきた女であった。

なんのことはない。

京では女も紛い物だ。

北野上七軒で名を上げていた芸妓だという。島原も遊女の数が足りず、優れた芸を持つ女を他の遊廓から借りてくることは、よくあるとのことだ。

こうなると、太夫の位も怪しいものだった。

——ふざけやがって。

歳三は苦々しく思うものの、もともと〈太夫〉とは夢の女である。

容姿に優れるだけではなく、和歌、弦楽、書道などの万芸に通じ、古典や漢詩などの高度な教養を兼ね備える最上級の遊女だ。金と嘘で作り上げられた高嶺の華。遊廓では田舎女を姫君のように育て、遊女もその気になって演じているだけなのだ。

しかし、島原では遊女を上位とし、芸で客を惹く芸妓を見下している。逆に、祇園などでは芸で生きる芸妓を上位として、客と寝なければ商売にならない遊女を軽蔑している。

こうなると、歳三も混乱してくる。

——偽物で、どこが悪いってんだ?

自分だって、武士の紛い物ではないのか……。

「わかったよ」

歳三は、小指を巧みに外し、逆に細い手首を掴んだ。

「あ……」

布団を敷かせる時さえ惜しい。

畳に押し倒した。腹立たしさも手伝って、歳三は嗜虐心を刺激されている。骨がないかのような身体を組み伏せ、絢爛な大打掛を剥ぐ。腰帯は面倒だが、生来の器用さを発揮して、なんとか解いた。

「だが、朝まではいられねえ。いいな?」

東雲が、にっこりと微笑んだ。

「あい、土方さま」

「トシ、でいい」

なぜそう言ったのか、自分でもわからなかった。

「あい、トシ……さま……」


曇天に月が透けていた。

春とはいえ、山から吹き下ろされる風は強く、王城の夜は冷える。

——まったく、女ってヤツはぁ……。

角屋で借りた提灯が、ぼんやりと夜道を照らしている。

島原からの帰途だった。

歳三は、空いているほうの手を袂に入れていた。

ちく、と袂の中で、鋭く尖った先端が指先を刺す。

それは、東雲からもらったモノだった。

『土方さまに、このお守りをさしあげます』

暗い夜道をそぞろ歩きながら、ちく、ちく、と刺していく。その痛みが、情事後の気だるさを覚ましてくれると期待して——。

東雲は、生娘であった。

しかし、激しく乱れた。歳三が動くたびに、喘ぎ、悶え、しがみつき、肉の悦楽に果てしなく痙攣した。昂れば昂るほど、若草のような体臭を強く匂わせた。

妙に懐かしい香りだった。

そのせいか、歳三も郷里を思い出し、したたかに放ってしまった。

『——俺が生まれた武州多摩郡ってとこは、武芸が盛んだった。鎌倉時代の気風を色濃く残すというか、農民もやたらに武張っているところだ』

せがまれたわけでもないのに、つい昔話までしてしまった。

恥の上塗りだ。

『まァ、武士と農民の境が薄いんだ。江戸の守りとして、家康公から厚遇されてきたと恩を感じている者も多い。俺の家にも、室町時代から伝わる家宝の槍があるくれえだ』

しかし、農民は農民だ。

土方家がお大尽と呼ばれる富農でも、農家は農家だった。

しかも、歳三は四男である。

丁稚奉公に二度も出され、二度とも失敗して戻っている。

しかたなく、土方家は歳三に家伝薬の行商を任せた。

『そっちは、なんとなしに才能があったらしい。家伝薬の材料にする薬草の採取じゃ、俺が陣頭指揮を任されていたくらいだ。どうやら、人に使われるより、人を動かすほうが性に合ってるみてえだな』

末っ子の家業手伝いは、武家の部屋住みよりはいい身分だったが、奉公先での失敗が微妙な屈折を与えていた。

出戻り女のようでバツが悪く、若き魂も飢えていた。家業を手伝うだけではなく、自分にしかできないことがあるはずだった。

だから、俺は武人になる――と十七のときに宣言した。

だが、戦乱の時代が若者の都合にあわせてやってくるわけではなく、佐藤彦五郎との出逢いがなければ、持ち前の器用さで現実と折り合いをつけ、それなりに平穏な生涯を終えていたかもしれなかった。

佐藤彦五郎は、歳三の義兄にあたる。

『彦五郎さんは、日野宿の名主さ。幕府の流通利権に繋がっていて、風格があるってぇか、まあたいした人だよ。姉が嫁いだ縁で、俺は佐藤家に出入りを許されていた。奉公先から逃げて、さすがに実家にも居辛かったからなあ……』

八つ年上の彦五郎に、歳三はよく懐いていた。

強情で、猫のように警戒心が強く、慎重に人との距離を測る癖のある歳三が信頼している数少ない大人であった。

彦五郎も、この義弟が気に入ったのか、いろいろなことを教えてくれた。

甲州道中は、日本橋から信濃の下諏訪までいたる五十五里の街道だ。甲州勤番の旗本も往来すれば、将軍家に納める宇治茶を運ぶ道中もあり、富士講による集団参拝も馬鹿にはできない。

多摩川の渡船場も、日野宿の経営管理下である。江戸の繁栄を支える材木流通の要であり、いざ戦ともなれば軍事拠点にもなる。

それらの采配をしているのが、佐藤家と彦五郎であった。

銭や人の動かし方、人脈の大切さ――歳三が知らなかった世間を教えてくれた。

天然理心流を知ったのも、義兄のおかげであった。

彦五郎は、天然理心流宗家三代目・近藤周助の門弟である。四年で免許に到達した腕前だ。宿場を守るために剣術の必要性を認め、天然理心流の後援者として自宅に道場も設けていた。

歳三は、四代目を継ぐ前の近藤勇に紹介され、沖田総司とも出逢った。

正式な入門は二十五のときだが、行商の道々で剣術道場を覗いては稽古をつけてもらい、天然理心流をひろめるための情報収集に励んだ。

初めて打ち込めるものを見つけた。

近藤という英雄の大器と沖田という剣の天才を両肩に担ぎ、どこまで突き進めるか試してみたかった。

『とんでもねえ時代がやってくる。俺は、そう信じてた。乱世ってやつだ。そうさ。暴れてやろうってな。草深い土地を出て、もっと大きな舞台に……』

東雲は謎めいた微笑みを浮かべ、黙って耳を傾けていた。

語りながら、歳三は、ふと思い出していた。

関東で疫病が流行り、夜空に彗星が流れた晩のことだ。

行商の途中に通った八王子で、足に怪我をした子狐を見かけたのだ。

獣が闊歩する草深い土地だった。

気まぐれで、子狐の手当をしてやった。日野の稲荷森には、土方一族の氏神が祀られている。なんとなく、その縁も感じていた。

なにより――。

こんな美しい晩に、一人で夜空を眺めているのがもったいなかったのだ。

歳三は、子狐に夢を語った。

『近藤さんが大将で、俺が副将さ。近藤さんは、たいした人だ。器の大きな男なんだ。だから、俺が、いつか殿様にしてやる』

誰かが聞いていたら赤面してしまうような他愛もない夢であった。

『そんときゃ、おめえも家臣にしてやろうか？　獣だってかまやしねえ。とにかく、手柄をあげりゃ、なんでも手に入るさ。身分も、金も、女も……おい、なに噛みついてんだ？　怒ったか？　ははぁ、おめえ、牝か？　ああ、悪かったよ。なかなか器量がいいな。獣じゃなかったら、妾にしてやってもいいくらいだ』

東雲の瞳は、そのときの子狐にどこか似ている気がした。

天然理心流は、八王子千人同心、多摩一円から相模あたりにかけて、名主や上農層に普及していた。

彦五郎の後ろ盾によって、日野での門弟も一気に増えた。

日野の八坂神社に額を奉納し、府中の六所宮にも献額することで着々と勢力を伸した。武州一円に存在感を誇示し、文久元年（一八六一年）には近藤勇の宗家四代目襲名披露試合を成功させた。

だが、そこまでが限界であった。

江戸に進出せんと道場を建てたものの、すでに市中では四大道場が幅を利かせ、綺羅星のような剣客たちが腕を競っている。

脱藩者や中間上がりなど、一癖も二癖もある食客が集まってくるばかりで、金を払ってまで多摩の田舎剣法を学ぼうという武家はいなかった。

なにしろ銭がないのだ。

武士とは見栄張りなものだが、モノを買っても後払いが多い。しかも、踏み倒すような不埒者も少なくなかった。町人のほうが太っ腹で、裕福な暮らしをしているくらいであった。

だから、御家人を鍛え直すために新設された講武所に、腕の立つ近藤が教授方として選ばれることに望みをかけた。

細々と食いつなぐだけならば、武州一円でなんとかなる。

しかし、それだけだ。

躍進を望むならば、どうあっても江戸を獲らなければならない。

幕府という既得利権の巨塊に食い込めれば活路が開ける。

だが、近藤は最終選考に漏れてしまった。

進退が窮まった。

歳三の情熱は、挫折の黒煙となってくすぶるしかなかった。

そんなとき、浪士組の募集が転がり込んできた。

なるほど。

武家に銭はないが、あるところにはある。

幕府だ。

これからは太平の世ではありえないほど気楽に莫大な金銭が飛び交うことになる。

では、もっとも激しく商いが動くところはどこか？

決まっている。

京の都であった。


「――さて、このへんでいいだろ？」

坊城通で、歳三はごろりと下駄を脱ぎ捨てた。

提灯を吹き消し、右眼を開く。

暗闇に慣らすため、角屋を出たときから閉じていたのだ。

鯉口を切り、腰を低く落とした。

「屯所まで、もう寺と田圃しかないぜ。人通りも少ねえ。辻斬りにはうってつけだ。せっかく、ここまでつけてきたんだ。見逃すこたあねえだろ？」

声をかけながら、しゃらりと刀を抜く。

「おい、どうした？　まさか、帰るなんてつれねえことはいわねえよな？」

歳三は、平正眼に構えた。

鍔側から握り込み、刀を腕と固定させるように親指と人差し指に力を入れる。右足をずんと突き出して半身を開き、ぐいっと前のめりに傾ぐ。自然と切っ先は下がり、大きく右へと寄っていた。

癖が強く、我流に近い。

天然理心流は、相撃ち覚悟で臨む捨て身の剣だ。小手先の技はいらない。気組だ。気組を横溢させ、敵の気骨を砕くまで闘気を叩き付けるのだ、と天然理心流の先代宗主は教えてくれた。

だが、先代の宗主も、ついに歳三を矯正できなかった。生まれつきの性分なのか、型というものが窮屈なのだ。

それでも、合理を外していない自信があった。

歳三は、べったりと泥臭く踵をつけている。そうでなくては、切っ先に加速がつかず、その重みで逆にふりまわされてしまうからだ。

算術も剣術も、つまるところは駆け引きだ。相撃ちでは、こちらの割に合わない。

「こいよ。柄にもなく、遠慮するな」

もう一度、優しく誘った。

左の闇に潜んでいる、とわかった。

ざっ、と何者かが跳躍した。

ヒョォオオオォッ！

首の後ろが逆立つような鳴き声だった。

「このっ！」

歳三は、踏み込みながら横なぎにした。

きら、と刃が魚鱗のように光る。

剣が空を斬った。

ひゅっ、と不敵な刃が返ってくる。

その角度からして、人間業とは思えない跳躍力だ。

歳三は、田代が殺された現場を詳細に検分している。背後から襲われたようだが、地面を爪先でえぐった跡から察して、ふり返らず跳躍していた。

宙で抜刀し、片手で後ろへ斬り下ろす技だ。

壬生の道場で、他の隊士との稽古で披露しているところも見たことがあった。

実戦の要は、いかに敵の意表を突くかだ。

上段より高く、かつ自重も乗る。刃先は充分に加速し、一撃で致命傷を与えることができるはずであった。

ただし、刃の気配を背に決行するには相当の胆力がいる。

田代は豪胆な剣士であった。

それでも額を割られていた。

辻斬りの下手人は、さらに高く跳んでいたのだ。

肩口を裂かれたが、歳三はひるまなかった。

「ちぇぃっ」

切っ先を返し、頭上へ斬り上げた。

ふっ、と殺気が四散した。

躱されてしまったようだ。奇怪な襲撃者はどんな技を使ったのか、さらに空中で跳躍し、頭上を飛び越えていった。

ヒョォォ。

ヒョォォォォ……。

背中の生皮を剃刀で薄切りにするような、不吉な鳴き声だった。

ふり返ったが、もう気配すらなかった。

京洛の闇が、しんと脅えている。

歳三は左肩の手当てもせず、あらためて灯した提灯で愛刀をたしかめた。切っ先が、わずかに血で濡れている。

浅手ながら、たしかに斬ったのだ。

「……逃げやがったか」

声に出してから、ちがう、と直感した。

待ち伏せではなかったのだ。

人とすれ違いそうになったから、隠れてやりすごそうとした。

が、それが歳三だとわかった。

で、ここで襲うことに決めた。

つまり、島原にむかう途中だったということだ。

「鬼の副長も舐められたもんだ」

襲撃者は——加納惣三郎であった。


加納は昇進したことで懐の具合が豊かになった。

そこで、ある隊士が悪戯心を起こし、まだ女の味を知らなかった加納を島原へ連れていったことは、歳三の耳にも入っている。

そこからがいけなかった。

加納は、柔肌に溺れてしまったのだ。

尽忠報国の士としてはあまりに節度を失っていたので、近藤がみずから戒めたほどだったが、それでも加納は改めようとしなかった。

昇進したとはいえ、連日の廓通いがつづくはずはないが、生家の木綿問屋から無心しているのだと歳三は思い込んでいた。

そのとき、歳三は東雲太夫と出逢ったのだ。

東雲は、加納の敵娼を知っていた。

錦木太夫だ。

加納は匂い立つような美少年だから、遊女たちの評判もいい。錦木は女の見栄も満たされて、さぞや得意気に吹聴したのだろう。

ふたりは夫婦になる約束まで交していたという。

東雲は、奇異な惚気をたびたび聞かされていたらしい。

『加納さまが登楼すると、いつも着物や身体から血の匂いがするの』

というものだった。

人を斬った男は、必ず女を求める。

心に染みついた狂気を洗い流すためだ。斬り合いの恐怖を紛らわそうと、男たちは女にすがりつく。男根が萎えるまで放出し、そのあとは驚くほど優しい笑顔を見せ、子供のような顔で眠るのだという。

だから、加納も誰かを斬ってきたのだ、と錦木は考えた。

閨に入れば、涼やかな顔立ちに似合わないほど貪婪になる。道端で嗅げば怖気を震ってしまう血臭も、布団の中なら別の興趣がわく。気位が高い太夫が異様に昂り、性戯も忘れて激しく身悶えし、一晩のうちに幾度も極まってしまった。

『ねえ、教えてください……』

豊饒な肉体を組み敷き、深々と刺し貫き、愉悦の極みで痙攣させながら、少女と見まがうばかりの若衆はささやいたという。

『商人の出なのに、ぼくは二本差しをしている。京生まれなのに会津藩だ。男なのに女のようだ。……ぼくは、何者なんでしょうね?』

加納が初めて人を斬ったのは、昨年の晩夏であろう。

新選組に応募して、浪士を斬ったのだ。

そのとき、加納は吐いたという。

初心《うぶ》なことよ、と年長の隊士は同情したようだが……。

ちがうのではないか?

刃先が皮膚を突き破る。骨の隙間を滑り、臓物の海を泳ぐ。肉を、筋を、断ち切る。鉄の味に驚いた筋肉が収縮し、摩羅を咥え込んだ女陰のごとく刃を締めつける。断末魔の痙攣がおさまり、緊迫がゆるんだ瞬間に、するりと刀を抜くと——。

おびただしい血潮が飛び散る。

そのとき——。

加納は強烈な快感を得ていたのではないか?

加納と同じ隊の者を呼び寄せ、歳三は秘かに尋問していた。京洛を怖れさせている辻斬りとの関わりを疑い、ほぼ確信しながらも田代に命じて尾けさせてた。

勤皇も攘夷もどうでもよかった。

歳三にとって、新選組を強くすることが最優先なのだ。

だが、田代を屠り、歳三まで狙ってきた。

腕が立っても、制御できなければ危険なだけだ。

斬ろう、と歳三は決意した。

——誰に斬らせる？

剣の道では練達ぞろいの新撰組だ。

しかし、加納が相手では、勝てたとしても無傷ではいられまい。

腕の立つ剣士は貴重だ。ひとりたりとも失いたくはなかった。

——俺がやるしかねえか……。

結論として、そう落ち着いた。

——ならば、俺に斬れるか？

これまで斬りむすんできた剣士とは異質だった。が、もはや人とは思えない伎倆を得ているとしても、この世の生き物だ。

ならば斬れる。

ちくり、と。

東雲のお守りが、歳三の胸を刺した。


薄膜を剥がすように、夜が明けようとしている。

歳三は屯所の裏庭に潜んでいた。

加納の身分では外泊を認められていない。こっそり裏手から戻るしかなく、昨夜も無断で抜け出していたのだ。

これだけでも、規律を乱した咎を問うことはできる。

待ち伏せをしなくても、ゆっくりと策を練って始末すればいいようなものだが、なぜかそれでは手遅れのような気がしていた。

斬ると決めたなら、はやいほうがいい。

ざざっ！

暁闇に紛れ、何者かが塀を飛び越えた。


その真下で、歳三が身構えている。

左手は懐に入れ、右手一本ですらりと刀を抜く。

ヒョォォォォォッ！

赤口を覗かせ、加納が嘲笑う。

待ち伏せに気付き、驚異の跳躍で躱すつもりなのだろう。次の瞬間には、田代を仕留めた凶刃が襲ってくる。

その刃先は、歳三より速く、肉眼では追いきれまい。

歳三は、懐で握っていた矢尻を投げつけた。

朝陽が差した。

ぎら、と薄闇に矢尻が輝く。

加納の動きは宙で鈍った。

歳三の佩刀が逆袈裟にはしった。

「ぎぃぃぃぃぃっ」

美しい顔を両断され、加納は地に落ちた。

やがて——。

しらじらと惨殺の現場が明るくなった。

「ふん……これが〈鵺〉かよ……」

歳三は、加納だったモノを見下ろした。

跳躍した姿が、一瞬だけ異形の獣に見えたが、屍は人のモノであった。

——狐にでもだまされたかよ。

山南は、鵺の仕業だと応えた。

東雲も床入りのあとで、同じことを語ったのだ。

加納に鵺が憑いたのだ、と。

京都所司代下屋敷の裏手で最初の辻斬りをして、そのときに流された血と暗い情念にひかれて鵺が憑いたのだ——と。

不思議な女だった。

理知的かと思えば、迷信深い一面もある。

胡乱だといえば胡乱だ。

遊女なのか、芸妓なのか——それとも、長州あたりの密偵か——。

本心は、どこにあるのか?

それこそ、鵺のように、どこか正体が知れなかった。

歳三の天秤は、妖や怪など受けつける気はなかった。

眼を曇らせる情念を排して、モノをモノとして見る。だからこそ、名ばかりの朝廷よりも実のある幕府を選んだのだ。

それでも、なぜか東雲のお守りを受けとってしまった。古い矢尻だった。なんでも、源頼政が鵺を殺したものだという。

モノの真偽は、どうでもいいことであった。

坊城通での襲撃で、加納の夜目が人間離れして利くことは確認済みだ。歳三は、それを逆に利用しただけであった。

薄闇で鋼が反射する光は、充分な目くらましになる。

化け物であれば、なおさらだ。

その一瞬は、容易に生死を分かつ。

だから、東雲の戯言を信じたわけではなかったが——。

鵺。

頭は猿、身体は狸、尾は蛇、手足は虎。

どう考えてもありえない。得体の知れない化け物だ。


しかし、どこか新選組とも似ている。

尊攘のようで尊攘ではなく、町人のようで町人ではなく、武士のようで武士ではなく、商人のようで商人ではない歳三とも——。

粛正した芹澤は水戸の〈天狗〉党であった。

負傷した山南も、どこか妖怪じみてきた。

都に溜まった千年の魔が、化け物を生むというのか。あるいは、化け物だからこそ、都の魔に誘い込まれたのか……。

それもよかろう。

どうでもいいことであった。

狂乱の時勢だ。

誰もが威嚇し、猛り吠え、互いに頭を齧りあっている。会津も、長州も、薩摩も、新撰組もだ。やがては朝廷や幕府にさえ食らいつき、その血をすすり、臓物を貪らんとする獣の群れであった。

それでも、歳三は、

「てめえの正体くらい、てめえではっきりさせやがれ!」

加納の屍へ吐き捨てた。

どこからか、ケーン、と狐の鳴き声が応えた。

note◆幕末は血腥い激動期でした。人が狩り、人が狩られる。闇の中に潜むのは妖ではなく、人切り包丁を持った尊攘志士。怪奇を楽しむ余裕などなかった時代。だからこそ、利を尊ぶ商人であり、新撰組という組織を支えるリアリストとしての土方歳三を通して、維新の炎に炙られる妖怪の断末魔を書いてみたかったのです。

ダビデの刃傷

●早見俊

はやみ　しゅん

一九六一年岐阜県岐阜市に生まれる。会社員の頃から小説を執筆、二〇〇七年より文筆業に専念し時代小説を中心に著作は百八十冊を超える。歴史時代小説家集団、「操觚の会」に所属。主な著作に、「大江戸人情見立て帖」（新潮文庫）「無敵の殿様」（コスミック時代文庫）「闇御庭番」（光文社文庫）等のシリーズ作品の他、「常世の勇者　信長の十日間」（中央公論新社）がある。「居眠り同心影御用」（二見時代小説文庫）「佃島用心棒日誌」（角川文庫）で第六回歴史時代作家クラブシリーズ賞受賞、「うつけ世に立つ　岐阜信長譜」（徳間書店）が第二十三回中山義秀文学賞の最終候補となる。現代物にも活動の幅を広げ、「覆面刑事貫太郎」（実業之日本社文庫）「労働Gメン草薙満」（徳間文庫）「D6犯罪予防捜査チーム」（光文社文庫）を上梓。

一

「寺坂……、寺坂吉右衛門であるな」

不意に呼び止められ、寺坂吉右衛門は立ち止まった。江戸は高輪、泉岳寺の近く、薄暮に包まれた町並みの向こうに広がる海が夕日に輝いている。海を渡ってくる潮の香混じりの木枯らしが襟から忍び入ってきた。

吉右衛門は風呂敷包みを背負い直し、菅笠を上げて声の方に向いた。

五人の侍が吉右衛門を囲んだ。覆面で顔を隠しているため表情は窺えないが、目は鋭く殺気だっている。

「大石内蔵助から託された書付を寄越せ」

真ん中の男が右手を差し出した。

「お侍さま、お人違いをなさっておいでございます。わたしはこの通りの薬売りでございます」

尻はしょりにした縞柄の小袖、手甲脚絆を施した手足、一見して行商人である。中背だが、がっしりとした身体つき、浅黒く日に焼けた顔が旅暮らしを物語っていた。

「惚《とぼ》けるな」

男は抜刀した。残る四人も刀の柄に手をかける。

「もう一度だけ尋ねる。大石の書付を渡せ」

言う通りにしなければ斬ってから欲しいものを手に入れるぞという気構えだ。

「お待ちください」

胸の辺りの結び目を解き、吉右衛門は風呂敷包みを路上に下ろした。侍たちの視線が風呂敷包みに集まる。

と、吉右衛門は両手で風呂敷包みを掴むや振り上げた。覗き込んできた男の顔面を直撃し、うめき声と共に刀がぽとりと落ちる。怪我の具合を確かめようとしたのか男は覆面を取って顔に手をやった。

風呂敷包みを背負うと吉右衛門は走り出した。侍たちが追いかけてくる。

大急ぎで坂を駆け下る。

しかし、焦る余り、足がもつれて転倒してしまった。背後から足音が迫ってくる。立ち上がったところで一人の侍が立ちはだかった。何時の間に先回りしたのだといぶかしんだが、五人とは違って最初から素顔をさらしている。月代が伸び、無精髭に覆われた顔が西日に照らされた。

見覚えのない浪人である。

程なくして五人も追いついた。

一人は素顔をさらしている。角ばった面差しで鼻から血を流していた。

「一人の行商人に五人がかりか。ずいぶんと卑怯窮まる侍もいたものだ」

浪人は大声で罵った。

野次馬が集まり始めた。

浪人は興に乗って続ける。

「卑怯侍とあって恥ずかしくて顔を隠しているぞ。素顔の男は鼻血を出しておる。滑稽なことよ」

野次馬から嘲笑が浴びせられた。

侍たちは踵を返した。

五人をけなす者もいたが、刃傷沙汰にならなかったことを失望する無責任な輩もいた。

「助かりました。ありがとうございます」

礼を言って、吉右衛門は立ち去ろうとした。浪人は前を塞ぎ、

「寺坂吉右衛門だな。わしは野村源之丞、吉良少将さまの家来であった」

一難さって、また一難かと吉右衛門は身構えた。

「心配致すな、今更、赤穂の旧臣を敵とは思っておらん。斬る気なら奴らから助けはせぬ」

確かにその通りだが、吉良の旧臣が何の用だ。少なくとも良いことではあるまい。戸惑いで返事をしないでいると、

「ここで会ったが百年目ではないか。いや、それだと仇討ちになってしまうな。重ねて申すが敵意はない。どうじゃ、少しばかり話をせぬか」

警戒心を抱かせないようとしてか野村は笑顔を送ってきた。

次いで、吉右衛門の返事を待たず野村はすたすたと歩き出した。迷いのない歩きぶりは行く宛があるようだ。野村は鼻歌を口ずさみながら門前町にある葦簀張りの店に入った。日が暮れようとしているため客はいない。馴染みなのだろう。野村が四半時だけ居させてくれと頼むと主人は快く受け入れた。


「茶店だがな、酒も飲ませる。寺坂氏も飲むのであろう」

「いいえ、わたしは下戸です」

菅笠を脱ぎ、遠慮がちに返事をすると、ならば桜餅を食されよと、野村は主人に注文をした。野村に誘われるまま並んで縁台に座った。座ってから、かつての仇敵と隣り合わせることが躊躇われたが、早々に用件をすませればよいと、吉右衛門は風呂敷包みを左側に下ろした。

手酌で酒を一口飲んでから野村はおもむろに切り出した。

「あれから、四年近く経つ……。今日は神無月の一日ゆえ、二月と十四日後で丁度四年だ」

あれからが、赤穂浪士による吉良邸討ち入りであることは確かめるまでもないが、吉良の旧臣と共に感慨に耽る気にはなれない。野村が自分を助けてくれたのは、郷愁などではなく、何らかの狙いがあるに違いない。

その狙いとは……

「野村殿も先ほどの侍方と同様、大石さまの書付とやらをわたしに求めるのですか」

桜餅には手をつけず問いかけた。

野村の表情が引き締まった。

「いかにもその通り。先ほどの五人は柳沢美濃守さまの手の者でな、鼻血の男は峰岸正蔵と申す馬廻り役だ」

「柳沢さま……」

柳沢美濃守吉保、将軍徳川綱吉の側用人で大老格、つまり幕政の中心人物である。

「貴殿もだが、何故柳沢さまが大石さまの書付を求めておられるのですか」

「それに答える前に、尋ねたい。浅野内匠頭さまは何故、吉良少将さまに刃傷に及んだのであろうな」

「それは……」

思いもかけない野村の問いかけに吉右衛門は言葉を詰まらせた。

「寺坂氏はどのように聞いておられる」

「刃傷のわけは特には聞いた覚えがございません。わけよりも、内匠頭さまが即日切腹、御家改易という厳しいお裁きであったのに対し、吉良さまには一切のお咎めなしという御公儀のお沙汰への憤りが赤穂には満ち溢れておりました。わが主人、吉田忠左衛門さまも得心がいかぬと、それはもう大変なお怒りで……」

いつも温和な忠左衛門の顔が歪んださまがまざまざと脳裏に浮かんでくる。

「今にして思えば赤穂の方々の気持ちはよくわかる。が、当時、我ら吉良家に仕える者には、内匠頭さまの刃傷はまさしく寝耳に水、乱心されたとしか思えず、実際、内匠頭さまは乱心して少将さまに斬りかかったと上役から聞かされた。わしは微塵の疑いも持たなかったものだ」

「内匠頭さまが乱心など……、そんなはずはないと当時も今も思っております」

「今になってみるとわしも怪しいと考える。きっと、内匠頭さまには刃傷に及ばねばならなかった深いわけがあられたに違いない」

「巷で流れた噂には、内匠頭さまの吉良少将さまへの付け届けがしわかった……。少将さまは大変に欲深い……あ、その……」

語る内に吉良を揶揄する言葉が口をついて出てしまった。

「遠慮は無用。この際だ、腹蔵なく申されよ」

「では、申しますが、少将さまは大変に欲が深く、内匠頭さまの付け届けが少ないと不快がられ、勅使饗応役の教授をきちんとなさらず、折に触れて辛く当たった……。忍従を強いられた内匠頭さまでしたが、ついには堪忍袋の緒が切れ、少将さまに斬りかかった、と、そんな噂が江戸の町に流れておりました」

野村の目元が険しくなった。

「少将さまは付け届けによって左右されるようなお方ではなかった。そもそも吉良家は高家肝煎り、日頃より何かと付け届けはあり、ご長男綱憲さまのご養子先の上杉家よりも過分な援助がござった。浅野内匠頭さまよりの付け届けに不満を持たれるようなことはなかった」

「となると、内匠頭さまに非があったとお考えか」

「いや、そうも思わん。内匠頭さまは赤穂五万三千石を賭け、少将さまに刃傷に及んだのだ。よほどのわけがあったにちがいない。そこで、大石内蔵助殿の書付だ。書付を読めば、内匠頭さまの刃傷のわけがわかるのではないのか」

「わたしは大石さまから書付など預かっておりません。嘘ではござらん」

きっぱりと吉右衛門は否定した。

「貴殿、大石殿の命を受け、吉良邸に討ち入った者たちの遺族を訪ね歩いておるのであろう。遺族の者たちに大石殿の書付も見せておるのではないか」

吉良邸討ち入り後、吉右衛門は大石から仇討ちの様子を四十六人の遺族や浅野家の関係者に伝える密命を受けた。足軽ゆえ命が惜しくなって逃亡したという汚名を着ることになったが、吉右衛門は切腹した四十六人のためにも役目を果たそうと強い決意で旅を続けている。

「もう一度申します。わたしは大石さまの書付など持っておりません。ご遺族を訪ね歩くことは確かに大石さまに命じられました。四十六人の方々がいかに忠義に殉じて奮戦したかをお知らせするためです。決して賊徒ではなかったことをお聞かせするためです。胸を張って暮らして頂けるようにという思いからわたしは旅をしております」

強い眼差で語る吉右衛門に野村の顔に失望の色が浮かんだ。書付などを持っていないとわかってくれたようだ。

「これまで、内匠頭さまが刃傷に及んだわけなど、深く考えたことはございませんでした。わたしばかりではありません。改易の沙汰が下った後の浅野家中は、浅野家再興か少将さまへの仇討ちを叫ぶ方々に二分され、内匠頭さまが刃傷に及んだわけに考えを巡らす者などおりませんでした。しかし、今こうして野村殿に問われてみて、内匠頭さまの無念を晴らすと言い立てながら、刃傷のわけを知ろうとしなかったのは迂闊なことと悔いております」

吉右衛門は唇を噛んだ。

「わしにしても、内匠頭さまが少将さまに刃傷に及んだわけを深くは考えなかった。乱心で片付け、赤穂浪人たちが討ち入りを企てていると耳にし、逆恨みも大概にせいと、腹を立てておったものだ」

「一体、書付にはどんなことが記されておるのですか」

「とんでもないことが記されておったらしい」

野村の目が鋭く凝らされる。

「どのような大事が記されているとしましても、内匠守さまも四十六人の方々も生き返るわけではなし、浅野家が再興されるはずもございませんな」

好奇心よりも虚しさが胸を突き上げる。葦簀の隙間から吹き込む寒風が虚しさを助長した。

吉右衛門の気持ちを奮い立たせようとしてか野村は両目を大きく見開いた。

「いやいや、書付に記されたことが真なら御家再興も叶うかもしれぬぞ」

「そんな馬鹿な……」

一笑に伏そうとしたが野村の真剣さに言葉を呑み込んだ。

「畏れ多くも天子さまに関わることなのでな」

興奮で目を血走らせながらも、野村は声の調子を落とした。

「内匠守さまの刃傷に天子さまが関わるのですか」

吉右衛門は口を半開きにした。

「内匠頭さまは尊皇心の篤いお方であったと聞く。禁裏が火事になった折、多額の金子を献上されたとか」

「それは内匠頭さまのお父上さま、長友さまの時でございます。その天守閣を建てるための貯えを献上なさったと聞いております。そのため、赤穂のお城には天守閣がございません」

「お父上譲りの尊皇心篤き内匠頭さまは天子さまの秘事を守ろうとなさったのだ」

「秘事とは……」

「そこまではわしも知らん。天子さまの秘事は柳沢さまも欲せられた。柳沢さまは吉良少将さまを通じて秘事を手に入れようとなさった。内匠頭さまは天子さまに関わる秘事を守るために刃傷に及んだ……。わしはそうにらんでおる。そして、天子さまの秘事は大石殿によって書付に記された。書付が明らかになれば、内匠頭さまの刃傷が尊皇心に基づくものとわかり、御家再興が叶うかもしれぬぞ。公方さまも尊皇心が篤きお方だからな。貴殿が持っておられぬとなると赤穂にあるのではないか。寺坂殿、共に赤穂まで行ってくれぬか。わしはこのままでは死んでも死に切れぬ」

手を握らんばかりに野村は頼んできた。

確かに五代将軍徳川綱吉は天皇を敬っている。禁裏の禄を一万石から三万石に加増したことがその表れだ。

「内匠頭さまの刃傷が尊皇心に基づくものと明らかになれば浅野家の再興は叶うかもしれません。しかし、吉良家はどうなのですか」

「御家再興はならぬかもしれぬ。しかし、柳沢さまが狙っておるということは、内匠頭さまの刃傷が尊皇心によるものであったと、公方さまには知られたくはないのだ。従って、わしが先に天子さまの秘事を掴めば、それを使って吉良家の再興をかけ合うつもりだ。寺坂殿、赤穂に足を伸ばしましょうぞ」

明日、吉右衛門は内匠頭の正室、瑶泉院に挨拶に行くことになっている。当然ながら、瑶泉院は内匠頭の最も近くにいた。刃傷に至る日々の内、内匠頭の異変に気づいたのかもしれない。もし、天子さまの秘事などに心を悩ませていたのなら、瑶泉院に打ち明けたのではないか。

「承知しました。赤穂に参りましょう」

野村は顔を輝かせ礼を言ってから、

「寺坂殿、うちに泊まられぬか」

「ご親切だけ、ありがたく頂戴します。どちらかの木賃宿にでも泊まります」

吉右衛門は茶店を出た。

日はとっぷりと暮れ、紫紺の夜空が広がっている。月のない闇夜であるが、降るような星が瞬いていた。

二

明くる日の朝、赤坂にある三次《みよし》浅野家の下屋敷を訪れた。瑶泉院は実家である三次浅野家の下屋敷にひっそりと暮らしている。内匠頭刃傷がなければ、到底面談など叶う相手ではない。生涯、口を利くことはもちろん、間近で顔を見ることもなかったであろう。瑶泉院は郷愁を楽しむかの如く吉右衛門の話を聞くようになった。といっても、士分ではなかった吉右衛門ゆえ、御殿の座敷で対面することなど許されない。瑶泉院が庭を散策する際に、吉右衛門は庭掃除をしている態で言葉を交わすのだ。

当初は奥女中を介してのやり取りであったが、いつしか直接言葉を交わすようになった。

落飾し、切り髪となった瑶泉院が奥女中に囲まれながらゆっくりと歩いてきた。落ち葉を掃いていた吉右衛門は箒を動かす手を止め、片膝をつく。

東屋で吉右衛門は瑶泉院と対面した。正座をして深々とお辞儀をしてから、

「瑶泉院さまにはご機嫌麗しゅうございます」

決して形ばかりの挨拶の言葉ではなく、実際、瑶泉院の表情は明るい。

赤穂浪士の遺児の内、伊豆大島に遠島となった吉田伝内、中村忠三郎、村松政右衛門の三人が四代将軍家綱の二十七回忌を機会に赦免されたことが喜ばしいのだろう。彼らの赦免は瑶泉院の尽力の賜物であった。

「お三方のご赦免、まこと祝着でございます」

「間瀬定八は昨年に病死してしまい、残念でした」

瑶泉院の睫毛が微風に揺れた。

「おおせの通り、間瀬さまは不運でした」

吉右衛門も同意した。

気持ちを切り替えるように瑶泉院は朗らかな口調で問いかけてきた。

「方々、旅をして何か面白いことがございましたか」

「面白いことではございませんが、昨日、吉良さまの旧臣、野村源之丞というお方に声をかけられました」

吉良の名が出た途端、奥女中たちの目が険しくなった。これ以上彼女らを動揺させまいと柳沢吉保の手の者に襲撃されたことは黙っていた。

「瑶泉院さま、わたしが吉良の旧臣と語らったこと、お怒りにならないでください」

「怒りはしません。それよりも、吉良の旧臣が何故そなたに声をかけたのか、興味が沸きます」

「野村は内匠頭さまが少将さまに刃傷に及んだわけを知りたい、ついては共に調べようともちかけてきたのです。場合によっては赤穂までも足を伸ばすと」

いきなり大石の書付のことを持ち出すのは瑶泉院を戸惑わせるだけだし、奥女中たちの手前もある。天子さまの秘事など、安易に口にすべきではない。

穏やかな瑶泉院とは対称的に、

「そんな、今更……」

奥女中たちは色めきたった。それを瑶泉院はやんわりとたしなめ、

「わたくしも疑問に思っていたのです。あの日、刃傷に及ばれた日の朝……いえ、数日前より、殿は深く悩んでおられました」

だから、決して突発的な乱心ではないと、瑶泉院は言い添えた。悩みとは天子さまの秘事に関わるのではないかと、問いかけたいのを吉右衛門は我慢した。

代わりに、

「そのこと、どなたかには申されましたか」

「刃傷の日はそれどころではありませんでした」

浅野内匠頭は即日切腹となったのだ。言葉を交わすことなどで

きはしなかった。家臣たちとも語り合う暇はなかった。刃傷に及んだわけを内匠頭が家中の者に語る機会を持たないまま、浅野家は改易、その日から嵐のような日々が過ぎていったのだ。

「わたくしも、刃傷のわけがわからず、悶々としておったのです。殿は決して、短慮を起こすようなお方ではございませんでした。乱心と聞いても得心がゆきませんでした」

瑶泉院の脳裏に在りし日の内匠頭が蘇ったようで、目には薄っすらと涙が滲んだ。

「内匠頭さまが刃傷に及んだのはよほどのこと、決して吉良さまへの私怨などではないと思います」

「寺坂、わたくしもそう思いますよ」

胸に閉じ込めていた思いを吐き出すように瑶泉院は言った。

「では、野村殿と探索をすること、ご承知おきくださりませ」

「寺坂、しかと調べてください。このままでは殿は成仏できないことでしょう。無念は吉良さまを誅したことだけでは晴れてはいないのかもしれません」

「内匠頭さまは刃傷に及ばれる日の数日前、鬱々としておられたとのことですが、何かお心当たりはありませんか」

「わたくしも、いかがされたのですかと、何度かお尋ねしました。ですが、殿は何でもないと申されるばかりで、お答えにはなりませんでした。ご自分の中に苦悩を抱えておられているようでした。ただ、赤穂の海のことを話されました」

「赤穂の海……と、申されますと」

「美しい赤穂の海を一度でいいから、そなたにも見せてやりたい、と、遠くを見る目をなさったのです」

大名の妻子は江戸を離れることはできない。夫たる大名の国許を見ることなく生涯を終える。

「海に浮かぶ生島の美しさたるや、言葉にできない、などとおっしゃっておられました」

内匠頭のその言葉が忘れられず、見たこともない赤穂の海、生島が脳裏に浮かぶようになったそうだ。

「寺坂は見たことがあるのですね。ああ、すみません。吉良さまへの刃傷のわけとは関わりのない話をしてしまいました」

瑶泉院は苦笑を漏らした。

吉右衛門は深々と頭を下げた。

瑶泉院は奥女中を見た。奥女中はうなずくと、吉右衛門に路銀だと金子を取らせた。

ここで、吉右衛門は上目遣いに目配せをした。瑶泉院は吉右衛門の意図を察し、奥女中たちを下がらせた。吉右衛門は深々と頭を下げてから問いかけた。

「内匠頭さまは尊皇心篤きお方、瑶泉院さまは天子さまのことで内匠頭さまより何かお聞きにはなっておられませぬか」

「天子さまのことですか」

瑶泉院は小首を傾げた。

心当たりがないようだ。となると、これ以上瑶泉院の心を惑わせることは憚られる。吉右衛門は何でもございませんと曖昧に言葉を濁し、立ち去った。

その日の夕暮れ、吉右衛門は野村源之丞と昨日の茶店で会った。

「瑶泉院さまを訪ねたのです」

吉右衛門は瑶泉院とのやり取りをかいつまんで語った。

「やはり、内匠頭さまの刃傷は突発的な乱心ではなかったようだな。鬱々としていたということがいかにも意味深だ」

「赤穂の海のことをしきりと申されておられたとか」

「まさか、塩田のことに思いを巡らされたわけではあるまいな」

野村は苦笑した。

「赤穂の塩田でございますか」

「吉良家でもな、塩田を開発しておった。ところが、質の良い塩を取ることができずにおった。赤穂の塩は大そう評判がよかったゆえ、少将さまは浅野さまに塩の製造について、教えをこうた。ところが、内匠頭さまは教えようとはなさらなかった。内匠頭さまからすげなくされた少将さまは怒り心頭、内匠頭さまに嫌がらせをし、それが刃傷に発展した、と考える者もおる。賄賂が少ないと不快がったという噂と同様、少将さまを貶める、らちもない噂だ」

野村は歯軋りをした。

「刃傷に及ぶ数日前より、内匠頭さまが赤穂の海、生島のことを瑶泉院さまに話されたのは単なる望郷の念からではなかったような気がします」

「そうか……、天子さまの秘事は赤穂の海、生島にあるのだ」

確信めいたものを感ずるように野村は西の空を見上げた。西の空は茜に燃えていた。寒風をものともせず、抜刀すると野村は刀を振り上げた。その姿はまるで吉良上野介に斬りかかった浅野内匠頭を髣髴とさせた。

三

神無月、二十日の朝、吉右衛門と野村は赤穂で落ち合った。さすがに赤穂までの長旅、吉右衛門は野村と同道する気にはなれず、それは野村も同様であったようで、現地で落ち合ったのである。

町並みは変わらないが雰囲気は一変していた。四年の歳月は重い。まずは赤穂城に足を向けた。吉右衛門の心を反映するかのっように分厚い雲が空を覆っている。野村は一刻も早く海と生島に足を向けたがった。

吉右衛門は赤穂に足を踏み入れるとまず赤穂城に向かわずにはいられない。

大手門が見える。曇天に屹立する天守閣はない。内匠頭の父長友が天守閣建設のための蓄財を京都御所が炎上した際の復興費用に献金したためである。内匠頭の尊皇心は父の影響であった。それだけに、勅使饗応を名誉と受け止めていたのだ。

尊皇心ゆえに天守閣のない城を眺めていると、内匠頭の刃傷は天子さまの秘事を守らんがためであったような気がしてくる。

大手門近く、かつて大石内蔵助が住んでいた屋敷に向かった。大きな楠木が枝を伸ばしている。屋敷の主は自分だと言わんばかりだ。人は死ぬ。当然、主は変わる。変わらないのはこの楠木だ。

大石は生前、この楠木の下でよく日向ぼっこをしていた。のんびりと日輪を浴びる姿は昼行灯の二つ名がぴったりとしていた。

懐かしき日々が思い出される。

「御家老」

吉右衛門は菅笠を脱ぎ、丁寧に頭を下げた。

野村は主の仇敵に敬意を表することに躊躇いを示したが、恩讐を超えた探索であるとの思いでか、深々と一礼した。

吉右衛門の目に涙が滲んだ。

大石内蔵助は内匠頭刃傷のわけを知っていたのであろうか。知らないまま浅野家再興に奔走し、仇討ちを遂げ、切腹して果てたのだろうか。野村が言うように、内匠頭の尊皇心が刃傷の原因だと書付に記したのだろうか。

浜辺に出た。

瀬戸の海はないでいた。

雲間から差す冬の弱い日差しを受け水面が白砂を撒いたような煌きを放っている。海鳥が飛び交い、島々は庭石のようだ。

野村は海の美しさに息を呑んだ。

寄せては返す波の白さが内匠頭の心情を映し出しているかのようだ。

「来てみましたが、さて、いかにするか」

吉右衛門は呟いた。

最早、赤穂には浅野家の旧臣たちは住んでいない。建ち並ぶ武家屋敷も赤穂城も見知らぬ者ばかりだ。行商人と浪人という妙な取り合わせが道行く人たちから奇異な目で見られる。

「ただ海を眺めていても仕方がありませんな」

吉右衛門は思案の末に、

「恵生寺の法観和尚さまを訪ねるとします」

「その御坊は内匠頭さまと昵懇にされておられたのか」

「お国入りされると、必ず立ち寄られました」

「何か面白い話が聞けるかもしれませんな」

野村も期待に胸を疼かせたようだ。

「無駄足になったら申し訳ござらんが」

吉右衛門は歩き出した。

恵生寺は城下の東の外れにあった。

山門を潜る。黄落した銀杏の葉が風に舞う静かな境内で、枯れ木のように痩せた老僧が松の木に寄りかかり、曇り空を見上げていた。

「おお、しばらくじゃな」

法観は吉右衛門を快く迎えてくれた。野村を一瞥してから、吉右衛門に視線を戻す。吉右衛門の表情にただならぬものを見て取ったようで、

「庫裏で話すか」

法観は庫裏に向かって歩き出した。

庫裏の書院で吉右衛門と野村は法観と向かい合った。吉右衛門が野村を紹介し、浅野内匠頭刃傷のわけを知るため赤穂にやって来たと話した。

「それは、それは、遠路遥々、ようお越しになりましたな。かつての仇同士内匠頭さま刃傷について調べるとは恩讐を超えた思いがあります」

法観は何度もうなずいた。

野村が目で大石の書付のことを聞けと言っているが無視をした。法観は内匠頭との思い出に浸るように目を閉じた。しばし後、法観の目が開かれたところで、

「法観さま、内匠頭さまは赤穂の海と生島を殊の外に愛でておらたようですが、そのことに思い当たることはございませんか」

吉右衛門は問いかけた。

「内匠頭殿は大避神社に参拝されることを楽しみとしておられました。大避神社の境内から見下ろす生島を大変に気に入っておられましたな」

「大避神社とは……」

野村の目が光を帯びた。

「赤穂の近く、坂越にある神社でしてな、聖徳太子と親しかった古の豪族秦河勝を祭っております」

法観の説明を受け、

「内匠頭さまが熱心に参拝されたのは、生島を愛でたかったからだけでしょうか」

吉右衛門が尋ねると、

「それだけではありませんな。境内には聖徳太子が法隆寺境内に建てた夢殿に似せた社殿があります。地元では大避夢殿と呼んでおりますがな。殿中には秦河勝が持参した天子さまの秘事が安置されていると伝わっておりますな。守っておられましたな。その夢殿を内匠頭殿は大事になさっておられた」

法観の言葉に吉右衛門と野村は顔を見合わせた。

法観は続ける。

「大避神社は渡来人たる秦氏が最初に建立した神社、秦氏は日本に渡来した際に坂越に土着したのです」

「いずこから渡来したのですか」

野村の疑問に、

「唐土よりも遥か西の彼方から何代にも亘って絹の道をたどってやって来たそうですな。なんでも、遠い遠い古のこと、国を追われた一族の末裔だそうじゃ。ユダヤの民と呼ばれる一族ですな」

「ユダヤの民」

聞き慣れぬ言葉に吉右衛門と野村は揃って首を捻った。戸惑う二人に向かって法観は続けた。

「大避とはユダヤの民の言葉でダビデという意味だそうです」

法観は指で畳に、「ダビデ」と書いた。吉右衛門と野村はきょとんとするばかりだ。

「古のユダヤの民の国の王の名だそうです」

「では、祭っておるのは秦河勝ではなくユダヤの民の王なのですな」

野村の問いかけには答えず、またも法観は理解し難いことを言った。

「景教をご存じですか」

「いいえ」

即座に首を左右に振った吉右衛門とは違って、

「バテレン教で異端とされた宗派ですな。なんでも唐の国に伝わり、かの弘法大師も学んだのだとか」

「よくご存じですな。さよう、唐の代に伝わったことは記録に残っております。しかし、それよりも、遥か以前に唐土には伝わっておったようです。そして、秦氏は景教徒でもあったのです。京の都、太秦は秦氏所縁の土地ですが、そこに蚕の社と呼ばれる神社があります。その神社の鳥居は三本の柱から出来ておりますな。三本の柱は景教の教えに基づいておるようですぞ」

「なにやら、深い因縁が大避神社にはあるのですな。浅野内匠頭さまはそんな大避神社を熱心に参拝されていたというわけですな」

野村は深々とうなずいた。


早速、大避神社にやって来た。

万感の思いが込み上がり、参道を進み石段を登る足も軽やかになった。仁王門に向かって踏みしめるようにして一段ずつ登って行く。急峻な石段も一向に苦にはならない。

「さあて」

石段を登り終え、二人は仁王門の下に立った。潮風が頬をなぶった。

胸一杯に風を吸い込む。

「この匂いだ」

潮風などどこの海も同じなのかもしれないが、懐かしさからそう思えてしまう。まだ、赤穂を去って四年なのだ。その四年はあっと言う間のようでもあり、遥かな昔のようでもある。

眼前には坂越浦の海がたおやかに広がり、瓢箪のような小島が浮かんでいる。

「あれが生島です」

吉右衛門が指差すと野村は食い入るように見下ろした。生島は青い海の中にあって燃え立つような緑の塊となっていた。

古に聖徳太子を援助したことで知られる豪族秦河勝が蘇我馬子との政争に破れ、この生島まで逃れて来たという伝承が残っている。法観が言っていた秦河勝が天子さまの秘事を坂越まで持参したのは、蘇我馬子から守るためだったのではないのか。

境内に入った。落ち葉を踏みしめながら、木漏れ日の中を進む。まずは、拝殿に向かった。知った顔がいるのかと周囲に目を配ったが参拝客は自分たちだけだ。知った者と顔を合わせることは避けたい。討ち入り後に脱落したことは赤穂領内にあっても周知の事実だ。

裏切り者の自分が戻って来たところで、歓迎されるはずもない。うつむきながら拝殿の前に立った。

賽銭を投げ、拍手を打った。

野村も参拝した。

それから、境内を見回し、

「あれですな」

野村が言った。

楓の木の下に御堂があった。以前は気に留めたことはなかったが、まさしく大避夢殿であろう。茫々とした枯れ草に覆れ、夢殿自体もずいぶんと古びている。屋根瓦も漆喰の壁も所々剥がれ落ちていた。

周囲を濡れ縁が巡り、階が伸びていた。

野村は急ぎ足で夢殿に向かった。吉右衛門も続く。立ち入りを禁ずる立て札が掲げてある。野村は一瞬躊躇った後、構わずに階を上がろうとした。

その時、数人の男が参拝にやって来た。吉右衛門同様、風呂敷包みを背負った行商人風だ。

吉右衛門は野村の袖を掴んだ。野村は思い留まり、夢殿に向かって一礼すると、

「夜に出直すと致そう」

独り言のように呟いた。

吉右衛門は目を瞑ってみた。おごそかな気分に包まれた。吹いてくる風は湿り気を帯びて肌寒く、潮の香りが濃くなったようだ
二人は一休みしようと仁王門から出ると石段を下り、参道にある茶店に入った。菅笠を脱ぎ、風呂敷包みを下ろし、野村と並んで縁台に腰を据える。若い娘が注文を聞いてきた。幸い、見知った顔ではない。

「茶と草団子を頼みます」

吉右衛門の注文に笑顔で答え、娘は奥に引っ込んだ。野村は酒を頼むことなく、団子と茶で満足した。

「お待ちどうさま」

娘が明るい声で茶と団子を持って来た。

「おお、すまんな」

野村が受け取ると、

「お侍さんは旅の途中ですか」

娘は気さくな口調で野村に声をかけた。

「ああ、まあ」

野村が曖昧に言葉を濁すと、

「仕官の口を捜しておられるんかね」

「まあ、そんなところだ」

「赤穂に行かれるかね。赤穂は新しいお殿さまで、仕官の口あるかもしれんと思っとられるのでしょう」

娘は屈託のない笑顔を向けてくる。

「思ってはいかんか」

「浅野さまから永井さまになって石高が減っとるわ。浅野さまが五万三千石、永井さまが三万二千石や。御家来衆の数も減ったがね」

「仕官は厳しいか」

城下に落ちる金もめっきり少なくなっているという。

吉良家の家臣とは言えるはずはない。

「ならば、もっと、足を伸ばさないといけないいな」

野村はのんびりした口調で団子を口に入れた。

「お侍さんは大変やね」

「ところで、大避神社だが」

さりげない口調で野村が大避神社の夢殿について尋ねた。

「ああ、あれは、四年前、永井のお殿さまが御公儀の寺社御奉行をお務めということで、改修されようとされたんですわ。ほんで、一旦取り壊そうとなさったんやが、宮司さまや恵生寺の法観さま、それに土地の古老方がこぞって反対なさったのです。特

に法観さまは、そんなことをしたら恐ろしい祟りがあるとおっしゃって、何度も永井さまにかけ合われたそうですわ」

夢殿に関わる話とあって野村は半身を乗り出した。

「古びた社殿を建て直してくれるのを法観という御坊は歓迎したのではないのか」

「夢殿には秦河勝さまの大事なお宝が祭ってあるそうで、きちんとした儀式をしてからでないと建て直してはあかんと。浅野の殿さまはそれはもう大事にお祭りをなさっておられたと法観さまは憤っておられましたわ」

「建て直してはおらんようだから、法観殿の反対が受け入れられたのだな」

「いや、永井さまは無視して取り壊そうとなさったのですわ。そうしたら、普請に携わった大工さんが雷に打たれたり、急な病で亡くなったり、石段から落ちたり……」

娘は怖気を振るった。

秦河勝の祟りだと大工たちは恐れ、永井も触らぬ神にと、取り壊しを中止したのだとか。

「お侍さん、赤穂には何度か来たことあるのかね。大避神社のこと、詳しいようやけど」

娘は目をくりくりとさせた。

「ま、何度かな」

野村が言葉を曖昧にしたところで、

「すんまへん」

客の声がしたので娘の注意をそこに向けられた。先ほど神社で見かけた行商人たちだった。

「ここに置くぞ」

銭を置き、野村は吉右衛門を促し、縁台から腰を上げた。

内匠頭は夢殿を守ろうとした。

「秦河勝は聖徳太子の側近、そして蘇我馬子によって追放された。河勝はこの時、蘇我から天子さまの秘事を守ろうとしたに違いない。蘇我は皇位を簒奪しようとしていた。皇位簒奪に都合のよい秘事なのだろう。たとえば、天子さまのお血筋に関すること……高天原から降り立ち、万世一系ではないとしたら……何処からか渡来したのだとしたら、天子さま以外の者も皇位を継げる、と考え、蘇我は秘事を手に入れようとした。どうだ、この考え」

吉右衛門はついていけない。

古の朝廷に関する歴史など学んだことはない。赤穂に生まれ育ったため、秦河勝が大避神社の祭神であることは知っていたが、河勝が何をしたのか、知らずにいた。

ここでふと吉右衛門は野村について疑念に思った。

「野村殿、貴殿、最初から大避神社につき、やけに詳しいではないか」

野村は口をつぐんだが、

「正直申せば、大避神社に天子さまの秘事があるとは見当をつけておった。それゆえ、秦氏のこともわしなりに調べた。秦氏は法観殿が申されたようにユダヤの民の末裔、そして、天子さまもユダヤの民のお血筋だとしたら、渡来人たる蘇我が皇位を継ぐことに支障はないと考えたとしても不思議はないではないか」

「古の蘇我氏が天子さまの秘事を欲しがるのはわかります。ですが、どうして吉良少将さまは手に入れたがったのですか。高家として朝廷との接触が多かった少将さまであれば、天子さまの秘事に関わることなど、畏れ多くて手に入れようとはなさらないではありませんか」

「いかにも少将さまの気持ちだけではなかった。少将さまに命じた御仁がおる。その御仁とは誰あろう柳沢美濃守さまに他ならない」

「柳沢さまが何故、そのような大それたことを吉良少将さまにご命じになられたのですか」

「桂昌院さまの位階、下賜に関わることではないか」

「それがどうして」

「柳沢さまは、桂昌院さまに従一位という高い位階を朝廷から下賜させた。将軍生母とは申せ、正室ではなかった女性には法外な位階だ」

「公方さまにおかれては大変なお喜びであられたとか。すると、従一位下賜には天子さまの秘事が関わっていたとお考えですか」

「何度も申すが従一位の下賜は異例中の異例、前例を重んずる朝廷をして前例を破ることは大変な労力がいる。それを柳沢さまは朝廷を動かすのに使ったのではないか。朝廷は秘事が柳沢さまの手に入ることを恐れて桂昌院さまに従一位の位階を授けた。それでも、柳沢さまは吉良少将さまに命じて手に入れようとなさった」

「それを内匠頭さまは守ろうとなさったのですか」

吉右衛門は遥か古に思いを馳せた。


「尊皇心厚い、内匠頭さまは拒絶された。そして、ついには吉良少将さまを誅しようとしてしまった」

「それで内匠頭さまは即日切腹、浅野家は改易となったということですか」

「裁許を下されたのは他ならぬ柳沢さまである。秘事を手に入れるに邪魔な内匠頭さまがいなくなり、柳沢さまは永井さまに命じられたのだ」

「永井さまを赤穂に転封なさった上に寺社奉行に任じて、夢殿改修を名目に天子さまの秘事を奪おうとなさったということでござるか」

「そういうことであろう」

野村が結論をつけると吉右衛門はがっくりと膝から崩れ落ちた。

「内匠頭さまは、天子さまへの忠義により、刃傷に及ばれたということだったのか」

吉右衛門は複雑な思いに駆られてしまった。何とか立ち上がると、

「これから、野村殿はいかがされる」

「今夜、夢殿に忍び入る。寺坂氏も共に探ろうぞ」

野村の誘いを、

「いや、それは……」

「どうした、この期に及んで」

「大避神社を穢すことは……」

「やるのだ」

野村の目はどす黒く光った。

「祟りが怖くはございませんか」

「祟りなぞない」

断固とした決意を野村は示した。

次いで、

「ならば、夜九つに夢殿前で待つ。わしはそれまで赤穂見物でもしておる」

目的が達せようという感触からか、野村は余裕を示した。

西の空が黒ずんできた。湿り気を帯びた潮風が強くなった。今夜は雨となりそうだ。


その晩、吉右衛門は大避神社にやって来た。内匠頭が命と御家をかけて守ろうとした夢殿を野村に穢されてなるものかという思いを強くしたのだ。

闇の中、夢殿は雨に煙っていた。

蓑を着ているが、激しい雨とあって濡れ鼠となっている。寒さも厳しく、かじかんだ手をこすり合わせ息を吹きかける。

やがて、野村を先頭に松明を掲げた侍たちが石段を上がって来る。みな、笠に蓑をまとっている。

「そなたらは……」

吉右衛門は唖然とした。

野村以外の男たちが泉岳寺の門前での襲撃者であることは峰岸正蔵の角ばった顔でわかった。夢殿の前に至ったところで峰岸は笠を上げ、野村に語りかけた。

「野村殿、お手柄であったな」

「柳沢家への仕官をよしなにどしゃぶりの中、野村は慇懃にお辞儀をした。

「野村殿、これは一体、どういうことだ」

寒さではなく怒りに震えながら吉右衛門は野村の前に立った。

「わしとて浪々の身で生涯を終えたくはない。天子さまの秘事を手土産に柳沢さまに召抱えていただくというわけだ」

悪びれもせず野村が返したところで雨が一層激しくなった。風も強まる。野村は雨空を見上げ、

「方々、早々に中を検められよ」

侍たちは争うように階を駆け上がった。次いで、一人が観音扉に掛けられた門を外す。待ちきれないように峰岸が押し開こうとした。ところが、観音扉はびくともしない。

「いかがされた」

野村が問いかけると、

「観音扉の向こうに何か置いてあるような」

扉を押しながら峰岸が答えた。

野村も階を上り、松明で連子窓を照らした。連子の隙間から中を窺う。

「いや、扉の向こうには何もござらんぞ」

野村は峰岸を見た。

「すると、建てつけが悪いのか」

峰岸に命じられ、侍たちが代わる代わる扉に突進するも開かない。

「やむをえん。扉を焼くか」

野村が言うと、

「秘事はあったのか」

峰岸は問い返した。

「よくわからん。中に足を踏み入れぬことには確かめられん」

雨に降り込められ、野村の声音に苛立ちが感じられる。

「やめろ！」

我慢できず吉右衛門は叫びたてた。

吉右衛門の怒りを反映するかのように雷鳴が轟き、雷光が走って夢殿の陰影が浮かび上がった。

嵐をものともせず、厳然とした佇まいの夢殿は何人も拒んでいるかのようだ。

「お主だって、天子さまの秘事を知りたいのであろう」

顔を歪め野村は言い放った。

「知りたくはない」

吉右衛門が返したところで、

「そうじゃ、こやつの口を防がねばならんな」

峰岸は一人を濡れ縁に残し三人を吉右衛門に向けた。吉右衛門は石段に走ったが、先回りをされた。

その時、欅の大木に雷が落ちた。大木が倒れ、三人は下敷きになった。

「秦河勝さま、いや、ダビデ王さまがお怒りだぞ」

吉右衛門は声を張り上げた。

すると突風が吹き、野村がよろめいた。その拍子に松明の火が峰岸の蓑に燃え移る。峰岸は悲鳴を上げ、階から転げ落ちた。手で蓑をはたいたり、脱ごうとしたが火は燃え上がるばかりだ。野村がおろおろとする中、峰岸は炎に包まれ息絶えた。


残る一人は恐怖に駆られ、夢殿から降り立つと逃走した。ところが、よほど慌てたのかぬかるみに足を滑らせたのか、石段から足を踏み外し、転げ落ちていった。

残る野村は常軌を逸した目つきで連子に火を点けた。連子が燃え上がる。野村は連子を足蹴にして壊し、中に入ろうとした。

稲妻が轟き、稲光が切裂く暗黒の雨空に、浅野内匠頭の姿が浮かんだ。

大紋姿の内匠頭は憤怒の形相で脇差を振り上げている。

誘われるように吉右衛門も道中差を抜いた。

連子窓から夢殿に入ろうとする野村に駆け寄り、

「殿中でござるぞ！」

叫び立てると肩口を斬り下ろした。野村は夢殿の中に崩れ落ちた。同時に松明の火が燃え広がる。

暴風雨も火を消すことはできない。

たちまちにして夢殿は巨大な火柱となった。

吉右衛門は呆然と立ち尽くした。


あくる朝、恵生寺に赴き、法観に一部始終を報告した。

焼失した夢殿の処理、野村たちの亡骸は法観が何とかすると請け負ってくれた。

「天子さまの秘事を知ろうなどと不届きな輩には天罰が下るのじゃ。これまでにも、そんな輩がおったでな」

「みな、昨夜のように天罰が下ったのですか。永井さまの時も雷に大工たちが打たれたと……。雷は天罰としましても、夢殿が焼けてしまったのは、わたしの不始末です。内匠頭さまがお命と御家をかけて守ろうとなさった天子さまの秘事を焼いてしまったと思うと、死んでお詫びしても足りません」

吉右衛門は深いため息と共にうなだれた。

「寺坂さん、そないに自分を責めることはないぞ。むしろ、誇ってよろしい。天子さまの秘事を手に入れようなどという悪党どもを退治したのやからな」

「ですが、秘事を夢殿ごと焼いてしまいました」

顔を上げられずにいる吉右衛門の肩を法観はぽんぽんと叩き、

「ほんとのことを言うとな、夢殿には何もありゃせんのや」

「はあ……」

思わず面を上げた。

視線の先に法観の柔和な顔がある。

「あるのは天子さまの秘事という伝承だけですわな」

法観は笑った。

「すると、天罰は……。それに、観音扉は開きませんでした。野村たちは見えない力に押し返されているようでした。わたしの目には映ったのです。夢殿を穢そうとする者へ内匠頭さまが斬りかかられるのを……。わたしは内匠頭さまに突き動かされ、野村を斬りつけました。畏れ多くも、内匠頭さまの魂が乗り移ったような……」

「大避神社には目に見えん力が棲んでおるのや。天子さまの秘事を手に入れようなどという不届き者から守る力がな。ともかく、これで当分、天子さまの秘事を狙う者はおりませんやろ」

法観は美味そうに茶を啜った。

ふと思い出し、吉右衛門は問いかけた。

「法観さま、大石さまの書付をご存じですか。天子さまの秘事が書き記しているらしいと野村が申しておりましたが」

「ああ、大石殿の書付な。あれもな……」

法観は笑みを深めた。悪戯を見つけられた子供のように見える。

「あれもなとは、まさか、大石さまの書付も……」

「さよう、そんな書付があるかもしれんと拙僧が噂を広めたのじゃ」

「法観さまが……」

ぽかんとなって吉右衛門は法観を見返した。

「悪党を釣り出すための方便じゃよ」

愉快そうに法観は肩を揺すった。法観こそが天子さまの秘事の守護者であるのか。

吉右衛門の目には法観が秦河勝に映った。

note◆「ダビデの刃傷」は播州赤穂を訪れた時に着想を得ました。赤穂の近く、坂越にある大避神社から見る生島の美しさに神社の由緒を重ね合わせ、夢想の旅をしている内に、浅野内匠頭刃傷と結び付けた法螺話を書きたいと思い立ちました。古代史ロマンと江戸時代最大のエンターテインメント忠臣蔵の融合を楽しんで頂ければ幸甚です。
また、古代史ファンの方は大避神社を参拝した際には赤穂城を、忠臣蔵好きの方は赤穂城見学をした折に大避神社に足を延ばしてみてはいかがでしょう。

遠夜

◉日野草

ひの　そう

一九七七年、東京生まれ。

二〇一一年、第二回野性時代フロンティア文学賞にてデビュー。

著書に、ドラマ化もされた『GIVER　復讐の贈与者』（KADOKAWA）シリーズ、『ウェディング・マン』（講談社）、『死者ノ棘』シリーズ（祥伝社）など。

緻密な心理描写と叙述トリックを得意とする。『操觚の会』には今回が初参加。

西大久保村の手習い指南所で師匠を勤める者のなかに、真鍋《まなべ》京悟《きょうご》という若者がいた。

物腰のやわらかなこの若者は、子供らに読み書きそろばんを教えるだけでなく、論語や漢詩を教えられる素養も持っており、郷学の師匠にしては珍しい男であった。というのも京悟の父は、小石川にある旗本・大津《おおつ》家の用人であったからである。

しかし京悟が七つのときに病を得たことがきっかけで弟に家禄を譲り、京悟は叔父のもとで次期跡取りとして育った。その後に叔父に男子ができ、父も亡くなったことから、京悟は嫡男の地位を従兄弟に譲る。以降は主家の紹介でとある医家の養子になったものの、結局はそこも飛び出して武家奉公を繰り返した。

二十一になった今は、手習い所の師匠に収まっている。

清右衛門《せいえもん》という、飯田橋の薬問屋の主人だった隠居が開いた手習い所だ。

ここ西大久保村は清右衛門の妻の里という縁である。空き家だった建物を利用した手習い所は、清右衛門の隠居宅から通りをふたつ隔てたところにある。はじめは一人で教えていたが、寄る年波には勝てなかったことと、筆子の数が増えたことから、妻の姪の娘にあたるお美代《みよ》と、そして飯田橋時代に出入りのあった京悟を雇い入れたのだ。

京悟は清右衛門の屋敷の離れに住まいしている。九尺二間の裏長屋のような建物だが、京悟一人が暮らすのに不自由はない。食事は清右衛門とその妻が暮らす母屋で取る。

「京悟さんは育ちがいいのね」

清右衛門の妻、おかみさんのおまさは、幾度となく繰り返してきた褒め言葉を今朝もまた、口にした。

「がつがつしてないし、お箸の持ち方ひとつにも品があります」

にこにこと言うおかみさんに困りながら一礼すると、清右衛門も同意する。

「やはり生まれや育ちは表に出るものでしょうな。子供らも、だからあなたをよく慕う」

長年商家を切り盛りしてきた男らしいおおらかな声で褒められると、京悟は恐縮して目を伏せるしかなかった。

手習い所の子供たちは、土地側、農家の子もいれば商家の子もいる。下は六つ、上は十二、三までの元気な子供たちだから、手習い所はいつも賑やかだった。なかには講義を聞かずおしゃべりに興じる子や、家格を鼻にかけて尊大に振舞う子もいて、清右衛門も困ることがあるほどだ。

ところが京悟の講義では、騒ぎを起こす子も比較的、静かに聞いている。京悟が厳しい師匠ということではない。むしろ騒ぐ子供がいても怒鳴ることはせず、やさしく注意をするにとどめている。そもそも厄介ごとを起こすこと自体が少ない。子供たちは京悟の佇まいに何かを感じたように、ぴんと背筋を正して手習いを受けている。

それは子供たちの親も同様だった。

手習い所の師匠であるから、もとより尊敬は受ける。とはいえ西大久保村の人々は、京悟と道ですれ違うとき、やけに深々とお辞儀をするのだ。京悟の出自についての噂が回っているのだろう。

だが京悟が旗本の家用人の跡取りであったのはごく短い期間、それも家禄を継がなかったのだから、村人を畏れさせる何かが身についているとも思えなかった。

「それで、どうですか。お美代ちゃんのことですけど、お考えになりましたか」

京悟を褒めたあと、おまさは最近、決まってそう尋ねる。

おなじ手習い所で女児を教えているお美代は、日本橋の大店へ行儀見習いとして奉公に上がり、今年の春に戻ったばかりだ。素直に笑う人当たりの良い娘で、なにくれとなく京悟に話しかけてくれるが、そういうときの目端に滲むお美代の気持ちは、梅の香りのように漂ってくる。

「いや、わたしなど」

京悟ははぐらかして、朝餉を平らげた。


その夜のことだ。

寄合に出かけた清右衛門の帰りが遅いので、京悟が迎えに出ることになった。隣の柏木村との村境に差し掛かった頃、揉み合っている若者たちに出くわした。四人がかりで一人の男を叩き絞めている。酔って大きくなっている声を聞くと、どうやら道を譲る譲らないで喧嘩になったらしい。

「もし」

京悟が声を掛けると、中の一人が胡乱な目つきでこちらを見た。乱暴を働いていた三人の中ではもっとも若く、京悟が持つ提灯に照らされた身なりもいい。腰には刀も帯びており、髷のかたちからしても武家の者であるようだが、さほど高い身分には見えなかった。

お決まりのように突っかかって来た三人を、京悟は適当にあしらった。もとより相手は酔っ払いである。抜刀しようとした手つきもあやうく、京悟が足払いをかけると無様に転んだ。

その姿を眺めた京悟は、ちょっと考えてから、若者の肩を踏んづけてやった。

「貴様、許さんぞ。どこの者か調べて、必ず天誅をくれてやる」

這いつくばったまま呻くものだからおかしくて、京悟は肩を震わせて笑ってしまった。すると相手はおなじく転げている二人と一緒に闇雲に雑言を投げてきたが、そのなかに気にかかる言葉が混じっていた。

「おまえ、西大久保村の隠居と関係があるのか。手習い所をやっているじじいは、元は飯田橋の薬種問屋のあるじだったと聞いている。その紋はそこのだろう」

その晩、京悟が使っていた提灯は、清右衛門の店の紋が入っていた。物を大切にする清右衛門が、主人時代から使っているものを借りたのだ。

咄嗟に、京悟は返した。

「話の続きは明後日、鬼王《きおう》神社の境内で聞こう。亥の刻でどうだ」

起き上がろうと膝を震わせながら、男は返した。

「逃げる気か」

「逃げはしない。そなたらも一日あれば傷を癒せるだろうと思うのだ」

「……もし、逃げたら」

歯噛みして言い返す男に、京悟は淡く微笑んで見せた。

手習い所のことを知っているのなら、やがてはお美代の名前にたどりつくだろう。あの娘の可愛らしさをこの種の狼藉者どもが見れば、どういった行動に走るかは容易に想像がつく。

「好きにすればいい」

京悟は教本を読み上げるときのように声を張り上げ、三人を置いて歩き去った。襲われていた若者は、とっくにどこかへ逃げ去っていた。

清右衛門には、ケンカをしていた者たちを見かけたからとだけ話し、帰りは迂回した。屋敷にたどりついたとき、さっきの連中がいないか警戒したが、それらしい人影は見えなかった。

翌日、京悟はそれとなく昨夜の若者について周囲の者に尋ねた。どうやら、牛込に住まう御家人の次男にそれらしい者がいると聞いた。

姓は竹田といい、父は普請方に勤めているが、惣領はともかく次男はよからぬ仲間とつるんで暴れているともっぱらの噂だった。

「自分が跡を継げないから拗ねるなんて、まるで子供ですね」

噂話を向けてみたお美代が無邪気に笑うので、京悟もそっと笑みを返した。

手習い所の仕事は昼八つには終いになる。清右衛門は最近、腰が痛む日には午前の講義を終えると帰ってしまうことが多く、そんな日の戸締りは京悟の役目であった。

今日もお美代が話しかけてきて、京悟もいつもの通りに応じた。清右衛門夫婦が京悟とお美代を添わせようとしていることは、この娘にもそれとなく伝えられているのだろう。目端に匂う思いが、いつもよりも強く見えた。

気づかないふりをしてお美代を見送り、己の胸に広がる想いを噛みしめながら戸を立て終えると、西の空には焦がしたような色が滲みつつあった。

まっすぐ清右衛門宅に戻る気持ちにはなれなかった。田畑の隙間を縫うように歩き、それでも日暮れ前には、見慣れた屋敷森の影が見えるところに来ていた。

濃くなった空の下に枝葉を広げる木々の輪郭に、ふと見惚れたときだった。

かすかな呻き声が聞こえた。

京悟は音の出所へ体を向けた。動物ではない気がする。

振り向いたほうには、雑木林が広がっていた。夏が近づいた今は下草が茂り、その一角だけ一足先に夜になったように暗い。

鬼王神社で待つとは言ったが相手が従うとは限らず、なにより本人が現れる保証もない。噂に聞いた竹田某が昨夜の男なら、人を雇って襲わせるくらいのことはしそうである。

そう思って目を凝らしたが、雑木林の暗がりは微動だにしない。

京悟は声を掛けた。

「そこに誰かいるのか」

声に応えるように風が吹いた。

葉擦れに混じってまた、低い呻き声が流れて来る。今度は言葉になりそこなったような声で、京悟にはそれが、救いを求めているように聞こえた。

警戒しつつ、京悟は草を描き分けた。

木の下に入ると途端にものが見えにくくなったが、折り重なるように伸びた椋《むく》の木の根元に動くものが見える。目を凝らすと、暗闇の中に人の姿が浮かび上がった。

大柄な男だ。盛り上がった肩の肉がはだけた着物を突き破るようで、乱れた髪が四角い顔の両側を覆い、皮膚は泥を塗られたように浅黒い。

だが京悟は、そんな風体を見ても逃げようとは思わなかった。地面に投げ出された男の手足が震えているのと、男の着物が濡れていることに気づいたからだ。

「どうした」

京悟が草を掻き分けると、男は真ん丸な目を見開いた。

瞬きをして辺りを探るように見る。京悟がそばへ寄るまで焦点が定まらなかったのは、視力が落ちているせいかもしれない。

男は京悟を畏れるように身を引いた。だが、それ以上は動けないのか、深い吐息をつくと地面に横倒しになった。

京悟は、男のはだけた肩を見た。

背後から袈裟懸けに、ざっくりと斬られている。白い脂肪がのぞき、着物には流れた血が沁みこんでいた。

「ひどい傷だ。今、人を――」

言いかけた京悟の腕を、男の手が掴んだ。途端に京悟の胃の腑が重くなった。男の指は熊のように力強く、それでいて、氷のように冷え切っていたのだ。

「頼む。誰にも……言わないでくれ」

「しかし」

男は大きく喘いだ。指から力が抜け、京悟の腕をなぞりながら地面に落ちる。京悟は急いで呼びかけたが、男は震える唇からうわ言のように同じ言葉を繰り返すだけだった。

「……誰にも……頼む……」

京悟は叢を見渡した。暗闇のどこかから、今にもこの男を狙う刺客が飛び出してくるのではないか、と思ったのだ。だがいくら頭を巡らせても、雑木林の闇は微動だにしなかった。

京悟はもういちど、喘鳴を漏らしている男を見下ろした。

「なんだというのだ」

呟いた声は、自分でもわかるほど苦かった。


大柄な男の体を担いで歩くのはたやすいことではなかった。幸い、あたりの畑に人影はない。それでも遮るものがないあぜ道を進むときは、誰かに見られはしないかと始終気を配った。

やがて離れの戸を開け、男を三和土に寝かせたときには、疲労に襲われた京悟は土間に両手をついて息を整えた。

男の着物を脱がし、血を拭き、遠い昔の記憶を頼りに手当を施した。いちど母屋へ忍んでいき、清右衛門とおまさの目を盗んで焼酎を借りた。傷口に焼酎をふきかけるとき、男は大きな声を上げたが、それでも目を覚まさなかった。

油紙をあてがい、布を巻き、京悟の寝間着を着せてやる頃には、男の息はいくぶん細くなっていた。

「おい、聞こえるか」京悟は布団に寝かせた男の頬をはたき、声をかけた。「気をしっかり持ちなさい」

何度目かの呼びかけで、男の目が開いた。

京悟はどきりとした。

男の目が異様に黒く見えたのだ。ただ瞳が黒いのではない。白目の部分さえ濁って、黒目ときたら、夜を嵌め込んだように光のない暗黒だったのだ。

京悟の手が揺れて、その震えに応えるように男が瞬きをした。すると、瞼の下から、朦朧としているけれどもごくありふれた人の眼が現れた。

京悟は息を吐いた。

見間違いをするにしても、ひどい。よほど神経が昂っているのだろうか。

「もう大丈夫だ。ここはわたしの住まいで、他に誰もいない。追手がいるのか？　そこもとの名は？」

男の厚い唇が震えて、吐息に近い音が漏れた。

「……おびと……」

「首《おびと》？」

京悟は問い返したが、男はまた目を瞑ってしまった。

その後はいくら呼びかけても、もう返事はしない。ただ呼吸だけは浅いながらも落ち着いて、京悟は脈を取りながら、首という言葉の意味について考えていた。

元は首領や長官を表す呼称である。大和朝廷の時代には、首姓を名乗る氏族もいたという。だがのちの聖武天皇の幼名、首皇子に遠慮して、その氏族は名を変えたともきく。

江戸の世ではあまり使われない呼び方だ。

京悟は椋の木の根元で見つけたときの、もはや身分もわからない男の姿を思い返した。出自もぼやけるほどの何があったのだろう。この男の体の内側には、どんな物語が潜んでいるというのか。人というのは本当に、外側からは見えないものを隠しているものだ。

男の血で汚れた着物を着替え、母屋へ行って夕餉の席に加わった。なるべく平素のように振舞ったが、清右衛門にもおまさにも顔色がすぐれないと言われた。風邪をひいたもしれないと誤魔化し、早々に休むと言って席を立った。

夜半のことだ。

壁に背中を預け、うつらうつらとしていた京悟は、地を這うような呻き声に目を覚ました。

男が布団の中で唸っている。腕を持ち上げ、顔を撫ぜたかと思うと、頭を左右に振って身をよじり始めた。

京悟は男に近づき、腕を押さえようとした。

だが手首に触れた途端、男が激しく腕を振るい、京悟はその反動で床に倒れた。肘をしたかかにぶつけ、痛みに歯ぎしりしつつ身を起こすと、男はさらに大きく暴れ始めた。赤子のように体を縮めたかと思うと、四肢を突っぱねて大の字になる。そうしているうちに口を大きく開き、背を逸らして息を吸い込んだ。唇から覗いた舌は、暗闇の中で醜悪な生き物のように膨らんでいた。

――このままでは舌を噛んでしまう。

察した京悟は男の体を押さえにかかった。だが男は、見た目に則して力が強い。何度か跳ね飛ばされ、拳に殴られ、それでも京悟は男の歯から目を逸らさなかった。臼のような歯が厚い舌を何度も掠めている。このままでは舌を噛み切るだろう。

京悟は暴れる男の腕を馬乗りになって押さえながら、口を塞ぐための布を探した。だが必要なときに限って手が届く範囲にはない。男の顎が大きく痙攣し、いよいよとなったとき、京悟は自分の指を男の口に挿しこんだ。

「うっ――」

直後、男の口に入れた指すべてに鈍痛が走った。大工道具の釘抜きに挟まれたように、指の骨がきしんだ。

それでも京悟は手を引かなかった。

しばらくすると、男の体から嘘のように力が抜けた。

暴れていた腕が落ちて、歯が指から離れる。

京悟は静かに手を引き抜き、男の様子を観察した。呼吸はいくらか穏やかになり、目を閉じた顔からも苦悶は抜けている。

息を吐いて、京悟は男から離れた。

行燈の明かりに自分の左手を翳してみると、爪のすぐ下が青く変色している。動かせば痛みが増したが、骨が砕けてはいないようだ。

明日の夜のことを考え、若干安堵して、自分の指を手当てした。


そのまま時を過ごした。男が声を掛けて来たのは、夜が底を打った頃だった。

「迷惑を、かけましたな」

しっかりとした、意志のある声だった。

京悟は男の枕元へ寄って、尋ねた。

「気がつかれましたか。具合はいかがです」

男が京悟を見た。その目はしっかりと光を宿し、むろん、黒く淀んではいない。白目の色は相変わらずくすんで見えたが、それは光の加減であるように思われた。口は薄く開いているが、光があたらず、あの膨らんでいた舌が元の状態に戻ったのかはわからない。

「助けてくださったのか」

「助かったのなら良かった」

「……わたしは、ひどい有様だったでしょう。こんな男に、なにゆえ手を差し伸べてくださったのです」

京悟は黙っていた。

男の目が動き、膝に置いていた京悟の左手に留まった。

「その傷は、わたしがつけたものですね」

「……覚えておられましたか」

「ぼんやりとだけです。あなたは、お医者様ですか」

「昔、医術を学んだことがありますが、本分とはいえません。今は手習い所で子供らを教えております」

「お師匠でいらっしゃるか」

京悟は不思議に思った。

この男、横暴ななりをして見えたが、言葉が良く、思慮深い話し方をする。

その不釣り合いな感じと、首という一言が、男の得体の知れなさを強くした。

「あなたのお名前は？　わたしは真鍋と申します」

男は薄く笑った。

「名乗るのはやめておきましょう。そのほうが良い。あなたはやさしい方のようだから、これ以上のご迷惑は……」

男は笑みを収めて目を閉じた。

少し慌てた京悟だが、男の鼻先に手をかざすと規則的な呼吸を感じた。

眠っただけのようである。

ほっとした京悟は、暗がりのなかでひとりごちた。

「人というのは本当に、わからないものですよ」

男に噛まれた指を見る。わずか十二の歳にこの指で刀を握り、瀕死の父の喉を斬ろうとしたなどと知れば、この男はどんな顔をするだろうと思った。

そのまま目を閉じていると、やがて、鳥の声が聞こえ始めた。

京悟は水を汲みに外へ出た。戻ると、男の姿は布団から消えていた。

男に着せた寝間着は、畳んで枕の上に置かれて、代わりに、血で汚れていた男の着物がなくなっていた。


指の傷は夜中に厠へ行こうとして転んだと、清右衛門夫婦や子供らには説明した。お美代だけが、左手をつこうとしたんですか？　先生は右利きなのにと訝った。

そして、約束の刻限がきた。

京悟は昨晩以上に淡々と普段通りの自分を演じた。昨晩よりも、むしろ平然と振舞えたかもしれない。実体のある人間の男ではなく、自分自身の心を隠せば良いというのが楽だった理由だろう。

稲荷鬼王神社はもともとこの地にあった稲荷神と、熊野から勧進した鬼王神社とを合祀したと伝わる社である。一方で、平将門の幼名が『鬼王丸』であることから、なんらかの関係があるのではないかともいわれる。しかし二日目の晩、京悟がこの社を指定したのは、単に人目を避けられて相手方にもわかりやすいという理由からであった。

鐘の音を聞くまえに京悟は離れを出た。

戸を閉め、通りへ出るまえに、明かりの消えた母屋に一礼をした。こんなふうに清右衛門の前から姿を消そうとしている自分がどこか不思議でもある。自分がしていることの意味をはっきりと自覚できていない。そんな心もとなさを感じていた。

だが同時に、いつかこんなときがくるものと思ってもいた。

道すがら京悟は、あの日の記憶をなぞった。よみがえるたびに押し戻して来た思い出だった。だがもうその必要はない。

叔父のもとで暮らしていた京悟が呼ばれたのは、梅の花が咲きそろった二月の半ばことだった。

母や家人の雰囲気から、京悟は父の命が尽きようとしている気配を感じ取っていた。床に伏した父はやせ細り、京悟の記憶の中の姿よりもだいぶ縮んだように見えた。父の病室は庭に面しており、開け放った障子から梅の花の香りと日差しが射しこんでいた。部屋に二人きりになった途端、父が言った。

「父の頼みを聞いてくれるか」

もちろん聞くと京悟は答えた。

すると父は枯れ枝のようになった指で床の間を示した。かつて父が帯びていた打刀と脇差が、鞘におさまってある。

「あれを取って、父を斬れ」

そのあとの自分の心の動きを、京悟はあまり覚えていない。なぜと思ったかもしれないし、拒絶したい気持ちもあった気がする。それなのに覚えているのは、十二歳の手には余る大刀ではなく、一尺三寸の脇差を取る光景だ。

鞘を抜き、枕元に寄った京悟に父は笑いかけた。京悟は父の首元に刃をあてがったが、そのまま突くのは無性に怖かった。だから刃を寝かせて、喉元を渡るようにし、さらに峰に左手を添えて体重を掛けようとした。

そこからは鮮明に覚えている。

京悟の胸に突然、突き上げるような熱い気持ちが沸き起こった。恐れと呼ぶにはあまりに生臭く、その思い自体から逃げたくなるような激しい情感だった。手が震えて息が詰まり、汗が父の寝間着の上へ零れた。父はそんな京悟をじっと見て、京悟はその目に急かされるように命じられたことを遂げようとしたのに、汗で濡れた手は峰を滑り、体は横へ傾いでしまった。

「あっ」

畳に倒れたとき、握った脇差が落ちて鈍い音を立てた。

「申し訳ございません」

急いで拾い、もういちど父の上に馬乗りになろうとしたが、そんな京悟の手を父が掴んだ。

熱く、乾いた手だった。

「もう良い」

「しかし」

「良い。もう……」父はそのとき、すっと目を庭へ向けた。「現れてはくれない」

あのときの声が今も耳にこびりついている。あんなにも切ない、思慕に満ちた声を京悟は知らない。いや、それに近い、だがあれほどではない声なら聞き覚えているが、いまだにそうと認めたくはないのだ。

京悟は部屋から出された。家の者は、父と息子の今わの際の別れを邪魔してはいけないと、部屋には近づかない様子だった。京悟は閉じたふすまを背にして座っていた。どれほどの時が経ったか、母が現れて京悟一人がそこにいることを不審に思い、ふすまを開けて切腹を試みていた父を発見した。

京悟は他の部屋にやられたが、父はすぐには死ななかった。一晩苦しんで、やっと息を引き取った。もし京悟があのとき、きちんと父の喉笛を斬っていたら、あとの一晩の苦しみはなかっただろう。

もう現れてはくれない、とは、誰のことだったのか。

心の温もりをすべてこめたあの声は、恋い慕う者を呼ぶときの声であった。

稲荷鬼王神社に着いた。

境内は暗く、人の気配もない。

京悟は明かりのない常夜灯に寄りかかって待った。皐月の夜は暖かく、風の匂いも清々しい。見上げた空の三日月は、白く冴えてやさしかった。あのできごと以来、梅の香りが苦手な京悟には嬉しい夜だ。こんな夜が自分の最後になるのなら、それはとてもいいことだと思う。

こう暗くては見えないが、境内には鬼の水盆がある。ごつごつとした水盆を、鬼が支えている意匠だ。その昔、これを斬りつけた者が病に伏したとかで、鬼の名を持つこの社に奉納されたと聞いている。

鬼か、と京悟はぶつぶつと考えた。昨夜の男の目が黒く塗りつぶされているように見えたのも、もしかしたら自分が今夜ここで行おうとしていることのせいかもしれない。父の首を切ろうとしたのも、切れなかったことも、そのほかの諸々の京悟の心を濁らせるすべてのできごとを、呼べるものなら鬼の仕業と呼びたかった。

考えが途切れても、まだ相手は現れない。

境内には裏参道もあるが、耳をすましても足音はしなかった。

京悟は常夜灯から背中を離した。噂通りの暴れているだけの若者が約束を守ると考えていた自分を恥じた。

鳥居のほうへ踵を返した京悟の耳に、藪が揺れる音が聞こえた。

おやと思って振り返ると、暗闇の中に三人の男たちの影がある。どうやら暗がりに隠れて京悟が焦れるのを窺っていたらしい。佐々木小次郎を待たせて平常心を削いだ宮本武蔵の真似事をしたらしいと思うと、京悟はつい笑ってしまった。

「なにがおかしい」

血気盛んな声をあげたのは、三人のうち奥にいた男である。

もっとも手前の、おそらくは二日前の晩に行き会った若者が、素早く手で男を制した。

「失礼。竹田殿とおっしゃるか」

京悟が名前を知っていることに、若者はかすかな驚きを見せた。

「竹田泰之進と申す。よく逃げずに来たな」

「逃げる理由はない」

京悟がおどけたように言い返すと、あきらかに男たちの空気が変わった。からかわれることに慣れていないのか。あるいは過敏になっているのか、京悟にはさまざまな理由が透けて見える気がした。

「郷学の師匠ふぜいが、思い上がるなよ」

竹田泰之進の一言が皮切りになった。

背後の男たちは、今夜京悟と対峙したらどう動くかを話し合っていたようで、左右から同時に襲い掛かってきた。京悟は腰を落とし、いきなり背後を振り向いた。想像通りそこにも、今まさに京悟をうしろから襲わんとしていた人影があった。身なりの汚い、そのへんの賭場で声をかけて連れて来たような男である。男は三尺ほどの角材を握りしめていたが、京悟が振り向いたことで怯み、振り下ろすのが遅れた。京悟は男の手から角材を奪い、まずは腹へ一撃、次いで、頭のうしろを打った。

京悟の動きが予想と違っていたことで、最初に襲い掛かって来た男二人の動きも乱れた。

どう動けばよいか悩んだのが、砂利を踏む足音に現れている。その音を聞きながら京悟は、倒した一人目の背中を踏んで振り返り、まずは左側にいた男の脇腹を打った。

もう一人が飛び退いて、竹田泰之進の元まで逃げる。

京悟はその動きを視界の端に見ながら、二人目の男のみぞおちに深い一撃を加えた。男は潰される蛙のように呻き、それきり動かなくなった。

「何だ、おまえは」

暗がりのなか、京悟は薄く笑った。月明かりがあるので、その表情は残った二人にも見えたかもしれない。

「この通りの男だ」角材の先端で、京悟は倒した二人を指した。「わたしは人を殺したことがあるぞ。おまえたちにはないだろう。人の命を消すというのは大変に大きなことだ」

「嘘をつけ」竹田泰之進が叫んだ。

無理もない。この太平の世では、武士の無礼討ちでさえ滅多にない。鎧兜の着け方さえわからず、一生刀に血を吸わせない者もいる。

だから、教えてやった。

「わたしが医家の養子に入ったことは聞いているか。そこで修業中、患者を殺した。労咳にかかった商家の息子だった」語る京悟の中で、父の最後の姿が遠ざかり、代わりに十八の春の景色が蘇った。「死に近づいた人間には、わたしがいちど人を殺めようとした者であるとわかったに違いない。わたしは承知した。こんどこそやらねばと思ったことを覚えている」こんどこそ、の部分に秘めた記憶が竹田泰之進に見えるはずもないのに、男たちは二人とも後ずさった。やはり、死の記憶は迫力として外に漏れだすものらしい。「だが傷を残すわけにはいかぬので、濡れた布で顔を覆って死なせた。暴れる体はわたしが押さえた。最後に患者は何かを言っていたようだ。たぶん、苦しさからやめてくれと訴えていたのだろう。しかしわたしはやめなかった」

聞きたくなかった。そんなことがあるはずもないのに、もし、父とおなじ言葉を吐かれたらと恐れたのだ。

「そんなわけだから、人を殺すことなど怖くはない」

さらに後ずさりながら、竹田泰之進は呻いた。もう一人の男など、すでに腰が引けている。

「おまえが、こんなことをすれば――」

「そなたらの死体が見つかっても、誰がわたしの仕業と思うか。よしんばわたしの過去を調べる者がいたとして、そなたらのしてきたことを考えれば、むしろ詮索せずにいようとする者がほとんどではないか」

この言葉に竹田泰之進らはうろたえた。

彼らにしてみれば、一昨日の雪辱を晴らすために京悟を痛めつけて、憂さ晴らしができればそれで良かったのだ。想像よりも事が大きくなりそうで、なおかつ、京悟の言葉には竹田泰之進らの心を怒らせる火種がふんだんに含まれている。

若い彼らには、京悟の挑発をやり過ごす知恵はなかった。

竹田泰之進は荒ぶる心のままに腰のものを抜いた。

さすがに傍らの男たちは顔を見合わせたが、竹田泰之進がやってしまえと声掛けすると、煽られるままに京悟に襲い掛かった。

京悟は男たちの動きにひたと目を添えた。

まっすぐに刃を向けてきた竹田泰之進をかわし、握りしめた角材で、まず右側の男の腹を打ち据える。倒れかけたところを後頭部へ一撃。それで一人を倒した。仲間の負けるのを見た竹田泰之進の動きが鈍ったところで、京悟はひらりと飛んでもう一人の男の足を打ち、転ばせた。すぐに頭を打ち、こちらも昏倒させる。

そこで、竹田泰之進と向き合った。

若者の目は暗がりでもわかるほど狼狽し、怒りが弾けている。

奇声を上げながら、刀を振り下ろした。

京悟は角材を眼前に構えて、防ぐふりをした。

ふりだけであった。

銀色の刃が寸前まできたら、京悟はその角材を捨てるつもりだった。庇うものがなければ、感情に駆られた一打であっても己の額は割れるだろう。京悟は死ぬつもりだったのだ。

いや、逃げたい、と思っていた。

それは父を殺し損ねたときから京悟の胸の内にあった思いだった。患者を安らかにしたことで気持ちは強くなり、そして清右衛門夫婦にお美代との縁談を勧められたのが最後のひと押しになった。

父には今わの際にあんな声で呼ばわる相手がいた。生かさなければならない患者を、父のときには失敗したくせに、おれは上手に殺した。にもかかわらず、お美代の淡い気持ちが嬉しく、清右衛門夫婦にお美代をもらえと言われたときには、すすんで頷こうとさえした。

このいくつもの、汚れと清らかさが入り混じった生というもの。これが、つくづく、嫌になった。

己の命を奪う相手として竹田泰之進らを選んだのは、単なる巡りあわせにしか過ぎない。あの奇妙な男を拾い、命を助けたのも、いわば己の人間としての矛盾を受け入れてやろうという最後のあがきであった。

銀色の光が迫るのを見て、京悟は角材を横へ捨てた。

竹田泰之進の顔に驚きが走ったが、彼自身にもここまで来れば止められないだろう。京悟は目を見開き、刃が額に食い込むところを見てやろうと思った。

異変は、そのときに起きた。

角材を捨てたまま横へ伸ばしていた左手が、京悟の意志とは無関係に動いたのだ。

まるで何かに引かれるように。いや、それは、指についた昨夜の男の歯形に釣り針でも引っ掛けられて、手ごと持ち上げられたかのようであった。

「何——」

呟いたときには、京悟の左手は振り下ろされる刀を掴んでいた。

肌が切れる痛みはあった。しかし、鋼の刃を掴んでいるというのに、薄皮が切れるだけで指が落ちる気配はない。

「なんなのだ、これは」

竹田泰之進の震える声に被さるように、一陣の風が吹いた。

二人とも、風が吹いて来たほうを振り向いた。それほど奇妙な風だったのだ。

鳥居の下に人影があった。

そこだけが、月の光をばら撒いたように明るい。

「あなたはっ……」人影が昨夜の男だと気づいた京悟は思わず叫んだ。

竹田泰之進が京悟を振り返り、意味のわからない言葉を口にする。刀を引こうとしたのがわかったが、京悟の指ががっちりと刀身を掴んでいるので叶わない。

男は一歩、境内へ入った。

「約束だからね。守りにきたよ」

その声を聞いた京悟の膚が粟立った。濁った低い男の声ではなく、元服前の少年のような涼しい声音だったのだ。

京悟の指が突然、刀身を離した。

掴んだときのおなじ、何かに操られているかのような動きだった。

反動で京悟は転んだ。

尻もちをつくのと同時に、境内に踏み込んだ男の姿がぐにゃりと歪んだ。

筋骨隆々とした体がふっと細くなり、ざんばらの髪は長く伸びて白く変色し、体の両脇に広がった。ぼろぼろの着物は夜を吸い込んだような墨染の衣に変わって細い体を包み、裾から覗く手足はしなやかな線を描いた。

何よりの異変は顔に起きた。何者かが指を突っ込んで掻き回したかのように男の目鼻が崩れて渦を巻き、まずは細い鼻が、ついで薄い唇が、最後に切れ長の目と眉が現れて、それは優美な容貌になった。すべてのかたちにやさしさと力強さが同居しており、一対の男女がひとつに溶け合った姿にも見える。額が盛り上がって、小さいが鋭い角が二本、突き出した。

「何者かッ」

叫んだ竹田泰之進を越えて、異形は京悟を見た。黒一色の目だった。昨夜見たのとおなじ。

「真鍋の跡継ぎには名を教えた。おまえには教えない」

歌うような、寝言のような口ぶりだった。

竹田泰之進は異形の者に斬りかかった。構えもない、悪夢を振り払おうとするような動作だったので、混乱する京悟にもその先は想像がついた。

異形の者は呆気なく竹田泰之進の刀を払ったが、そのときには竹田泰之進の右手ごと刀が宙を舞っていた。

竹田泰之進の口が大きく開き、喉が動いた。血は、すぐには溢れなかった。だがすぐに、ぽたり、ぽたりと、無残な切り口から血の塊が落ち、それはすぐに大粒の雨のようになった。

竹田泰之進の叫び声が、わずかに漏れたところで、異形の者の手が口を塞いだ。爪がない手であることに、京悟は気づいた。その気づきがほんのわずか、京悟に力を与えてくれた。

「やめろ！」

尻もちをついたまま叫んだ京悟に異形の者の黒い目が向けられた。

「いやあ、それは、できない。お願いをきくという約束は、してない」

　言うなり、異形の者は口を開けた。膨らみ切った舌が覗いた。が、すぐに、その舌は三枚に割れた。包丁で横に切ったように、三つの舌が折り重なった。そのうちのもっとも上にある舌だけがぐんと伸びて、どういう仕組みになっているのか、風呂敷のように広がり竹田泰之進の顔を包んだ。

「んンっ……！」

くぐもった声が聞こえたときには、異形の者は口を塞いでいた手を外していた。竹田泰之進の顔は異形の者の舌に覆われて宙づりになった。浮いた足と両手がしばらくは動いていたが、それもすぐに止まった。

舌がほどけて、竹田泰之進の体が落ちる。そのときは異形の者の舌はするすると縮んで、他の二枚の舌と一緒に口のなかに収まっていた。

京悟は地面に落ちた竹田泰之進を見た。頭が皺々になり、握りこぶしほどの大きさに縮んでいる。体はそのままだから、肩から上がただ小さくなったような異様な光景だった。

異形の者は散歩でもするように京悟のそばまで跳ねて来た。

「こいつらはどうしようか？」屈んで、京悟の左右へ顔を動かす。「今食べてもいい。あとでもいい。食べなくても、べつにいい。それでも構わないよ」

まるで親しい友人のような口ぶりだ。

京悟は思わず、その言葉を口にした。

「首《おびと》……？」

「ああ。わたしの名前だ」異形は頬杖をついて微笑んだ。唇が薄く開いて、奥にある三枚の舌が覗く。

「なぜ、いや、おまえは一体――」

首という名であるらしい異形の者は、華奢な肩を震わせて笑った。

「これを話すのは何度目になるか。おまえの幾代かまえの先祖が、鬼狩りに遭ったわたしを助けてくれた。わたしに情をかけたおまえの先祖の胸中に、どのような思いがあったかはわからない。だがそのときにわたしは、今後真鍋の当主と後継の命が危険に晒されたときには、救ってやると約束をしたのだ。家名を継ぐ者ではなく、血の直系に連なる者だ。ただし、そのまえに、わたしはわざと弱った姿で真鍋の後継の前に現れる。その者がわたしを救ったら、後は一生の守護をしてやろうとね」

首は爪のない指を伸ばし、京悟の左手を取った。昨晩自分がつけた歯形をなぞり、不意に口元へもっていった。京悟は先ほどの光景を思い出して手を引こうとしたが、首の力は思いのほか強く、気が付くと指先は湿った感触に包まれていた。

しかし、竹田泰之進の身に起きたような異変はない。よく見れば京悟の指を舐めているのは、三枚に重なったうちのもっとも下にある舌だった。

「わたしはいつもおまえさんを見ていた。死に急ごうとしたから、昨夜、わざと怪我人のふりをして現れた」首の舌が離れた指先からは傷跡が消えて、生まれたてのようにつるりとしていた。

「あとは昔からの約束通りだ。これからおまえを傷つけようとする者がいたら、みんなわたしが食ってやる」

京悟は瞬きを繰り返した。

物語の中の異形の者はたいていがそうだが、この化物も美しい。

しかし気になるのは身にまとっている色彩だ。首の髪と膚はおなじくらいに白いが、ただの真っ白ではなく、月のように艶めかしく光っている。黒い着物にも、ところどころに小さく輝く模様があった。そして間近で見た眼にも、小さな点が散りばめられている。

「わたしのこの姿か。わたしにも姿かたちはあるが、色を持っていない。人に化けているときは別として、正体を現すときは周りにあるものの色を借りるのだ。今は夜だから、闇と星と月しかない」

「父にも、おまえは会ったのか」

震えながらそんなことを訊いた。

「おまえの父にも、もちろん会った」

「――そのときはいつだった？　季節は」

首は少し考えた様子だった。

「春だろう。梅の林が満開だったから」

「昼だったか、夜だったか」

「明るかった」何を思い出したのか、首は唇を曲げた。その唇には、どうやら色がない。「いっぺんに何人も食えて、あれは良かった」

京悟は、目を閉じた。

周りの景色を姿に写し取る魔物。梅の花の下で出会ったなら、その姿はさぞ艶やかだったろう。

命が危うくなったときにだけ会える鬼。

だから父は京悟に、殺して欲しいと頼んだのだ。

「そんなことをしたら、わたしが殺されていたのではないか。父はそれでもいいと……」

京悟はぽつりと零したが、すぐに思い直した。

「真鍋の跡継ぎを守るというのなら、わたしが殺されることはないのか」

白い髪の魔物は、星を浮かべた目をそっと細めた。

その目に京悟は問いかけた。

「なぜ会ってやらなかった。見ていたのなら、父の望みもわかったろう」

「あれは病で、おまえが喉を切らなくても死んでいた。もう死ぬことが決まっているものは助けられない」

そう言うと不意に、首は指を伸ばして京悟の鼻に触れた。

「おまえは自ら死のうとしただろう。だが、それは許さない。わたしはこれからずっとおまえを助けるぞ。おまえが死にたがる限り、たくさんの獲物をくれるだろう。楽しみにしている」

京悟は思わず身を引いた。

首は硝子を砕くような音で笑って立ち上がった。

「そいつらの目が覚めて騒いだら、今ここで食べよう。おまえを追いかけていったら、丸呑みにしてやろう」

首は躍るように踵を弾ませた。長い髪が暗闇を照らすようだ。

京悟は震えながら立ち上がり、歩き出した。足は裏参道のほうに向かって進んだ。

「おうい、真鍋の」

暗闇の中、石畳を踏みしめていると澄んだ声に呼び止められた。

振り向くと、首はまだ倒れている男たちの中心にいて、その足元にはすっかり縮んだ竹田泰之進の頭が転がっていた。

「わたしはいつでも、おまえのそばにいるぞ」

振り払うように、京悟は踵を返した。

体が震えている。たった今見聞きしたことの意味を考えるのが怖かった。どうしようもなく胸に焼き付いている、首の美しさが恐ろしかった。

足がもつれた。

行くのだ、と京悟は自分に命じた。

歩いて、戻るのだ。

清右衛門やお美代がいる生臭い人間の世界へ。さっきまで嫌悪さえしていた場所が、今はただ懐かしい。

早く行かなければ。

そう思うのに、裏参道を抜ける鳥居はいつまでも見えなかった。


note◆はじめまして。日野草と申します。普段はミステリを主に書いておりますが、いつか時代小説にも挑戦したいと、ここ十年ばかり勉強をしておりました。このたびは機会に恵まれ、『操觚の会』に入会させていただき、なおかつアンソロジーに寄稿させていただき大変嬉しく思います。

　時代小説は、プライベートも含めて初めて書きました。ベテランの先輩方の作品と並べることを光栄に思いつつ、読者の皆様のお眼鏡に適うかどうか、どきどきしております。

　物語は、今は遠い江戸の夜、死にたがりの若者が怪我を負った男を拾うところから始まります。せっかくなので、好みの要素をたくさん入れさせていただきました。楽しんでいただけますと幸いです。

血抜き地蔵

◎誉田龍一

ほんだ　りゅういち
一九六三年生まれ。大阪府出身。
学習塾講師を経て、二〇〇六年『消えずの行灯』で第28回小説推理新人賞受賞
翌二〇〇七年『消えずの行灯　本所七不思議捕物帖』（双葉社）で単行本デビュー。
以降、ミステリー、時代物を中心に執筆。また児童書も手がけている。
読売カルチャー、イオンカルチャーなどで小説教室開講中。
日本推理作家協会会員。操觚の会会員。本格ミステリ作家クラブ会員。
最新刊は『漆黒に駆ける　御庭番闇日記』（双葉文庫）
『天下御免の剣客大名　巨城奪還』シリーズ（コスミック出版）
『日本一の商人　茜屋清兵衛奮闘記』（角川文庫）

相変わらずの梅雨空の下、まだ午後三時というのに、空はもう薄暗くなっていた。

太田黒から手紙が来た日のことである。

スマホも持っていれば、メールでのやりとりもできる。そんな太田黒から手紙が来たのは、五年ぶり、いや、それ以上かもしれない。

そして彼がわざわざ手紙を書いてきたということは、例の件のことである。

「いつも、そうだ」

わたしは思わず声を出していた。

例の件のことだけは手紙になる。

わたしは雨に少し濡れた茶色の封筒に書かれた滲んだ宛名を見ながら、自然と顔が強ばるのを感じていた。

それでも読まねばと、封を開くと、存外短い手紙である。

しかも長い間連絡もせずに申し訳なかったという挨拶が、かなりの長さで続いた後、ようやく本題についての言葉があった。

――例の件で、話したいことがある。是非、近々会いたい。びっくりするような話だぞ。

これだけである。

「相変わらず、勿体ぶる男だ」

わたしは苦笑しながら、手紙をテーブルの上に置いた。

例の件……血抜き地蔵の件……

わたしの頭の中に、古い思い出が苦味とともに否が応でも蘇る。


もう十五年前のことだ。

その頃のわたしは某大学の歴史学科日本中世専攻教室で助手を勤めていた。

太田黒も同じで、歳も浪人していた分、彼がひとつ上だったが、学年も同じなら、進路も重なったこともあり、長い付き合いになっていた。

そんなある日、わたしと太田黒は教授からある依頼を受けた。

某県の某山中にある寺院の庫裏の奥から発見された古文書を、解読してきて欲しいというのだ。

「いくらか謝礼も出る。宿と食事はもちろん寺が用意してくれる」

その言葉にわたしと太田黒は、飛びついた。

夏休みの期間で学寮が閉鎖されるが、論文作成に忙しくどこか執筆場所はないかと思っていた矢先であり、恐らく教授もそのことを配慮してくれたのかもしれない。

太田黒とわたしは教授から借りた車で向かった。一週間の滞在の予定である。

山道を恐る恐る交代で運転してやがて一本道に変わった。

山肌をまるで蛇がとぐろを巻くような道を上がっていく。

いつしか道路の両側から木々が覆い被さるようにして、行く先が薄暗くなっていく。

わたしはハンドルを握りながら、ライトを点けて言った。

「やたらに暗い山だな」

「ああ、期待できる」

「なにを」

「何か人智の及ばぬものさ」

「ふん」

わたしはそれだけ言うと、口を閉じた。

隣に座る太田黒の顔は、にこやかにすら見えた。

一時間半ほどして、ようやく道が平らになったと思った時、眼前に小さな寺院らしき建物が見えてきた。

「あれだ」

わたしは言いながら、ここに一週間もいるのかと思うとげんなりしていた。

しかし太田黒は嬉しそうに頷いた。

「おお、いい感じだな」

太田黒の声が弾んでいる。

「どこが」

「だから言ってるだろ。人智の及ばぬ雰囲気だ」

わたしは顔をしかめながら、寺院の入り口から車を入れた。

すると本堂と見える大きな建物の隣にある寺務所の前に、僧侶がひとり立っていた。

「お出迎えしてくれたぞ」

「ほんとだ」

寺務所横の駐車場へ車を誘導されて降りると、僧侶が微笑んだ。

「ようこそ、いらしてくれた」

鼻の横に大きな黒子をつけた僧侶は会釈した。年は五十過ぎというところか。

よく見ると身につけた袈裟はぼろぼろである。

「候元院、住職の勝田です」

「太田黒です」

「佐々木です」

挨拶もそこそこに勝田は、われわれを本堂の裏にある庫裏へ案内した。その広間で寝起きしてくれと言う。布団の上げ下げなどはしなければならないが、教授の言ったとおり食事は用意すると告げられた。

「で、明日から早速文書をお読みいただければと思います」

わたしと太田黒が頷くと、勝田はにやりとした。

「解読していただいた時点で、お帰りになってかまいません……もちろん、謝礼はお約束通り……」

この言葉を聞いてわたしは生き返る思いだった。

――早くあげて帰ろう。

そんな思いで太田黒を見たが、どうやら彼にそんなつもりは毛頭見えない。それどころか、勝田に向かって微笑んだ。

「こういう場所にはとても興味があります」

「ほう、歴史学のお立場からですか」

「いいえ、個人的に」

「と言いますと」

「人智の及ばぬことが起きそうなもので」

今日三度目の言葉を聞きながら、わたしは唖然としていた。

勝田が笑う。

「はははは、面白いことを言われる……しかし、ここはそんな人外魔境ではありません……後で夕食をお運びいたします」

勝田はそう言うと部屋を出て行った。

「おい、さっさと終わらせて帰ろうぜ」

わたしが言うと太田黒は首を振った。

「とんでもない。こんなところ、なかなか来ることはできない。俺は一日でも長く居たい」

「だって、何も面白いことなんか……」

「面白いことがありそうだ」

わたしは首を振るしかなかった。

翌朝、勝田が広間に一冊の古びた冊子を持ってきた。一見する限り、江戸末期あたりの物の感じだが、年代を特定するには詳しい鑑定が必要だろう。そう告げると、勝田は頷いた。

「では、それは後ほどお願いするとしまして、まずここに書かれていることを解読していただきましょう」

もとより、そのつもりでわたしと太田黒は来たのだ。勝田は解読という言葉を使ったが、少しめくって見てみると、もちろん暗号などは使われていない。いわゆる古文書であり、素人にはほぼ解読不能だが、習った者ならまず読み間違えないレベルの物だった。

——早く帰れそうだ。

わたしはすぐさま読みにかかった。太田黒もそれに関しては異議はないようだ。ふたりは夢中になって読み進めて、文章にしていった。

そこにはある疫病の話が綴られていた。

天保四年、この候元院の檀家集落にある奇病があったという記述である。(後で勝田に確認したが、今でこそ寺だけがぽつんとあるような状態だが、当時は周辺には集落があり、農家や木こりとして生活していたらしい)

読み進めていくと、病の具体的な記述がある。

炭焼きの新八という男が最初の罹患者であった。

新八はまだ二十そこそこの若者で、丈夫そのものの体であったが、ある日、外から帰ってくると「疲れた」というなり、すぐに床についた。

しかし朝になっても、疲れが抜けないのかなかなか起きられないと言う。母親がそれでも叱りつけるようにして起こすと、どす黒い顔をした新八はなんとか起きてきた。そして仕事に出かけようとしたが、今度は息苦しいと言って再び床に入った。

「何だ、しっかりせんか」

母親が怒るが、新八は苦しそうに呻くだけだ。

ここに来て、母親も、新八がよく使う仕事を休むための仮病とは思えなくなった。

とにかく息をゼーゼー言うほど、吸い込むが、苦しさは全く変わらない、いやそれどころか、ますますひどくなっていく。

当時、医師も兼ねていた候元院の僧侶も呼ばれたが、苦しそうに胸や喉をかきむしり始めて、手のほどこしようがない。

そして昼を待たずに、新八は息を引き取った。この「息を引き取る」という言葉がまさに新八の死に際を表していたと言う。

苦しそうにしていた新八は家族の制止も聞かず、家の中を口を開けて走り回り、最後にはくずおれたまま、まるで全く息ができていないかのように、口だけを必死にぱくぱくさせながら死んでいった。

その死顔は正視できるものではなかった。

目は両眼とも半分飛び出し、口は大きく開いたままで、目からは涙、鼻からは鼻水、そして口からは涎を垂らしたままだったという。

そんな新八の死はその日のうちに集落に伝わった。

そして直ちにある噂が集落に広まっていく。

「新八は地蔵の祟りで死んだ」

新八は以前から、大きな樫を頼まれていた。そして目をつけたのが地蔵の傍に立つ樫だったのだ。

そして前日、新八はその木を切り倒す途中で、斧を入れるのに邪魔になっている地蔵を手で動かした。そしてその時に、地蔵を誤って倒してしまったらしい。

それが祟って死んだというのだ。

それを告げたのは同じ仕事で一緒にいた、樵の六助と才蔵だ。

「あれがいけなかったんだ」

六助は新八の死を聞いて震え声で語った。

才蔵に至っては、震え上がって、部屋に籠もったきり出て来ない有様だ。

この地蔵というのは集落から山中に入ってしばらく行った所にあるもので、山に入る炭焼きや樵は目印代わりに使っていたが、倒したのは新八が初めてだった。

そして翌日、六助の様子がおかしくなった。

血の気の引いた真っ青な顔をして起きてきたかと思うと、苦しいと言って辺りをうろうろし始めた。

新八のことを聞いていた家族は、心配して候元院の僧侶を呼びに行った。無論、医者としての役目を期待してのことだ。

しかし僧侶が到着した時には、もはや医者としての役目は果たせず、僧侶として念仏を唱えるしかなかった。

六助は家を飛び出すと、空に向かって口を開けながら走って行った。

そして上を向いていたせいであろうか、前に崖が迫っていることも知らずに、そのまま走りこんだのである。

家族が駆けつけた時には、無残にもちょうど真下にあった杭に体を貫かれてしまった六助の姿が見えた。

ちょうど胸の辺りを貫かれたままで絶命した六助の顔は、新八と同じく苦悶に歪み、見られたものではない。そして周囲が水浸しになっているなか、亡骸には不可思議なことがあった。

当然あるはずのものが、ないのだ。

貫かれた胸から流れ出ているはずの血。

それが見当たらないのである。

確かに傷口は濡れているが、それは水のようで赤い血はどこにも見当たらない。

亡骸を回収しながら、人々は狐につままれたような気分になっていた。

「やはり祟りのせいだろうか」

「血だけ抜かれたのではないか」

「地蔵様をなんとかしないと」

そんなことを皆が言い出した時、最後に残った才蔵の体にも変調が起きた。

才蔵も前のふたりと同じように息苦しそうにしていたが、しばらくして立っていられなくなった。

そして床に入ったのだが、見ていると、最初は興奮のせいで赤味すら帯びていた顔の色がどんどん悪くなり、赤味は消えていき、やがて蒼くなった。更に、まるで蝋で造ったがごとく真っ白になっていった。

それとともに、才蔵の体が震え出し、はじめは両手でおさえるようにしていたのが、段々とひどくなり、抑えがきかなくなり、ガクガクと骨が音を鳴らすほどの震えになった。顔は前ふたり同様、必死に呼吸をしようとあえいでいる。

「ああ、死ぬ……死ぬぞ……」

そう叫んだ才蔵はいきなり立ち上がるや、手元にあった鑿をつかむと腹に突き刺した。

周囲の皆が一斉に叫んだ時には遅く、腹にはしっかりと鑿が入っている。

しかし、今度も奇妙なことが起きた。

血が出て来ないのである。

腹から水が流れ出たようで、着物は濡れていくが、赤い色はしていない。無色の水が流れて行くだけであり、才蔵の体も水浸しになった。

皆は呆気にとられるばかりである。


「血はどうしたんだ……」

そばにいた男が呻くように言う。

しかし答えられる者はいない。

ただ凄まじいまでの才蔵の行為と、その後に残された摩訶不思議な亡骸を見て周囲は、ただ、ただ、呆然としているだけであった。

そうしてしばしの間、地蔵の呪いの話は集落中で語られるようになり、いつしかその犠牲になったとされる三人の死に方から、血抜き地蔵の呪いと言い伝えられるようになった。

しかし、時の移ろいとともに、三人の死も血抜き地蔵のことも段々と忘れられていった。

そしてちょうど二十年が過ぎた嘉永六年、この年はちょうど浦賀に黒船が来航した年であるが、再び血抜き地蔵の呪いが集落の人々の口に上るようになった。

この年に起きた大雨によって山中で土砂崩れが発生、それが血抜き地蔵を直撃して、地蔵は押し流されてしまった。幸い、行方不明にこそならなかったが、土砂に押し流された地蔵は倒れてしまったまま元に戻す余力もなく、ようやく二ヶ月後、集落の若者四人が駆り出されて、地蔵を元の位置にまで戻して安置し直すことができた。

しかし恐らく数ヶ月の間ほったらかしにされた地蔵の怒りがあったのか、駆り出された若者四人も二十年前と同じように次々と変死を遂げた。先の三人とほぼ同じなのは、とにかく呼吸が苦しくなり、それがやがて呼吸困難に陥り、うちふたりは最後は走り回って高所から転落死しており、いずれも血が流れていなかったのである。

当然、集落の皆の頭の方にも、二十年前のことが再び浮かび上がる。とりわけ、二度とも経験した者たちの中には、もはや血抜き地蔵の祟りを信じぬ者は無く、恐れおののくばかりとなり、集落の者はとにかく近づかぬことだと決めた。

そこから約一年ほどはそうして時が過ぎ、世相が黒船以降、不穏になっていく中、候元院をひとりの高僧が弟子数名と供に訪れた。修行をよく積んだ僧であるが、まだ四十手前であり、集落の皆の話を色々と聞くような面を持っていた。

自然、血抜き地蔵のことはこの高僧の耳に入る。

「地蔵の祟りとは穏やかでは無い。拙僧が静めてみよう」

高僧はそう言って、候元院の住職や集落の者たちに案内させて血抜き地蔵の元へ向かった。

案内人たちはかなり遠くから位置を指し示すと、怯えるようにしてすぐさま逃げるように元来た道へ戻っていく。

高僧はそんなことには構わずに、血抜き地蔵の前に向かった。

そして念仏を唱えながら、近づいて行く。皆が固唾をのみながら見守る中、やがて血抜き地蔵の前まで出た。

ふいに高僧が腕を伸ばしたかと思うと、地蔵の頭に手を載せた。

そして、更に驚かせられたのは、その手がまるで地蔵を愛おしむようになで始めたことだった。

高僧はそのまま、まるで暴れ馬をなだめるかのような手つきを見せている。

そしてしばらくなでた後、今度は両方の掌を地蔵につけて、しっかりと抱きしめるような形でずっといたという。

「地蔵よ、悪さなどいらぬ。お主は祟りなど集落の者に与えず、己が持つ本来の優しい心根を包み隠さず皆に伝えられよ。そうすれば、立ち騒ぐことも無く、お主のことに触れることもなく、山の中で自然にひとり憂い無く住めることができますぞ」

高僧はそう言って、血抜き地蔵から手を離した。

そして微笑んで言った。

「皆の衆、皆の衆、これでもう心配はいらぬ。今後は安心して過ごすが良い」

高僧の言葉で、それまで畏れていた集落の者たちも、段々とこの地蔵に近づくようになり、さすがに触る者こそいなかったが、信心の相手として、敬うようになっていった。

高僧は次に回るところもあり、名残惜しげであったが、翌日の早朝には候元院を弟子数名と供に出立していった。

高僧のお陰か、以降、血抜き地蔵の祟りが現れることはなく、集落の者は安心して暮らしていった。

ここまでが十五年前に太田黒と一緒に解読した古文書である。

太田黒は解読が終わっても、決して帰りたがらなかった。一方のわたしは、もちろん来た時のままで、一刻も早くここから脱出したいと考えていた。

結局、ふたりで話し合った結果、わたしは先に車を運転して帰ることになり、残った太田黒は好きなだけ逗留させて貰うことになった。幸い、勝田は承知してくれた。

従って、太田黒がいつ、どうやって帰ったか、実は知らない。

わたしはその後、勉強を続けて、大学に残っている。一方の太田黒は学部卒業とともに高校の社会科教員となった。

そして時々、太田黒から手紙が来ては、会って、血抜き地蔵の話をすることが恒例になっていた。

「この間回ってみたんだけどね」

太田黒は会うたびにそう言った。

血抜き地蔵のことが頭から離れず、今も折を見ては、候元院の辺りを回って調べていると言う。

「一体、何が知りたいんだ」

わたしがそう聞くと、太田黒の答えはいつも同じだった。

「何だろう。たぶん、人知の及ばぬことだろうな」

そう言って、にやりとするのが常だった。


「この間回ってみたんだけどね……」

久方ぶりに会う太田黒の顔は、青ざめていた。

しかしその表情は実ににこやかだ。

「とんでもないものを見つけたんだ」

太田黒はそう言って、小さな古ぼけた冊子を取り出すと、テーブルの上に置いた。

いつも会う太田黒の家の応接間で、奥さんが煎れてくれたブレンドコーヒーがふたつ載っているテーブルだ。

「北庵のことが書いてあるんだ……正確に言うと北庵の弟子が書いた日記だがね……」

太田黒の声が上ずった。明らかに興奮している。

「ちょっと、待て。北庵って誰だ」

「ああ、そうだった。まだ言ってなかったな。例の高僧だよ」

「名前が分かったのか」

太田黒はにやりとして頷いた。

「ああ、近くの廃屋の蔵から出てきたんだ」

そう言って太田黒はテーブルの上に置いた冊子をめくった。

「ここを見ろ」

太田黒の指したところに目をやって読む。

——北庵様、候元院そばの山中にて地蔵についた怨霊退散。

「これは……」

「うん、間違いないだろう」

太田黒は嬉しそうに言う。

「ところが、こんなもんじゃない」

太田黒は更に先を捲った。

「これだよ」

太田黒の言葉と同時に、わたしは見入った。

——北庵様、終日床。

わたしは思わず先へと目を走らせた。

——北庵様、御臨終。

しばらくその言葉から目が離せなかった。

「どうだい。大発見だろ」

太田黒は自慢そうな表情を見せた。

「これは、どういうことなんだ」

わたしが尋ねると、太田黒は青白い顔をわたしに向けた。

「例の嘉永六年の事件の真相さ」

「真相って何だ」

「血抜き地蔵は調伏なんかされてなかったんだ」

「何だって」

わたしが聞き返すと、太田黒は冊子を捲った。

「ここにあるだろ。候元院を出立した後、午後、麓にて、北庵様、体調異変。顔面蒼白、歩行困難と……つまり、北庵、つまり高僧は、調伏どころか、血抜き地蔵の呪いにかかっていたということになる」

「そうなのか」

「恐らく」

「その冊子は信用できるのか」

「大学に鑑定して貰ったよ」

「どこの大学だ……」

「俺たちが出た大学だ」

わたしは一言も返せなかった。わたしたちの出身校は国内でも最高の鑑定機器と能力を備えている。

「筆跡まで鑑定したよ。北庵の弟子、つまりあの高僧の弟子の書き残した物と一致している」

太田黒はそう付け加えると微笑んだ。

「俺があの時、言った言葉を覚えているか」

わたしは黙っていた。

「人智の及ばぬことがある、と言ったろ」

「そうだったかな」

「うん、それが起こっていたようだ」

「たまたま、体調が悪くなったとも考えられる……」

「それで、翌日、調子良く死んだと言う方が無理筋だ」

太田黒は、そこで、もう一度、冊子を捲った。

「ここを見てみろ」

わたしは太田黒の指す箇所を見た。

「蘽木也　なる刻印。地蔵というよりも、観音像に類似、ただし男の様……何のことだ」

「前後を読めば分かるが、血抜き地蔵のことだと思う」

「お地蔵さんじゃないのか」

「ああ、恐らくな……勝田って坊さん、覚えているか」

「文書鑑定に行った時にいたご住職だ」

「あの方、まだ元気にやっておられてな。俺は行く度に泊めてもらっている」

「なるほど、随分長逗留したようだったからな」

「ああ、おかげで仲良くなれた……それで、血抜き地蔵はどこにあると聞いたら、ずっと不明だと言っていたんだが……」

太田黒はまた笑った。

「たしか三年前だ。そんな地蔵など無かったってことが分かった……」

「どうやって分かったんだ」

「どうもこうも、地蔵なんか無い」

「意味が分からない」

「はっきり言う、あそこは江戸時代は寺じゃなかった」

「はあ」

わたしは思わず声をあげていた。

太田黒は手を振った。

「ああ、言い方が悪かったな。勿論、寺だった。表向きは」

わたしもすぐに答えは分かった。

「隠れキリシタンか」

「流石。現役の教授は違う」

「からかっている場合か。それはあの勝田さんから聞いたのか」

「というか、寺の庫裏の奥の部屋にある仏像を見せて貰った。勿論、仏像も観音様もわんさとあったが、面白い物が出てきてな……」

太田黒は予め用意していたと見える写真を取りだした。

どれも明らかにキリスト像である。大小様々だが、一目で分かる物だ。

「残念ながら、持ち出しは許して貰えなかった。今は宗派の歴とした寺院だが、いや、だからこそ、あまり大っぴらにしたくないんだろう」

「それは分かるが……」

わたしは写真を見ながら、まだ釈然としなかった。

太田黒が先手を打つように言う。

「ああ、勿論、このキリスト像も鑑定して貰ったよ。出張して貰った」

「間違いないのか」

太田黒は深く頷いた。

しばらくわたしは声も出なかったが、ようやく最初のところへ戻った。

「地蔵ではなく、こういうキリスト像を置いていたのか」

「うん、集落の一番奥で、しかも山中にある。下手に家や寺に隠すより、よほど見つかりにくいはずだ。当然、今で言う迷彩も施しただろうしな」

「なるほどな。どういうことは、当時の住職、たしか医師を兼ねていた坊さんが、キリシタンだったのか」

「だと思う」

「その北庵も」

「だろうな。でないと不審を抱くはずだ」

「ふー」

わたしは深いため息をついた。

そして眼前の太田黒の執念に少し気圧されていた。

「太田黒、大したもんだ。よく調査したな。流石だ」

わたしがそう言うと、太田黒は嬉しそうな顔をしたが、首を振った。

「ありがとう。佐々木、お前にそう言って貰うと、本当に嬉しい。ただ……」

「ただ……何だ……」

「これで終わりじゃなかったんだ」

「えっ」

太田黒の顔が真顔になる。

「考えてもみろ。キリストが祟るか」

「そりゃ、分からんが、邪険に扱ったりすれば……」

「そういうことじゃなくて……」

太田黒はさっきの写真を、わたしの眼前にかざした。

「何かおかしくないか」

わたしは写真を見たが、特に何も感じない。

「別に」

「そうか、やっぱり写真じゃわかりにくいな」

太田黒はそう言って、写真を引っ込めた。

「じつは、もう少ししたら、来るんだ」

「何が」

「血抜き地蔵、つまり呪いがかかった像……キリスト像が……」

さすがに、その言葉には驚くしかない。

「どこにあったんだ」

「さっき言ったろ。寺の庫裏の奥にって」

「持ち出し禁止なんだろ」

「これだけはどうしてもと頼み込んだ。むろん、今日一日という約束で」

太田黒はわたしを見た。

「お前と一緒に見たかったんだ」

わたしは頷くしかない。

「呪いの秘密も解きたいし」

太田黒がそう言った時、チャイムが鳴った。

受け取った荷物をしっかりと握ってきた太田黒は、すぐに梱包を手際良く解き始めた。

「さあ、呪いの血抜き地蔵様の御登場だ」

そう言って太田黒は丁寧に包まれた木箱から、ゆっくりと像を取り出した。

思ったよりもずっと小ぶりな像だ。

高さは六十センチほどで、細長い。地蔵と言うには無理がある代物だ。

そしてそれはまぎれもなくイエス・キリスト像であった。

そして像を立てようとしたが、足の部分が平らでないのか、何度か試したが立たない。

最後にはテーブルの上で、ガタンと倒れた。

「どういうことだ」

「ご覧の通りだ。立たないんだよ」

「そんな……」

わたしは像を見た。確かに足の部分がでこぼこしている。これでは立たないだろう。

「どういうことだ」

わたしは同じ台詞を繰り返した。

しかし太田黒はにっこりすると、像を手に取った。

「こういうことだ」

太田黒はそう言うと、像を逆さまにして立てた。

今度は、磔刑の像の頭と両手が三点でささえになっていて、綺麗に立った
「あっ」

「どうだい、ちょっとしたコロンブスの卵だろ」

倒立したイエス・キリスト像を見ながら、太田黒は一瞬おどけたが、すぐに顔を強ばらせた。

「どういう意味か分かるよな」

わたしはしばらく黙っていたが、静かに頷いた。

「それで藁木也か」

「そう、当て字だ。ワラキア公国……吸血鬼と言われたヴラド・ツェペシュの国で現在のルーマニアだ。そして逆さ十字も、吸血鬼のシンボルだ」

「流石。元々は十字を逆に切ると、吸血鬼を呼びだすという話が元になっているんだろう」

わたしと太田黒は、像を見た。

背中に確かに、藁木也という刻印が施されている。

「で、どうするんだ」

わたしの問いに、太田黒は微笑を浮かべている。

「さっき、俺は像を倒した。もし呪いが本当なら、血を抜かれる、つまり吸血鬼に襲われるだろう」

「おい、何を言ってるんだ」

「いや、俺は真面目だ。この世には人智の及ばぬことがあると思うからな」

「しかし……」

「佐々木、お前はそれを見届けてくれ。俺が死ぬようなことがあれば……」

「冗談じゃない。馬鹿も休み休み言え」

「いや、本気だ」

太田黒はまっ青な顔を向けてきた。

古文書だと、確かに顔が蒼や白に変わっていくとあったが、太田黒の場合は、像を倒す前から蒼い顔であった。

だから呪いとは無関係だ。

わたしは提案した。

「では、ここに夜までいる。その間に何かあればわたしが見届ける」

「ありがとう」

「なら、色々積もる話もあるしな」

横目で逆さになった像を見ながら、わたしは言った。

「ああ、でも、これは余りにも見かけが良くない」

そう言って、わたしは像を横にした。

「これでいい」

わたしと太田黒はそこからは、全くこの逆さ十字像の話はせずに、昔の思い出話や、現在の大学事情、政治などについて話をした。

「おや、もう八時か」

わたしは時計を見ながら、大きな声で言った。

「どうやら、夜まで何も起きなかったようだ」

わたしが言うと、太田黒も頷いた。

「残念ながら、そのようだ」

「吸血鬼が訪ねて来た様子もない」

「さっき見たら、うちの妻も元気そのものだった」

「残念ながらと言えばいいのかな……」

「まあ、そうだな。人智の及ばぬことを見てみたかったのだが」

「では、わたしはこれで」

わたしは立ち上がった。

「ああ、今日はありがとう」

太田黒はそう言って、ぺこりと頭を下げた。

「次はもう少し楽しい話がしたいな」

「ああ、そうしよう」

そう言ってわたしは太田黒の家を出た。


早朝、けたたましい呼び出し音が響いた。

「もしもし、佐々木さんでしょうか」

「はい」

「太田黒の妻です。太田黒が朝から急に体調を崩しまして、救急車で運ばれました。佐々木さんにお伝えしろとのことでして。病院は……」

わたしは音声を聞きながら、頭が真っ白になっていくのを感じていた。

病院に駆けつけると、太田黒の妻が、泣き顔でいた。

「奥さん、どんな調子ですか」

「ああ、佐々木さん……それが……危篤だと」

「なんですって……医者は……」

「今はICUに入ってまして……」

「一体、どうなったんですか」

「はい、朝起きてくると、少し息苦しいと言い出して……」

わたしの背中に冷たいものが流れた。

妻の言葉は続く。

「それでしばらくすると、胸をかきむしり始めて、それですぐに救急車を呼びました……」

まさか、ほんとうに呪いが。

吸血鬼がやってきたのか。

「馬鹿な」

わたしは吐き捨てるように言った。

ICUの中が騒がしくなっているようだ。

太田黒の妻は床にへたりこんでいる。

「何を言ってる。落ち着け」

ICUの扉が開いた。

「ご家族の方、お入り下さい」

妻が駆け込んだ。わたしも後に続く。

「太田黒!」

わたしの呼び掛けに、太田黒は一瞬目を開けた。

そして何の合図か、少し手を振ったように見えた。

俺の言ったとおり、吸血鬼が来ただろう、とでも言ってるのだろうか。

とても見ていられなくなったわたしは、外へ出ようとした。

「血中酸素濃度低下!」

看護師の声が響いた。

「どんどん下がってます」

わたしは外に出た。

「一体、何が起きているんだ」

太田黒の妻の話だと、特に何かに襲われたということはないようだ。

恐らく一緒に寝ていたのだろう。

そして朝方、調子が悪くなったようだ。

「単なる病気。偶然の一致ではないのか」

わたしには理解不能だった。

そうして病院内をあてどもなく、歩き回っていると、疲れてくる。

「はあ、しんどいな」

わたしは手近にあった長椅子に腰を下ろした。

医師、看護師、患者などが、大勢動いて行くのが見える。

「ああ、何か息苦しい」

わたしはYシャツのボタンを外した。

しかし一向に息は楽にならない。

体中が重くなってくる。

そして何時の間にか、椅子から落ちて床に倒れこんだ。

「大丈夫ですか」

走って来た医師や看護師の声が聞こえる。

「パルスオキシメーター！」

医師の声で、看護師がわたしの指先に洗濯ばさみのようなものをつけた。

血中の酸素濃度を測る機器だ。

しばらくして、看護師の声が響いた。

「異常に低いです……」

看護師は絶句して、医師に見せた。

医師の顔も強ばった。

「血液検査」


医師と看護師はわたしをストレッチャーにのせて、病室へと運んで行く。

病室では、まず酸素マスクが口に当てられた。

これで、楽になるぞ。

そう思いながら、酸素を吸うが、息苦しさは治らない。

むしろひどくなっていくようだ。

「先生！」

看護師の声が裏返った。

「どうした」

「これ……血が、血が、透明に……」

「何だって」

医師の声も裏返る。

そうか、これか。

古文書の死体に血の色が無かったのは……

「ヘモグロビンが消えていってる……」

医師の絶望した声がした。

なるほど、確かに吸血鬼だ。

襲いかかって、首筋から血を吸うなんてのは伝説か。

見えない形で血液からヘモグロビンを抜いていくのか。

意識が遠くなっていく。

そうか、あれが失敗だったのか。

わたしは見たくないからと言って、逆さのキリスト像を横倒しにしたことを思い出した。

あれが祟りを呼んだ……

「血圧低下！」

「脈拍が落ちてます」

「強心剤」

「心臓マッサージ」

ありがたいが、どうやらわたしは無理なようだ。

吸血鬼を呼びだしてしまったようだから。

太田黒、確かにあったな。

人知の及ばぬことが。

note◆「もっとも好きな作家さんはどなたですか」とちょっと無茶な質問をされることがあります。やむを得ず「何人もいて、とてもひとりには絞り込めません」という、ありきたりの答えを返すことになります。「それでもひとりお願いします」と言われても、首を捻るしかありません。読書とは広がれば広がるほど、一作家、一作品に絞れなくなるものだと思ってますので、仕方ありません。ただし、もし質問を変えていただいて、「一番貪るように読んだ作家さんはどなたですか」と聞かれたら、これは即座に「山田風太郎先生です」と答えます。それを一番好きな作家と言うんだと言われたら、一言もありませんが、とにかく、数多いる作家の中で、他の追随を寄せつけず、完全に独創的な、突き抜けた発想と設定と展開に、若い頃からずっと魅了されて、何度読み返したか分かりません。もちろん、今も折に触れては読んでますし、その度になおも新しい感動を貰い続けています。（ですので、デビュー時わたしの作品を評して「まるで山田風太郎のような作風だ」とある評論家に言われた時は、本当に飛び上がりました。もちろん嬉しすぎてです。）そして、そんな中でも特にお気に入りで、何度も読み返したいくつかの作品（例えば『魔界転生』）が、みないわゆる伝奇小説と呼ばれるジャンルのものに入ると知ったとき、その『伝奇小説』という言葉の響きの格好良さに感激したのもよく覚えています。そして、今、自分が、その『伝奇小説』を発表する場を与えていただいて、大変ありがたく、感謝しております。
　本作は江戸時代と現代を繋ぐ、時代を飛び越えたホラー要素の濃い作品になりました。もちろん山田風太郎先生の足下にも及びもしない作品ですが、ひとりでも多くの人に楽しんでいただければ幸いですし、お気に召しますようにと祈っております。

生き過ぎたりや

◉谷津矢車

やつ　やぐるま

一九八六年東京生まれ。駒澤大学文学部歴史学科卒（考古学専攻）。

二〇一二年、『蒲生の記』で第十八回歴史群像大賞優秀賞を受賞。

二〇一三年、『洛中洛外画狂伝　狩野永徳』（学研）でデビュー。

二〇一四年『蔦屋』（学研）、二〇一五年『曽呂利！』（実業之日本社）が話題に。

二〇一八年、『おもちゃ絵芳藤』（文藝春秋）で歴史時代作家クラブ作品賞を受賞。

他の代表作に『しょったれ半蔵』（小学館）、『刀と算盤』（光文社）、『安土唐獅子画狂伝　狩野永徳』（徳間書店）など。

二〇一九年近刊・発売予定書籍に『曽呂利』（実業之日本社文庫）、『奇説無惨絵条々』（文藝春秋）、『某には策があり申す　島左近の野望』（ハルキ文庫）。

男どもの呂律の回らぬ歓声が、堂の中に満ちている。皆顔を赤く染め、朱の盃に注がれたどぶろくを競うように呷っては身振り手振りで己の話を披露する。

そんな中、男の一人がぬらりと立ち上がった。なにもないところで蹴躓《けつまず》いて床に転がる皿を蹴飛ばしているというのに、手に持った蛭巻太刀をゆっくり抜き放ち、引きずるようにして堂の奥に安置されている仏様の前に立った。安置といえば聞こえはいいが、人の身丈の倍はあろうかという黒塗りの像の肩には分厚い埃が被っている。

男は刀を振りかぶり、仏像に斬りかかった。腰の辺りに食い込んだ太刀は、三分の一ほどのところで止まった。

堂の隅で一人酒を飲んでいた大鳥逸兵衛は、『生き過ぎたりや廿五　逸兵衛』と鞘に大書された己の太刀を引き寄せて立ち上がった。仏像の前に立っていた男──手下を突き飛ばすようにしてどかすと、逸兵衛は鞘から太刀を引き抜いた。四尺の刀身が、六尺に手が届くばかりの巨体と、狼のように鋭い逸兵衛の目を映していた。

気負いなく、無造作に払った。

仏像の体は腰から二つに斬れた。上半身が床に落ち、乾いた音を立てたその時、逸兵衛は口を開いた。

「どうせやるならこのくらいできねえと恥ずかしいぞ」

手下たちから追従の声が上がる。

逸兵衛は足元に転がる仏像の上半身を見下ろした。

学のない逸兵衛には、その像がいかなる仏様で、どんな事情でこんな破れ寺に置かれるに至ったのか、まるで知らない。目を細めて柔和に微笑み、煩いなどないかの如く、悠々と胡坐を組んで印を結ぶその姿に、反感に似た思いを覚えた。いや、反感というよりは安堵に近い。仏様になんぞ生まれなくてよかった、そんな思いだ。足るを知ると言わんばかりに日がな一日こんな破れ寺に座っているよりは今の生活の方がいくらかましだ、と心中で吐き捨てて顔を上げると、雨降りしきる表の様子が開かれた戸越しに目に飛び込んできた。

細かな雨粒が途切れるほどなく空から落ちてきて、苔むして倒れている庭先の石灯篭を濡らしていた。世話をする者がいないのだろう、庭先は雑草が伸び放題、木も思いのままに枝を伸ばし、冷雨の中、震えることさえせずに立ち尽くしている。

呑み直ししようと鞘を拾い上げたその時、逸兵衛を呼ぶ声がした。

「逸兵衛の兄ぃ、お邪魔しますぜ」

庭先に一人の男の姿があった。年の頃は二十そこそこ。光沢のある赤い長揚織と唐傘が長身によく映える。竹が伸びているような立ち姿は、さながら旅の役者のような風体だが、左目から頬にかけて流れる刀傷、身幅の厚そうな太刀を差している姿は傾奇者そのものだ。

「なんだ、来たのか」逸兵衛は鞘に刀を収めた。「おめえも暇みてえだな」

苦笑を浮かべるこの男は、逸兵衛の連と盟を結んでいる傾奇連の頭目、龍三郎だ。逸兵衛が兄、龍三郎が弟分の形で友誼を持っている。

「まあ、暇ってもんですよ」龍三郎は薄く笑う。「昔みたいに切った張ったの〝戦〟はねえですからね」

徳川家康が江戸に幕府を開くと決めて十年弱。傾奇者たちは日本一の城下町になってゆくであろう江戸の町に目をつけた。商人たちはどこでも弱い。仮に証文を交わしていても、侍が首を横に振れば反故になる。そんな中、重宝がられたのが傾奇者だ。武士の権威を鼻で笑って無法を責め立てる傾奇者は商人から見れば必要悪だったのだろう。商いがやりやすくなるよう、手を貸した。

傾奇者たちは水面下でシマの奪い合いに徹してきた。だが一年ほど前、あらかたの陣取り合戦は終わり、あとは互いに互いのシマを荒らさないという緩やかな協約が傾奇連の間で結ばれた。小さな傾奇連は吸収されて大きな傾奇連ばかりとなった昨今、本気で〝戦〟になればどうなるか、火を見るよりも明らかだからだ。

「そうだな」

龍三郎は本堂に上がり込んだ。逸兵衛の手下たちが行く手を開けた道を通って前にやってくると、床に置かれていた銚子を拾い上げてその注ぎ口を逸兵衛に向けた。

「やりましょうよ、兄ぃ」

逸兵衛はその場にどかりと腰を下ろした。

龍三郎はそれから、この酒がうまいだの、あそこの置屋の女がいいだのとどうでもいい話を口にした。昔から龍三郎はひょうげた奴で、いつでもどこでも軽口を飛ばすような男だけに、あまり気にも留めず、盃の縁を舐めていた。

そんな龍三郎の口から、気になる言葉が飛び出した。

「そういやあ、今度大久保長安が江戸に来るらしいですぜ」

口ぶりに緊張が混じっている。どうやら、これが本題らしい。

大久保長安と言えば、外様であるにも拘らず徳川家で重用され、実高十万石とも噂される八王子一円の代官を任されている大身旗本だ。普段は八王子に陣屋を構えて暮らしている。

己の心の奥底で、何かがかちりと音を立てた。最初、逸兵衛すらこの音の正体を掴みかねていたが、心中から湧き上がる違和感に目を凝らすうちに思い至った。純粋な怒りが、己の心に引っかかった時に発する悲鳴だった。

「そうかい。で、それがどうした」

「どこぞの傾奇連が、大久保長安に喧嘩を売ろうってんで構えているみたいですぜ」

盃を呷る。先ほどまで甘かった酒が、なぜか苦く感じた。

傾奇連は侍衆を嫌っている。

江戸の町には、戦国の気風を引きずったままの牢人が数多く流れてきた。禄を得んがためだが、如何に御公儀のお膝元とはいえそう簡単に仕官が叶うはずもなく、多くはあぶれ者と化す。中には、これ見よがしに目立つ姿で徘徊し、男伊達や武勇を誇り、踏ん反るだけが能の禄持ち侍たちを馬鹿にする手合いが出てくる。そうした傾奇者にとって、大身旗本や譜代大名の江戸帰還は祭り騒ぎだ。傾奇者は待っている。侍に喧嘩を売る傾奇者が現れはしないかと。時の運がなく、ひもじい牢人暮らしをしながら空元気を振りまく己の魂を代弁する男伊達は現れぬものだろうか、と。

そして、その願いは歪な形に変質して、やがて弾ける。

逸兵衛は手酌しながら首を振る。

「もう、そんなのは流行らねえよ」

むっつりとしていると、龍三郎は小声で云った。

「――兄ぃ、変わられちまいましたね」

聞こえないふりをして苦い酒を飲み干していると、龍三郎は話を変えた。

「そういえば、こんな話、ご存知ですかい」

声音に深刻な色が混じっている。

水を向けると、龍三郎はゆっくりと口を開いた。

「それが、兄ぃの偽者が出ておるそうです」

「偽者、だと」

龍三郎が言うには、今、江戸の町で風変わりな辻斬りが流行しているという。一人から三人で歩く武士に声をかけるその男は、最初勝負を所望する。相手が受けて立っても断っても、結局は四尺の大太刀を引き抜いて斬りかかってくる。それがとてつもない手練れで、これまで十人余りが大けがを負い、二人は死んでいる。

そしてその男は聞こえよがしに、

――俺は大鳥逸兵衛。その名を覚えておけ。

と言い捨て、悠々と去っていく。襲われた者たちは『生き過ぎたりや廿五　逸兵衛』という、逸兵衛の代名詞ともいえる四尺の大太刀の拵えを目に焼き付け、揃って証言している。

「辻斬りだ？　俺がそんなこと、するはずないだろ」

傾奇者になりたての頃は、度胸試しと通り名欲しさに辻斬りをした夜もあった。だが、今や江戸でも随一の傾奇連を率いている逸兵衛が、今更名を挙げる意味はない。

「兄ぃが辻斬りなどなさらないことくらい分かってますよ。辻斬りの起こった日、俺と兄ぃで酒を飲んでいたのも覚えてる。だから言ったんでさ、偽者って」

「で、お前のことだ、もう調べているんだろ」

小さく頷いたものの、龍三郎の反応はあまり芳しいものではなかった。

「無論、うちの若い衆に調べさせたんだが、どうしても、かの男の足取りがつかめませんで」

「お前でも駄目か」

龍三郎は縦に動かして答えに代えた。

「俺の名前を騙るたあ、いい度胸だな。分かった。もし、何か耳に入ったら教えてくれ」

「ああ。請け負いましたよ」

それから少しの間世間話をしたのち、龍三郎は立ち上がった。

もう帰るのか、と声をかけると、やることが山積みなんですよ、と酒を飲んでもしらっとしたままの顔で龍三郎は言った。

堂の下座にいる部下たちは、気の合う者たちで車座になって酒を飲み交わしている。だが、逸兵衛がおもむろに立ち上がると、皆、一斉に此方を向いた。その顔は赤いながら、目つきは鋭い。

「野郎ども、仕事だ。心してかかれよ。いいかよく訊け。俺の偽物を騙る奴が出てきた。こいつを見つけ次第斬れ。生きてここに連れてきてもいいし、殺しても構わねえ。もし、こいつを生死問わずここに連れてきたら、五百貫文くれてやる」

場がざわつく。一人暮らしならば数年間は暮らしてゆけるだけの大金だ。無理もなかった。

「ただし、てめえら、絶対にこいつを逃がすんじゃねえぞ、分かったな」

部下たちは投げ捨てるように猪口や盃をその場に置き、即座に立ち上がるや壁に立てかけていた得物を手に取って次々に外へと飛び出していった。最後の一人が刀を押っ取ったまま飛び出していった後、逸兵衛は入れ違いに堂の中に入った。

徳利や盃が散乱する堂の中は酒精の香りで満ちていた。

舌を打ち、鞘に収まる太刀を見下ろした。『生き過ぎたりや廿五　逸兵衛』という文句が目に飛び込んでくる。

「生き過ぎたり、だな」

今年で二十五になった。この拵えを作った頃の己の若さを羨ましく思いながら、逸兵衛はだれも手を付けていない盃を拾い上げると、徳利の酒を注いで一気に飲み干した。昔は悪酔いもしたものだが、今は酔うということ自体がなくなった。酒に酔えるのは若いものの特権、老いが始まると体が馬鹿になって酔うことすらできなくなるとうそぶいていた者の言葉をふと思い出しながら、生き過ぎたり、という言葉を噛みしめていた。

◯

大鳥逸兵衛は父母の顔を知らない。物心ついた時には、どことも知れぬ町の片隅で、同じような境遇の子供と共に寄り丸まって寒さを凌いでいた。野良犬という譬えが言い得て妙かもしれない。町の人々が出した残飯を漁り、敵対する子供衆と諍いを重ねながら逸兵衛は大きくなった。

十五になった頃には、逸兵衛は野良の子供を束ね、東海道筋をうろついて近隣を荒らし回っては手に入れた金で皆を着飾らせた。逸兵衛も赤羅紗の長羽織に革袴を纏い、虎毛皮の首巻を巻き、太い喧嘩煙管をこれ見よがしに見せつけながら街を闊歩した。『生き過ぎたりや廿五』と愛刀の朱鞘に書かせたのもこの頃だ。どうせ長くは生きられまい、ならば太く短く生きてやろうという決心の発露だった。

ある日、肩肘を張って生きていた逸兵衛のもとに、黒塗り螺鈿の八人駕籠がやってきた。これほど豪華な駕籠ともなれば、御大名、あるいはそれ以上の者しか乗れない。

訝しんでいると、侍っていた侍が駕籠の小窓を開けた。

窓枠越しに現れたその男の顔は頭巾で隠されていた。そんな男は、頭巾越しに垣間見える大きな目を逸兵衛に向けた。

『武士にならぬか』

江戸は今、徳川家康の居城、さらには御公儀の拠点となる江戸城の天下普請で猫の手も借りたい状態で、目の前の男もまた人をかき集めているという。

臨時雇いではない、と小窓の向こうに座る男は明言した。

『もちろんそなたらの功次第だが、もし立派にお役目を果たしてくれたなら、必ずや抱える。そなたの後ろにいる者たちも、だ。どうだ』

悪い話ではなかった。戦で侍首を挙げれば自分の屋敷を持つことができる、将首を取れば一国一城の主だ、そんな夢のような昔話をする老人がそこかしこに転がっていたが、夢を見るのにも労力が要る。異臭を放つ食い物をそうと知りつつ口に運び、冷たい地面の上で眠りについた子供時代が頭を掠めた。傾奇連を結成してから金に困ったことはなかったが、それでも逸兵衛は常に惨めな暮らしに舞い戻る恐怖に怯えていた。

結局、逸兵衛はその男――大久保長安の誘いに乗り、江戸城天下普請の人足として働くことになった。逸兵衛は昔取った杵柄で会得した人心掌握の力を認められ、人足頭についた。

ここで踏ん張れば、人並みの生活、武士として生きられる――。

逸兵衛は手下を焚きつけ、重い石を運ばせた。

だが、そんな逸兵衛たち野良犬の尽力は、半分ふいにされた。天下普請の後、確かに逸兵衛は武士として抱えられることになった。だが、三石しか宛行されなかった上、他の仲間たちに声さえ掛けられることはなかった。

約束と違う、と怒った。だが、そんな約定はしてござらん、と突っぱねられた。わざわざ八人駕籠で乗り付けて声をかけてきた大久保長安に何度願い出てもお目見得が叶うこともなかった。この時逸兵衛はようやく、長安にたばかられていたことを知った。

かくして逸兵衛は与えられた武士の身分を捨て、『生き過ぎたりや廿五』の大太刀を翻し、また、元の傾奇者として生きることになった。江戸外れの破れ寺に本拠を定め、仲間たちと一緒に元のように傾奇連を結成し、他の傾奇連との喧嘩やゆすりたかり、用心棒をこなしながら、今もこうして生きている。

賞金首をつけて探したにも拘わらず、偽逸兵衛の行方は杳として知れなかった。

どやしつけても、仲間たちは皆下を向いてしまう。皆、一生懸命に探していることは着物の裾の汚れからも察することはできた。梅の花咲くの頃だというのに雨の降りしきる中、江戸の町を駆けずり回っているのだろう。

だが、それでも見つからない。

この話を持ってきた龍三郎の冗談かとも疑ったが、そんなことはなかった。やがて、様々な人々の口から、逸兵衛らしき者を見たという証言が集まった。

曰く、ある寺の鐘を四尺太刀で切って落とした。

曰く、直参の武士と大立ち回りを演じて全員に大怪我を負わせた。

曰く、天下普請で儲けて踏ん反り返っている材木問屋に単身乗り込み、蔵を破って宝物を大路に投げ捨てた。

どれもこれも逸兵衛ならやりかねないこと、いや、正しくは、昔の逸兵衛ならやっていたことだ。だが、昔を知る者ほどこの話に信憑性を感じたようで、顔を見るなり肩を叩いてくる者もあったし、あからさまに逸兵衛を避ける者もあった。

その日、逸兵衛は一人で江戸の町を歩いていた。差している唐傘に冷たい雨が当たってぱらぱらと音を立て、鈍色に染まった空は町全体に暗い影を投げかけている。そんな中、逸兵衛の足は油土塀で左右を囲まれた坂道へと至った。緩やかでだらだらと長い坂道を一人、登ってゆく。

腹の虫の居所が悪いのは、雨や坂のせいではない。

先のやり取りを思い出し、腹に手を突っ込まれ、かき回されているような不快感に襲われた。

龍三郎に呼び出された。指定されたのは、江戸の東の外れにある龍三郎連のねぐらだった。

『兄ぃが、うちの取り仕切ってる商家を脅したって話があるんだが』

龍三郎の連とは互いのシマを荒らさないという約定を結んでいるし、互いに面倒を見ている商家のこともしっかり把握している。

その旨を説明すると、龍三郎は納得半分、困惑半分という塩梅の顔を浮かべた。

『それが、『生き過ぎたりや廿五』の大太刀を背負っていたらしいんでさ』

龍三郎よりも、手下たちの様子が気になった。目を充血させ、こちらに睨みつけてくる。面倒なことになった、と心の中で呟きながらも、逸兵衛は申し開きをした。

『おいおい、俺が自ら商家を脅して回るってか？　冗談もほどほどにしてくれ。商家の一つや二つ、脅すとしたら手下に任せりゃそれでいいんだ』

そりゃそうだ、と龍三郎は呟いた。やっぱりあの偽物だろうか、と手下に言い聞かせるように口にした龍三郎は、最後にはご足労かけてすみませんと逸兵衛に頭を下げた。龍三郎との諍いは手打ちとなったが、手下どもは最後まで猜疑の目を改めることはなかった。


傘の下で、逸兵衛は舌を打った。

偽逸兵衛はあまりに大立ち回りが過ぎる。既に役人の耳にも入っておろう。今は役人どもも江戸中に盤踞している盗賊どもの討伐で忙しかろうが、それが終われば次は傾奇者だ。

忸怩たるものを覚えながら坂道を登り切った。小高い丘となっている坂の上からふと眼下を見下ろすと、かつて逸兵衛が人足頭として汗水を流した江戸城が薄闇の中に沈んでいた。かつて、人足頭としてその姿を見上げていた白亜の城は、今や身代を傾けた客をあしらう遊女のように、冷厳に立ち尽くしていた。

と、逸兵衛は気づいた。

逸兵衛の横、一間ほどのところにいつの間にか人の気配がある。傘のせいで気づくのが遅れたが、袴に塗り下駄というなりで、男だということは分かる。それも、かなり屈強な部類だ。下げ緒を挟んでいる親指の力強さ、足の甲の盛り上がりを見れば体型も察しが付く。

次の瞬間、逸兵衛は身をのけぞらせた。

大鎌のような鋭い殺気とともに、風音があたりに響いた。持っていた唐傘は芯から斬れた。

逸兵衛は『生き過ぎたりや廿五』の太刀を引き抜いて距離を置き、突如斬りかかってきた男の姿を目に収めた。

思わず、逸兵衛は口をあんぐりと開いてしまった。

目の前に立っていたのは、鏡に映るかの如くに逸兵衛に瓜二つな男であった。虎の首巻を冷たい雨に濡らし、不敵に口角を上げている。肩から斜めに背負っている朱塗りの鞘には『生き過ぎたりや廿五』と大書されている。本人が見ても瓜二つなのだから、他人が見たら区別もつかぬことだろうと逸兵衛は得心した。

あることに気づいた。目の前の男が引きずるように持つ太刀の刃先に、べったりと血がついている。思わず懐をさすったが、傷はない。

「人を斬りなすったのかい」

逸兵衛は問うた。だが、冷たい雨に、逸兵衛の問いは雨音にかき消された。

目の前の偽物が、じりじりと歩を詰めてくる。思えば、その塗り下駄もまた、逸兵衛のものと同じだ。

逸兵衛は太刀の目釘を唾で湿らせ、即座に斬りかかった。

これまで傾奇者として多くの修羅場を渡ってきた。それゆえに、修羅場での身の処し方は心得ている。一対一での斬り合いならば、先手必勝、これに尽きる。

だが、偽者は薄く笑みを浮かべたまま、難なく逸兵衛の一撃を躱し、無造作に横薙ぎを払ってきた。踏み込んだ上での一撃は恐ろしく伸びがいい。

後ろ跳びして何とか一撃を躱した。わずかに頬が熱っぽいことに気づいて拭ってみると、赤いものがわずかに手についた。

頬がじりじりと痛み始めた。

「てめえ、何のつもりだ」

だが、偽者はにやにやと相好を崩したまま、何も答えようとしない。

「野郎」

逸兵衛は激昂のまま、斬りつけた。必殺の一撃はよける暇すら与えず、偽者の肩にめり込んだ。

だが――。

腰の辺りまで切り裂いてもなお、霞を斬ったほどの手ごたえもなかった。一時は両断されたその体も、傷が見る見るうちに塞がり、また元の人の体を取り戻した。

ようやくこの時になって、怖気が襲い掛かってきた。

「狐の類かよ、面倒くせえ」

強がっては見たが、これまで逸兵衛が対峙してきたのはあくまで人だった。妖怪変化の類と斬り結んだ経験はない。

けけ、と目の前の偽逸兵衛は笑い、大きく振りかぶった刀を振り下ろしてきた。鋭い一撃が逸兵衛のすぐ傍をすり抜け、虎の首巻をわずかに割いた。

こちらの刃は一切通じないにも拘わらず、向こうの刃はよく切れる。これではいつかは殺られてしまう。

思わず「こんなのありか」と呟いた、その時のことだった。

偽逸兵衛のはるか後方から、坂道を駆け上がってくる一団の姿がある。揃いの鉢巻きを締めて火事場装束のように動きやすそうな服に身を包み、手には長尺の棒や袖絡といった道具を持っている。捕方だ。

後ろを振り返った偽逸兵衛は肩を揺らすように笑うと、血払いをしてから刀を背の鞘に納めた。そして、袖に手を隠しながら逸兵衛の前へと歩を進めてきた。

斬りつけた。だが、無駄だった。一時は上半身と下半身が分かたれたものの、傷と傷の間が少しずつくっつき、やがては元の姿を取り戻す。

偽逸兵衛は、逸兵衛が登ってきた坂道を悠々と下っていった。

取り残された逸兵衛が呆然としていると、やがて捕方の一団が坂の頂上にやって来た。長尺の棒を持つ者たちはその先を逸兵衛に向け、遠巻きに構えている。その顔は、捕方としての義務感と、人としての恐怖がせめぎ合っていた。

やがて、その一団の壁が割れ、その間から黒羽織に袴を穿いた武士が出てきた。塗笠の縁を手で撫でながら、その武士は房のついた一尺鉄棒の先を逸兵衛に向けた。

「神妙に捕まれ、大鳥逸兵衛」

「俺が何をしたってんだ。ここんところは大立ち回りはしてねえぞ」

「しらばくれるな」

武士は怒鳴った。

「お前には大罪の嫌疑がかかっておるぞ。昨日、大久保長安殿の屋敷に押し入り、家臣数人に大怪我を負わせたばかりか、長安殿にも手傷を負わせた由」

長安――。その名を耳にしたとき、心中に暗い澱が広がっていくのを逸兵衛は自覚していた。

「おとなしく捕まれ。痛い思いはしたくなかろう」

じりじりと歩を詰めてくる捕方たちを眺めながら、言い逃れも通用すまいと覚悟した。

十中八九、大久保長安邸に押し入ったのは偽逸兵衛だろう。逸兵衛ですら、己と見分けがつかないほどにそっくりだった。

一時は捕方を蹴散らすことも考えた。だが、多勢に無勢とはこのことだ。相手は武士も含めて十人はいる。敵いはすまい。

横薙ぎに大太刀を振るった逸兵衛は、鞘に刀を収めてからくるりと踵を返し、来た道を駆け下りた。

「待て、逃げるな。追え、追え」

「捕まるかよ」

履物を脱ぎ、手に持って走った。飛び跳ねる泥の飛沫がふくらはぎに当たって冷たい。ふと後ろを見れば、捕方たちは追ってきているものの足は遅い。

逸兵衛は走る。捕まらぬために、走る。

どうしたらいい?

いくら考えても、答えは出なかった。


逸兵衛は一人、江戸を出て、西多摩郡を放浪していた。

江戸市中にいては捕方に捕まるかもしれない。いつもねぐらに使っていた破れ寺にも手が回っている恐れもある。そう考えてのことだ。市中を出れば追走の手は緩まる。

江戸を離れて二里もすれば、目に収まる風景は一変する。冷たい雨が降りしきり、蓑と傘を被った旅人と時折すれちがうばかりの街道の脇には見渡すばかりの畑が広がっている。

地面を睨みながら道を歩く逸兵衛は、一人肩を落としていた。

これから、どうする。

江戸の手下たちと連絡を取る手段がない。しばらくほとぼりを冷ますにしても、どこかで飯を食らわなくてはならない。それに——。

大きなくしゃみが自然と出、体が小さく震えた。
とにかく冷える。

街道筋に沿って歩くうちに、雨が霙に変わり始めた。冷え込みが増したのか、それとも西多摩郡のほうが江戸より寒いのかは分からないが、手がかじかみ、歯の根が合わない。腹も減ってものを考えるのさえ億劫になり始めている。

街道から外れた逸兵衛は、全部で十戸あるかないかの小さな村に入った。村人たちに助けを請うつもりはない。傾奇者の来訪を喜ぶ者などあろうはずもないからだ。

逸兵衛が目指したのは、村には必ずある鎮守だ。

果たして、村の外れ、畑の間にぽっかりと浮かぶ島のような雑木林を見つけた。一丁前に小さな杜に囲まれたそのお社は、雨風を凌ぐにはちょうどいい。手入れがなされているのか丁寧に掃かれている境内を歩き、社殿に上がり込んだ。特に鍵もかかっている様子もない。戸を開いた。

その瞬間、中からすえた臭いが漂ってきた。

「おや、あんたも御同輩かね」

真っ暗な社殿の中から声がした。目を凝らしてみると、中の様子が浮かび上がった。十畳ほどの広さの部屋の奥には鏡が設えてある粗末な祭壇がある。その脇に、垢じみた黒い法衣をまとい、体を丸めながら横たわっている老人の姿があった。だが、逸兵衛と目を合わすや、ゆっくりとその身を起こした。白いものの多い髪の毛や黄ばんだひげも伸ばし放題、一目見ただけで破戒僧の類であることは察しがついた。

「入りなさいな、拙僧も、ここを勝手に使わせてもらっておるだけよ」

むせかえるような臭いに顔をしかめながらも、逸兵衛は中に入った。戸を閉めてやると、先ほどまでの寒さが和らぐ。ほっと息をつき、できる限り先客と距離を置いて座った。

人心地ついた安堵で気づけば舟をこいでしまっていた。目を覚ますと、ただでさえ暗かった社殿の中が一段と暗くなっていた。随分長い間眠ってしまったらしい。

がたがたと風が鳴っている。大太刀を抱きながら壁にもたれ朝を待っていると、ある時、ふいに破戒僧が話しかけてきた。

「なあ、お前さんは何から逃げておるのだ」

「——うるさい。話しかけるな」

どすを利かせたつもりだったが、寒さで震えて声に力が入らない。

「はは、構わぬではないか。どうせ暇であろう。では、こうせぬか。わしの話を聞いてはくれぬだろうか」

「聞き流すぞ」

「それでもいい。誰にも話せぬにいたことよ。死ぬ前に、誰かに聞かせたい」

死という言葉が自然に出た。

「死ぬのか、あんた」

「ああ。手前のことくらい、分かっておる。口から腐れた臭いが出おる。臓腑がいかんのだろうよ。長き旅も、結局無意味であったのだ。せめて、無意味であった己が生を、誰かに伝え残したい。そう思うておるのだ」

「いいぜ。聞き流してやる」

「かたじけない」

恭しく頭を下げ、破戒僧が言うところでは――。

もともとこの破戒僧は、ある大きな寺で修行し、次期住持に推挙されると目されていたほど立派な修行僧であったという。だが、それらの日々は、突然終わりを告げた。

ある日、寺の持仏堂の中で、ある僧が縊り殺されているのが見つかった。その僧は、破戒僧と同じく優秀で知られていた男で、もしも破戒僧が住持にならぬならこの男が、と目されていた逸材であった。

この事件が、破戒僧の運命を変えた。

「わしが奴を縊り殺したと言い出した者があったのだ。もちろん身に覚えはなかった。だが、何人もの稚児や僧が、わしが持仏堂に入っていったのを見たという。結局、この件は証が見つからぬということでうやむやとなったが、わしは寺にいられぬようになってな。逃げ出すように諸国を放浪するようになって、あまりの現の冷たさに、気づけば破戒僧に堕ちておる」

破戒僧はすべてを呪った。己を陥れた者がいるに違いない。絶対に許さぬ、と。

だが、破戒僧の受難はそれで終わらなかった。

「行く先々で、わしと瓜二つの者が騒動を起こしておった。ある時には、城下町一番の大寺に法論を仕掛けて完膚なきまでにやり込めた。またある時にはさる殿様の面目を大いに台無しにして恨みを買った。またある時には堕落しきった坊主どもを杖で打ち据えておった。だが、わしには何の覚えもない。ある町では僧どもに追われた。ある町では武士どもに迫られた。またある町では、脛に傷ある者に命を狙われたものよ」

どこかで聞いた話だった。思わず、逸兵衛は身を起こした。その姿を眺め、白くなりかけている眉を動かした破戒僧はなおも続けた。

破戒僧は最初、狐狸に憑かれたと考えた。だが、己の周りに怪しい気配はなかったし、名のある霊媒に相談しても同じ意見だった。破戒僧は己の直面する問題に挑むため、ことあるごとに典籍に当たった。ある時は破れ寺に残された古い唐土の本を読み、またある時には封印されていた都の蔵を開き、ある時には秘伝の書物を読むために禁足の地にも足を踏み入れた。

破戒僧は瞑目した。そこには、長年の風雪に晒された男の疲れ切った顔があった。

「ようやく見つけたのだ。山海経奥傳黒巻という書物に〝似霊〟という記述をな」

「なんだそりゃ」

「己と瓜二つな者が現れるという現象よ。幽霊の類ともいうが、幽霊にしてははっきりとしておって、生者を害することもできるらしい」

目を瞠った。逸兵衛の目の前に現れている偽逸兵衛と全く同じだ。

「〝似霊〟は、生霊の類であるそうな。山海経奥傳黒巻によれば、魂の一部が本体から分かれ、飛び出している状態であるという。そして、〝似霊〟と出会ってしもうた者は、やがて死ぬという」

怖気が走った。逸兵衛は既に出会ってしまっている。己と瓜二つの此の世ならざる者たちに。

「どうすれば、〝似霊〟とやらは消える」

「難しい問いぞ。例の本の記載を信じるならば、『〝似霊〟を許せばおのずと消える』とあるが」

「爺さん、あんたは許せたか」

破戒僧は天井を見上げた。つられて見上げても、天井には何も書いていない。

「許せぬ。許せるわけがなかろうよ」

「だろうな」

結局、話は尻切れ蜻蛉になり、空腹に耐えながら眠りについた。きりとした寒さに目が覚めた。ふと顔を起こすと、高窓の外はわずかに明るかった。どうやら朝になったらしい。

何か違和感がある。しばらくその理由を探すうち、すえた臭いが一切ないことに気づいた。あの破戒僧、もう出ていったのだろうかと独り言ちたその時、懐の軽さを覚えて腹の辺りをさすると、銭入れがなくなっていることに気づいた。怒りで目の前が一瞬真っ暗になったものの、気を取り直して目をやると、破戒僧は昨日と全く同じ場所で身を横たえていた。声をかけても反応がない。近付いて揺さぶってみても起きようとしない。思わず腕に手を伸ばして指先が触れた時、半ば反射で引っ込めてしまった。破戒僧の体は氷よりも冷たかった。


その死相は穏やかで、まるで眠っているかのようだった。弔い方も分からない。それに、苦悩なき顔を見れば、弔う必要もなさそうだった。きっとそのうち骸は村の者が見つけるだろう。

破戒僧の懐をまさぐると、やはり逸兵衛の銭入れが出てきた。舌を打って立ち上がった逸兵衛は戸を開いた。薄暗い空の下、昨日の霙は雪に変わり、なおも降り続いている。牡丹のような雪がはらはらと円を描きながら地面に落ち、次々に積もっていく。

死体と時を過ごすつもりにはなれなかった。逸兵衛は塗り下駄をつっかけ、雪の原を歩き始めた。


白い息を吐きながら、逸兵衛は街道筋を西へ遡ってゆく。

時々行き交う旅人たちは、逸兵衛の姿を見るなり目を背ける。雪が降りしきる中、裸の足はすっかり冷え、もはや感覚がない。あたりの臭いは雪のおかげですっかり消え失せ、己の体臭ばかりが鼻につく。鼻の辺りにたゆたっている臭いは、昨夜の破戒僧のそれと全く同じであることに気づくのに、さほど時間はかからなかった。

死ぬのか。

牡丹雪舞う武蔵野を一人彷徨するうち、やがて、逸兵衛の足はある寺の前で止まった。

雪景色の中でもかろうじて存在感を保っている大きな南門、そして参詣者を見下ろすように構える大きな仁王像が逸兵衛を見下ろしている。

いつだか、この寺に来たことがあった。名前も覚えている。高幡不動だ。

つい、懐かしさを覚えて南門をくぐった。

雪の降る中、参詣人は全くと言っていいほどいなかった。遠くの山々も、寺の建物も、石灯籠や地面さえも雪に覆い隠され、白一色に染め上げられている。足跡ひとつない雪の原に足を踏み入れる。子供の時分は雪に足跡をつけるのが楽しくて仕方がなかったが、今の逸兵衛には何の感慨も湧きはしなかった。

足元の雪はまるで雲のようで、既に己は死んでいるのではないかという錯覚にさえ襲われた。

なぜ、こんなところに俺は来た？　疑問が頭をかすめる。だが、足が止まらない。まるで、水の流れに逆らえずにいる笹船のように、ただただここまでやってきてしまった。

やがて、開けたところに出た。

記憶は定かではないが、お堂に至る広場であったはずだ。かつて来た時には参詣客でごった返し、まっすぐ歩けないほどの混雑であった。だが、今はただ、真白な原が広がり、周囲の木々も白く染まっている。

脳裏にある光景が掠める。馬上の主君——大久保長安と共に、この広場の桜を見上げていた。

ようやく思い出した。この寺は一度、大久保長安とやって来たことがあった。確か、人足頭に取り立てられてすぐのことだった。江戸から八王子への帰り、我儘を言い出した長安に従う形で随行の逸兵衛も花を見上げた。

『花は散るものよな、逸兵衛』

あの時、馬上の長安は皺だらけの顔を少し曇らせてこう言った。

『この歳になると、酒にも酔わぬようになる。老いると人の体も馬鹿になるようぞ。花も同じでな。老いた桜は、花の色がくすむ。老残は晒したくないものよ』

長安はそう述べると、節くれだった手で顔を覆った。

なぜ今になって、そんなことを思い出すのだろうか。

疑問に思いながら雪の原を進むうち、原の真ん中に一つの影があることに気づいた。

虎の首巻、大きな身丈、そして塗り下駄。背には朱塗りの鞘を背負っている。その男の周囲には足跡が一つもない。降りしきる牡丹雪の合間から見えるその顔は、確かに上気していた。間違いない。この男は、偽逸兵衛、いや、逸兵衛の〝似霊〟に相違なかった。

逸兵衛の〝似霊〟はゆっくりと刀を抜き払った。

つられ、逸兵衛も刀を抜いた。

なぜ、斬り合わなければならない？　そんな疑問さえも浮かびはしなかった。

衝動に過ぎなかった。

こいつを斬らねばならぬ。

そんな漠とした決心だけが逸兵衛を動かす。

〝似霊〟が大太刀を翻し迫ってきた。うなりをあげて迫ってくるだんびらが、降りしきる雪を切り裂く。紙一重でその一撃を外した逸兵衛は鋭い突きでもって応じる。だが、足元が定まらなかったがゆえか、必殺なりえたはずの一撃はわずかに逸れ、〝似霊〟の左目に当たった。しばらく刀傷がついた顔面も、また粘液同士がくっつきあうようにして元の形を取り戻す。そうして現れた〝似霊〟の顔は、逸兵衛と瓜二つな顔を歪めている。

だが、ある時、逸兵衛は気づいた。

〝似霊〟の表情は、今の己の顔とは微妙に違う。今の――、憂き世に疲れ果て、ただ惰性で生きている己の顔ではない、と。

〝似霊〟の不敵な表情、自信満々に目を輝かせている姿。それはまだ逸兵衛が、一匹の傾奇者として生きていた頃――、刀の拵に『生き過ぎたりや廿五』と大書した頃の姿に他ならなかった。

あの頃は若かった。何も怖いものはなかったし、無限の可能性が手の中にあった。あの頃の逸兵衛は、その気になれば一国一城の主にさえ成り上がれると無邪気に信じていた。だが、今はもう違う。逸兵衛はいつしか気づいてしまった。己は結局、傾奇者の頭目が精いっぱい、それ以上を望むことなどできないということに。大人になった、ということかもしれないが、それは、己を諦めることと同義だった。

生き過ぎたりや廿五。そうやってうそぶくことができたのは、二十五までに何者かになっているはずだという漠とした確信があったからだ。だが、今、何者でもない逸兵衛は二十五を数えている。己の過去の言葉はこんなにも重荷に感じるものなのか、と昔の己を恨みたくもなったが、もう手遅れだった。

足元がぐらつく。

だが、そんな中でも、〝似霊〟は『生き過ぎたりや廿五』とうそぶいていた己のままで目の前に立っている。

無遠慮に〝似霊〟の前に追いすがり、逸兵衛は矢鱈滅法に刀を振るった。切り落とし、袈裟斬り、突き、思いつくばかりの太刀筋を振るった。〝似霊〟の姿は千切れ雲のようにばらばらになるも、またすぐに元の形を取り戻す。

斬り殺せるはずもなかった。

逸兵衛にとって、〝似霊〟はもう一人の己だった。

分を思い知らされて生きている今の己にとって、『生き過ぎたりや』とうそぶいて暴れ回っていたかつての己は、世間知らずで無鉄砲――真の意味での傾奇者だった。だが、傾奇者の魂を心の奥底に押し込んでいるうちに、蓋をしたはずの思いが居場所を求めて抜け出て、現世に現れたのだとしたら……？

刀を振り回し過ぎて、腕が攣った。思わず大太刀を取り落とす。音もなく、大太刀が積もった雪に落ち、埋まった。

肩で息をしながら、逸兵衛は顔を上げた。悲し気に微笑む〝似霊〟が逸兵衛を見下ろしている。許しを与えているようにも、嘲っているようにも見えた。

どちらにしても、耐えられなかった。

逸兵衛はその場に膝をつき、雪に腕をついて慟哭した。折から降りしきる雪が逸兵衛の声をかき消す。

だが、一瞬、己の〝似霊〟が、大久保長安の顔と重なった。己を使い捨てにした非常な主君の顔ではない。桜を見て己の顔を手で覆った、一人の老人の姿だった。

逸兵衛は歯を強く噛みしめた。ぎり、という軋み音を耳にしながら、雪の上に転がる太刀を左手で手に取ると、無造作に薙ぎ払った。辺りの雪が太刀筋に合わせて弧を描き、〝似霊〟の胸を裂いた。

〝似霊〟はにたりと笑ったままだった。だが、傷口はいくら経っても癒合する様子がない。

一陣の白い風が吹いた。その拍子に、まるで雪だるまが日差しに溶けるようにして、〝似霊〟の姿がかき消えた。

「ざまあ、見やがれ」

〝似霊〟は逸兵衛の今を嗤うことだろう。だが、それでもいい。逸兵衛の肚は決まっていた。

「生きてやらあな。生き過ぎてもなお」

背負っていた『生き過ぎたりや廿五』の朱鞘を雪の中に捨てた逸兵衛は、抜身の太刀を引きずったまま、なおも雪の足が強まっていく一方の雪の原を進んでいった。


慶長十七（一六一二）年、春。傾奇者の大鳥逸兵衛は御公儀の捕方に捕まった。これまでの暴虐を咎められたものといい、一説には高幡不動の祭りを見物に来た逸兵衛を待ち構えていた捕方たちで一網打尽にしたという。詮議を経たのち、この年の夏、逸兵衛は処刑されたと伝わる。

享年二十五。奇しくも、愛刀の鞘に書かれていた『生き過ぎたりや廿五』と同年の死であった。


note◆わたしは決してロックに詳しい人間ではありませんが、「三十歳以上の奴の言うことを信じるな！（DON'T TRUST OVER THIRTY）」という言葉は二十歳代の頃のわたしの合言葉でした。

歴史小説界隈では異例の二十七歳という若さでデビューし、常々「歴史小説のフレームが小さすぎてやってられねえよ、どうなってるんだ！」と居酒屋で管を巻いては透明な壁に向かって唾を吐き続け、見えない機関銃で武装して、小説という名のパイナップル爆弾を世間に向けて投げつける……。そんな日々を送っているうちに、わたしはもう三十三、気づけば結婚もして、守らねばならぬ家庭が出来ちゃいました（いや、ありがたいことなんですけどね）。

今でもわたしは「三十歳以上の奴の言うことを信じるな！」の精神でやっていますが、時折、自家撞着に襲われます。『いや、お前自身が既に三十三やんけ、いつまでも若いふりしているんじゃねえよ』と。だってしょうがないじゃない。同い歳の友人がローンを組んで家を買ったって聞いたんだもの。

閑話休題。今回わたしが書いたのは、まさに江戸時代版ロック魂男、大鳥逸兵衛です。彼は愛用の太刀の鞘に『生き過ぎたりや廿五』と書いていたそうです。ところでこの方、享年が二十五なんですよね。きっと最晩年の逸兵衛、結構焦っていたんじゃないかなあと思います。「やベー、二十五まで生きちまった。二十六になったらこの鞘どうしよう……」

そう逸兵衛が思ったかどうかはもはや歴史の彼方、誰にも分かりはしませんが、そんな逸兵衛の焦燥と苦悩を掬い取ってやれるのはわたしだけかもしれない、という思い上がりが生んだのが、今回寄稿しました短編『生き過ぎたりや』となります。

新進の歴史作家・谷津《やつ》矢車《やぐるま》が描く

石田三成の陣借り客将・島左近の戦いが

五月、待望の文庫化！

時代小説文庫

某《それがし》には策《さく》があり申《もう》す

島左近の野望

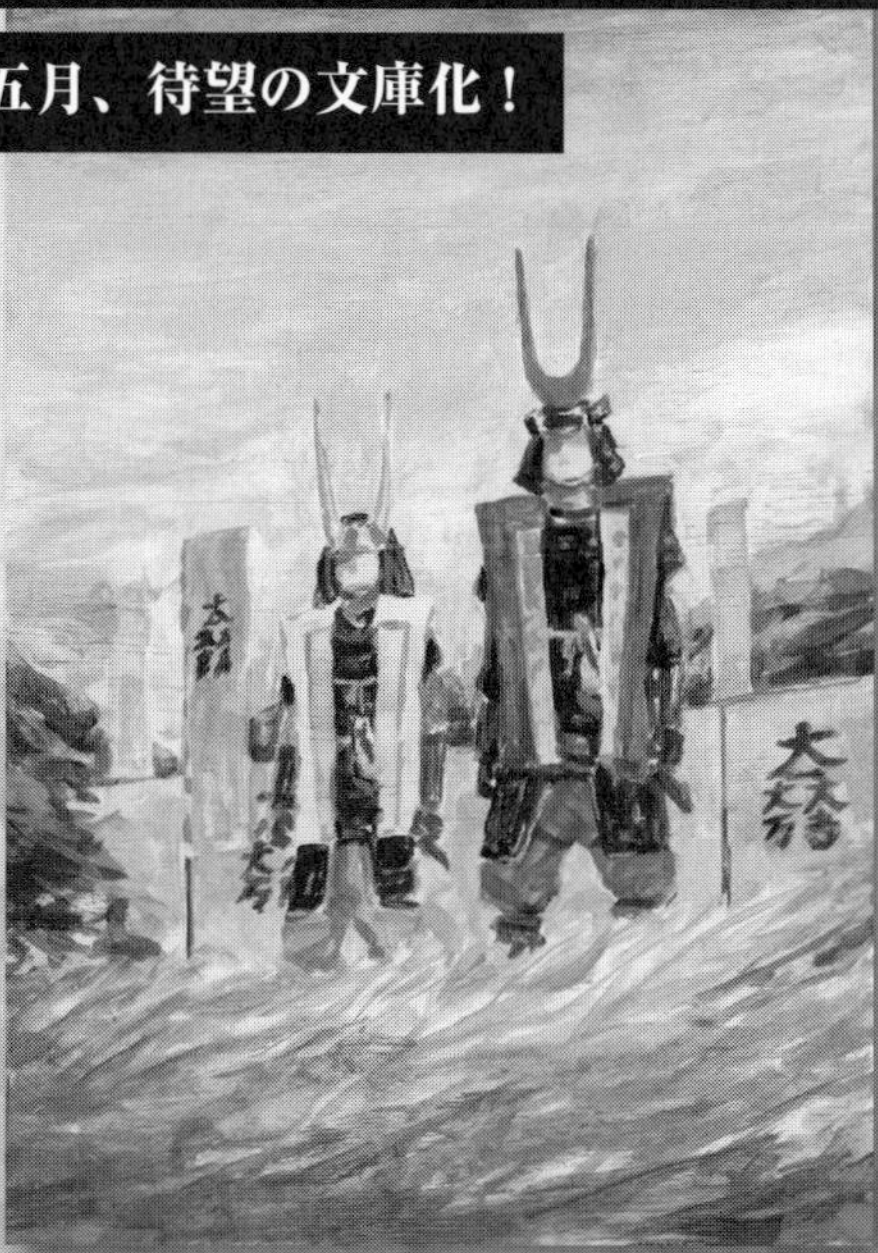

筒井順慶の重臣だった島左近は、順慶亡き後、筒井家とうまくいかず出奔。武名高き左近には仕官の話が数多く舞い込むが、もう主君に仕えるのはこりごりだと、陣借り（雇われ）という形で、豊臣秀長、蒲生氏郷、そして運命の石田三成の客将となる。「天下の陣借り武者、島左近。死ぬまで治部殿の陣に陣借り仕る」。大戦に魅入られた猛将は、天下を二分とする関ヶ原の戦いでその実力を発揮する！

『某には策があり申す　島左近の野望』
谷津矢車・著／角川春樹事務所・刊／文庫／ 420 ページ予定
定価：未定／ 2019/5/13 搬入／ ISBN 978-4-7584-4261-9

谷津《やつ》矢車《やぐるま》
好評既刊

「戯作、斯《か》くあるべし。」（京極夏彦）

奇説無惨絵条々 きせつむざんえじょうじょう

超売れっ子の狂言作者・河竹黙阿弥のため、台本のネタ本を探す幾次郎（落合芳幾）は、古書店の店主から五篇の陰惨な戯作を渡される。果たして先生のお眼鏡に適う作品はあるのか？
河竹黙阿弥に捧げる、著者初の短編集。

文藝春秋刊　四六判・240 ページ
定価 1600 円（本体）2019 年 02 月発行
ISBN 978-4-1639-0984-4

戦国を生き抜く武器は言葉のみ……

曽呂利 そろり　秀吉を手玉に取った男

堺の町に秀吉を愚弄する落首（狂歌）が放たれた。犯人は鞘師の曽呂利新左衛門。持ち前の才覚で死罪を逃れた挙句、口八丁手八丁で秀吉に取り入り、幕下の一員に収まってしまう。天才的な頓知と人心掌握術で不気味な存在感を増す鯰鯱顔の醜男は、大坂城を混乱に陥れ——
この奇妙な輩の真意とは一体!?　新感覚歴史エンタテインメント！

実業之日本社刊　文庫・384 ページ
定価 694 円（本体）2019 年 02 月発行 ISBN 978-4-4085-5468-6

★お求めは全国の書店または通信販売にて！

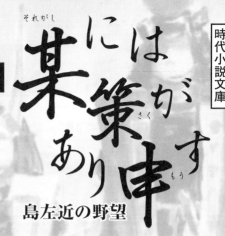

海外の怪奇幻想小説から、傑作を選りすぐり、
一流の翻訳で、ホラー愛好者に贈る
《ナイトランド叢書》

E・H・ヴィシャック「メドゥーサ」
安原和見訳／978-4-88375-339-0／272頁・税別2300円
●悪夢の『宝島』か、幻覚の『白鯨』か？ コリン・ウィルソンを驚嘆させた謎と寓意に満ちた幻の海洋奇譚が幻想文学史の深き淵より、ついに姿を現す！

M・P・シール「紫の雲」
南條竹則訳／978-4-88375-336-9／320頁・税別2400円
●地上の動物は死に絶え、ひとり死を免れたアダムは、孤独と闘いつつ世界中を旅する─異端の作家が狂熱を込めて物語る、終焉と、新たな始まり。

キム・ニューマン「《ドラキュラ紀元一九一八》鮮血の撃墜王」
鍛治靖子訳／978-4-88375-327-7／672頁・税別3700円
●イギリスを逃れ、ドイツ軍最高司令官となったドラキュラ。その策謀を暴こうとする英諜報部員を迎え撃つ撃墜王。初訳収録した完全版！

キム・ニューマン「ドラキュラ紀元一八八八」
鍛治靖子訳／978-4-88375-311-6／576頁・税別3600円
●吸血鬼ドラキュラが君臨する大英帝国に、ヴァンパイアの女だけを狙う切り裂き魔が出現した──。初訳付録も収録した完全版！

エドワード・ルーカス・ホワイト「ルクンドオ」
遠藤裕子訳／978-4-88375-324-6／336頁・税別2500円
●見たままに綴られた悪夢、怪夢、残夢……自らの悪夢を書き綴った比類なき作家ホワイトの、眩暈を誘う幻視に満ちた10篇の物語！

アルジャーノン・ブラックウッド「いにしえの魔術」
夏来健次訳／978-4-88375-318-5／320頁・税別2400円
●旅人を捕えて放さぬ町の神秘を描き、乱歩を魅了した表題作など、英国幻想文学の巨匠が誘う異界への旅。新訳と本邦初訳作でおくる精選集。

アルジャーノン・ブラックウッド「ウェンディゴ」
夏来健次訳／978-4-88375-243-0／320頁・税別2400円
●英国幻想文学の巨匠が描く、大自然の魔と、太古の神秘。ラヴクラフトが称賛した彼の数多い作品から、表題作と本邦初訳2中篇を精選！

E・F・ベンスン「見えるもの見えざるもの」
山田蘭訳／978-4-88375-300-0／304頁・税別2400円
●死者の声を聴く発明、雪山の獣人、都会の幽霊……多彩な味わいでモダン・エイジの読者を魅了したベンスンが贈る怪談12篇！

E・F・ベンスン「塔の中の部屋」
中野善夫ほか訳／978-4-88375-233-1／320頁・税別2400円
●怪談こそ、英国紳士のたしなみ。見た者は死ぬ双子の亡霊、牧神の足跡、怪虫の群…。古典ならではの味わいに満ちた名匠の怪奇傑作集。

サックス・ローマー「魔女王の血脈」
田村美佐子訳／978-4-88375-281-2／304頁・税別2400円
●謎の青年の行く先には、必ず不審な死が──彼を追う医学生はいつしか、古代エジプトの魔女王をめぐる闇深き謎の渦中へ！

A・メリット「魔女を焼き殺せ！」
森沢くみ子訳／978-4-88375-274-4／272頁・税別2300円
●連続変死事件の陰に潜むのは、夜歩く人形たちと──そして、魔女。稀代のストーリーテラーがホラーに挑んだ幻の傑作！

オーガスト・ダーレス「ジョージおじさん～十七人の奇怪な人々」
中川聖訳／978-4-88375-258-4／320頁・税別2400円
●ラヴクラフトの高弟にして、短篇小説の名手ダーレスの、怖くて優しく、奇妙な物語の数々。少女を守る「ジョージおじさん」の幽霊の話など。

クラーク・アシュトン・スミス「魔術師の帝国《2 ハイパーボリア篇》」
安田均ほか訳／978-4-88375-256-0／272頁・税別2300円
●〈ベスト オブ スミス〉第2弾！ ラヴクラフトやハワードと才を競った、幻視の語り部の妖異なる世界。北のハイパーボリアへ、そして星の世界へ。

クラーク・アシュトン・スミス「魔術師の帝国《1 ゾシーク篇》」
安田均ほか訳／978-4-88375-250-8／256頁・税別2200円
●スミス紹介の先鞭を切った編者が数多の怪奇と耽美の物語から傑作中の傑作を精選し、ここに贈る、〈ベスト オブ C・A・スミス〉第1弾！

アリス＆クロード・アスキュー「エイルマー・ヴァンスの心霊事件簿」
田村美佐子訳／978-4-88375-219-5／240頁・税別2200円
●ホームズの時代に登場した幻の心霊探偵小説！ 弁護士が瑠璃色の瞳で霊を見るヴァンスとともに怪奇な事件を追うことに……。

ブラム・ストーカー「七つ星の宝石」
森沢くみ子訳／978-4-88375-212-6／352頁・税別2500円
●『吸血鬼ドラキュラ』の作者による幻の怪奇巨篇。エジプト学研究者の謎めいた負傷と昏睡。奇怪な手記…。女王復活の時は迫る。

ロバート・E・ハワード「失われた者たちの谷～ハワード怪奇傑作集」
中村融訳／978-4-88375-209-6／288頁・税別2300円
●ホラー、ヒロイック・ファンタシーから、ウェスタン、SF、歴史、ボクシングまで、ハワード研究の第一人者が厳選して贈る怪奇と冒険8篇！

ウィリアム・ホープ・ホジスン「〈グレン・キャリグ号〉のボート」
野村芳夫訳／978-4-88375-226-3／192頁・税別2100円
●救命ボートが漂着したのは、怪物ひしめく魔境。生きて還るため、海の男たちは闘う──。《ボーダーランド三部作》ついに完訳！

ウィリアム・ホープ・ホジスン「異次元を覗く家」
荒俣宏訳／978-4-88375-215-7／256頁・税別2200円
●異次元から侵入する怪物たちとの闘争と、太陽さえもが死を迎える世界の終末……。訳者・荒俣宏による書き下ろしあとがき付。

ウィリアム・ホープ・ホジスン「幽霊海賊」
夏来健次訳／978-4-88375-207-2／240頁・税別2200円
●航海のあいだ、絶え間なくつきまとう幻の船影。夜の甲板で乗員を襲う見えない怪異。底知れぬ海の恐怖を描く怪奇小説、本邦初訳！

◎SF・ファンタジー

トンネルズ＆トロールズ・アンソロジー「ミッション：インポッシブル」
安田均他訳／978-4-88375-261-4／320頁・カバー装・税別2500円
●人気TRPG「トンネルズ＆トロールズ」の世界で繰り広げられる、剣と魔法と、ちょっとしたウィットに満ち満ちた、豪快な7つの物語！

ケイト・ウィルヘルム「翼のジェニー～ウィルヘルム初期傑作選」
安田均他訳／978-4-88375-241-6／256頁・カバー装・税別2400円
●思春期を迎えた、翼のある少女の悩み事とは？ 傑作と名高い表題作のほか8篇を厳選。ハードな世界設定と幻想が織りなす名品集！

幻視者のための
ホラー＆ダーク・ファンタジー専門誌
《ナイトランド・クォータリー》

ナイトランド・クォータリー vol.16 化外の科学、悪魔の発明
978-4-88375-343-7／A5判・160頁・並製・税別1700円
●キム・ニューマン、アンドリュー・ペン・ロマイン、C・A・スミスなど翻訳7編、日本作家は芦辺拓、朝松健。北原尚彦インタビューも。

ナイトランド・クォータリー vol.15 海の幻視
978-4-88375-334-5／A5判・160頁・並製・税別1700円
●クリストファー・ゴールデン、キム・ニューマン、ホジスンなど翻訳6編、日本作家は神野オキナ、岩城裕明。夏来健次インタビューも。

ナイトランド・クォータリー vol.14 怪物聚合〜モンスターコレクション
978-4-88375-320-8／A5判・160頁・並製・税別1700円
●キム・ニューマン、ブラックウッド、スティーヴ・ラスニック・テムなど翻訳7編、日本作家は朝松健、伊東麻紀。南山宏＆菊地秀行インタビューも。

ナイトランド・クォータリー vol.13 地獄より、再び
978-4-88375-313-0／A5判・160頁・並製・税別1700円
●ロバート・ブロック、キム・ニューマン、ウィリアム・ミークルなど翻訳6編、日本作家は朝松健、立原透耶。キム・ニューマン インタビューも。

ナイトランド・クォータリー vol.12 不可知の領域―コスミック・ホラー
978-4-88375-302-4／A5判・160頁・並製・税別1700円
●キム・ニューマン、ネイサン・バリングルード、ジャン・レイなど翻訳9編、日本作家は荒山徹、朝松健。諸星大二郎インタビューなども。

ナイトランド・クォータリー vol.11 憑霊の館
978-4-88375-291-1／A5判・160頁・並製・税別1700円
●ラムジー・キャンベル、A・M・バレイジ、フリッツ・ライバーなど翻訳9編、日本作家2編の他、キム・ニューマンによる特別寄稿他。

ナイトランド・クォータリー vol.10 逢魔が刻の狩人
978-4-88375-276-8／A5判・160頁・並製・税別1700円
●キム・ニューマン、H・S・ホワイトヘッド、シーベリー・クインなど翻訳6編のほか、朝松健、友野詳の小説、仁賀克雄インタビュー他。

ナイトランド・クォータリー vol.09 悪夢と幻影
978-4-88375-266-9／A5判・160頁・並製・税別1700円
●エドワード・ルーカス・ホワイト、リサ・タトル、ロバート・エイクマンなど翻訳9編、朝松健、澤村伊智の小説、鏡明インタビュー他。

ナイトランド・クォータリー vol.08 ノスタルジア
978-4-88375-253-9／A5判・160頁・並製・税別1700円
●レイ・ブラッドベリ、オーガスト・ダーレス、ニール・ゲイマンなど翻訳8編、朝松健、井上雅彦の小説、荒俣宏インタビュー他。

ナイトランド・クォータリー vol.07 魔術師たちの饗宴
978-4-88375-246-1／A5判・160頁・並製・税別1700円
●C・A・スミス、クロウリー、ニール・ゲイマンなど翻訳7編、朝松健、勝山海百合の小説、友成純一の特別寄稿、安田均インタビュー他。

ナイトランド・クォータリー vol.06 奇妙な味の物語
978-4-88375-237-9／A5判・160頁・並製・税別1700円
●ケン・リュウ、ニール・ゲイマン、ジョン・コリアなど翻訳7編や朝松健の小説のほか、高橋葉介インタビューなど。特別増ページ。

ナイトランド・クォータリー vol.05 闇の探索者たち
978-4-88375-231-7／A5判・144頁・並製・税別1700円
●オカルト探偵特集。ニール・ゲイマン、キム・ニューマン、J.D.カーほか翻訳5編、日本作品2編のほか、菊地秀行インタビューも掲載。

ナイトランド・クォータリー vol.04 異邦・異境・異界
978-4-88375-223-2／A5判・144頁・並製・税別1700円
●異界に遭遇する物語。ランズデール、ホジスン、ラヴクラフトなど翻訳7編、日本作品は朝松健と友成純一。エッセイ等も豊富。

ナイトランド・クォータリー vol.03 愛しき幽霊(ゴースト)たち
978-4-88375-218-8／A5判・144頁・並製・税別1700円
●レ・ファニュ、デイヴィッド・マレル、ブラックウッドなど翻訳6編他、朝松健、橋本純など、幽霊の恐怖を描いた物語! エッセイ等も多数。

ナイトランド・クォータリー vol.02 邪神魔境
978-4-88375-210-2／A5判・136頁・並製・税別1700円
●〈クトゥルー神話〉の領域を広げる作品たち。ハワード、ブライアン・M・サモンズ、ホジスンなど翻訳6編、日本作家2編、エッセイ等掲載。

ナイトランド・クォータリー vol.01 吸血鬼変奏曲
978-4-88375-202-7／A5判・136頁・並製・税別1700円
●キム・ニューマン、E・F・ベンスンなど翻訳8編、朝松健など日本作家3編を掲載した他、エッセイやブックガイドで吸血鬼の魅惑に迫る。

ナイトランド・クォータリー新創刊準備号「幻獣」
978-4-88375-182-2／A5判・96頁・並製・税別1389円
●井上雅彦、立原透耶、石神茉莉、間瀬純子による書下し短編の他、ラヴクラフトの「ダゴン」を新訳＆カラーヴィジュアルの幻想絵巻として掲載!

ナイトランド・クォータリー 別冊

妖《あやかし》ファンタスティカ

書下し 伝奇ルネサンス・アンソロジー

編 操觚《そうこ》の会

秋山香乃、朝松健、芦辺拓、彩戸ゆめ
神野オキナ、蒲原二郎、坂井希久子
鈴木英治、新美健、早見俊、日野草
誉田龍一、谷津矢車（五十音順）

編 集 アトリエサード
プロジェクトマネージャー 岩田 恵
アートディレクション 鈴木 孝
エディター 望月 学英
松島 梨恵
徳岡摩由璃
じいや 小笠原 勝

協 力 小川洋（戯作社）
中央公論新社
田中幸弘・田中弘子
猫月ユキ（芦辺拓作品／画）

発行日 2019年5月18日
発行人 鈴木孝
発 行 有限会社アトリエサード
東京都豊島区南大塚1-33-1
〒170-0005
TEL.03-6304-1638 FAX.03-3946-3778
http://www.a-third.com/
th@a-third.com
振替口座／00160-8-728019
発 売 株式会社書苑新社
印 刷 株式会社平河工業社
定 価 本体1700円＋税
ISBN978-4-88375-353-6 C0390 ¥1700E

★弦巻稲荷日記NLQ別館――

2018年11月に文学フリマ東京にて「伝奇ルネッサンス振興会」ブースを企画した。誉田龍一先生、鈴木英治先生、秋山香乃先生、細谷正充先生、泉ゆたか先生ほかの皆様に来場いただき、賑やかに楽しいブースを運営していただくことができた。その会場で、「5月は、文学フリマ東京にむけたアンソロジーをつくりましょう」と、この企画は始まった。というわけで、超豪華作家陣による、贅沢な「同人誌」である。

昨今、明治時代からの創作の志たかい「同人誌」が、その役目を終えどれも終焉し、言葉だけが残った同人誌は「同人誌」＝「漫画・アニメ・ゲームの二次創作同人誌」という意味であるかのように思われているが、そうではない。志高く、文芸の分野で活動していくという明治の心意気のままの「同人誌」である。伝奇小説復興という旗印のもと、私はこの「同人誌」という言葉の復権も行いたいと思っている。

さて、このアンソロジーは同人誌なので、プロットの段階などでは編集の手はいっさい入っていない。誤字脱字など最小限のお手伝いをさせていただいてこの本を作った。NLQ本誌では編集が書いているプロフィールやNote原稿も、すべて作家自身にお願いした。これは、作家自身が自分の本を自分の分野を自分たちの手でひろげていこうという「操觚の会」の、あらたな挑戦のひとつである。しかし、これを形にするお手伝いをした以上、いわためぐみもまた、共犯者であり、作品を世にうったえる片棒を担ぎつづけたいと思っている。

本企画が、作家自身が市場にうったえていく活動としてこれからも続けていけることを望むです。以下次号（め）